Zum Buch:

Leuchtturmnächte, lange Strandspaziergänge und die Magie der Nordseefrische – Anneke gefällt die Idee, für *Feelgood Tours* in St. Peter-Ording die romantischsten Plätze zu recherchieren immer besser. Nachdem sie um die Welt gereist ist, wird ihr die Zeit an der nordfriesischen Küste guttun. Doch als sie Raik wiederbegegnet, werden ihre nächtlichen Albträume stärker. Nach der Tragödie vor vier Jahren hat Anneke ihn ohne ein Wort verlassen. Doch er scheint ihr nicht böse zu sein, sondern entführt sie wie ein guter alter Freund zu wildromantischen Ausflügen ... Kann Anneke auf einen Neuanfang hoffen?

Zur Autorin:

Tanja Janz wollte schon als Kind Bücher schreiben und malte ihre ersten Geschichten auf ein Blatt Papier. Heute ist sie Schriftstellerin und lebt mit ihrer Familie und zwei Katzen im Ruhrgebiet. Neben der Schreiberei und der Liebe zum heimischen Fußballverein schwärmt sie für St. Peter-Ording, den einzigartigen Ort an der Nordseeküste.

Lieferbare Titel:

Wintermeer und Dünenzauber
Dünentraumsommer
Das Muschelhaus am Deich
Dünenwinter und Lichterglanz

Tanja Janz

Leuchtturmträume

Ein St.-Peter-Ording-Roman

HarperCollins

1. Auflage 2021
Originalausgabe
© 2021 by HarperCollins
in der HarperCollins Germany GmbH, Hamburg
Dieses Werk wurde vermittelt durch die Literarische Agentur
Thomas Schlück GmbH, 30161 Hannover.
Umschlaggestaltung von bürosüd, München.
Umschlagabbildung von Arcangel / Sandra Cunningham,
www.buerosued.de
Gesetzt aus der Stempel Garamond
von GGP Media GmbH, Pößneck
Druck und Bindung von GGP Media GmbH, Pößneck
Printed in Germany
ISBN 978-3-7499-0124-1
www.harpercollins.de

Für Papa.
Du wolltest so gerne wieder
nach St. Peter-Ording fahren.
Leider hat es nicht mehr geklappt.

Prolog

Vier Jahre zuvor

»Jetzt bleib gefälligst da, du dummes Ding!« Kaum nahm Anneke die Hand von der Haarspange, fielen die langen blonden Strähnen wieder auf ihre Schultern herab.

Entnervt ließ sie die Spange ins Waschbecken fallen und blickte resigniert in den Spiegel.

»Mit wem schimpfst du eigentlich so?« Raik zwinkerte ihrem Spiegelbild amüsiert zu, nachdem er das Bad betreten hatte, und schlüpfte in sein Jackett.

»Ach, diese blöden Haare! Sie lassen sich einfach nicht bändigen.« Wieder griff sie nach der Spange und unternahm einen neuen Versuch, scheiterte jedoch abermals. »Es hat keinen Zweck! Ich gebe es auf!«

Raik trat von hinten an sie heran und berührte zärtlich ihre Schultern. Wieder einmal wurde Anneke bewusst, wie gut er roch. Es war eine eigenwillige Mischung aus Minze und Zitrone, eine prickelnde Frische, die sie an italienische Mandarinen erinnerte und die sie über alles liebte.

»Ich mag dein Haar am liebsten, wenn es ungebändigt ist«, flüsterte er ihr zärtlich ins Ohr und küsste sie dann auf den Hals.

»Ach, du.« Anneke genoss seine Berührung und konnte das Lächeln nicht unterdrücken. Trotzdem verdrehte sie die Augen. »Wenigstens beim Kapitänsgala-Abend wollte ich einmal halbwegs elegant aussehen.«

»Du siehst auch mit offenen Haaren elegant aus.« Raik löste die Spange an ihrem Hinterkopf ganz und hielt sie ihr hin.

Anneke griff danach. »Das ist so ungerecht.«

Er runzelte die Stirn. »Was genau?«

Seufzend zog sie eine Bürste aus ihrem grünen Kulturbeutel und kämmte dann mit energischen Handbewegungen ihr Haar. »Männer binden sich einfach eine Fliege um, und schon sind sie fertig. Frauen dagegen müssen stylistische Höchstleistungen vollbringen, um wenigstens einigermaßen vorzeigbar zu sein. Ich möchte mal wissen, wer sich den Quatsch ausgedacht hat.«

»Mir kommen gleich die Tränen!« Raik lachte. »Zu deiner Information: Frauen sehen immer gut aus, nur merken es die meisten wohl nicht. Und abgesehen davon bist du für mich immer die Schönste.« Er gab ihr einen weiteren Kuss auf die Wange, bevor er sich umdrehte, um das Bad zu verlassen.

Ihr fehlte die Wärme seiner Berührung sofort. »Wohin gehst du?«

Über den Spiegel warf er ihr ein entschuldigendes Lächeln zu. »Zur Brücke. Kapitän Paulsen wollte uns vor der Gala noch mal sprechen.«

Stirnrunzelnd wandte sie sich um. »Geht Aaron auch mit?« Eigentlich wollte sie ihren Bruder noch sprechen, bevor der Festakt begann.

»Klar. Alle Stewards müssen antanzen, damit die Gala ja

perfekt abläuft. Du kennst doch Paulsen, er überlässt nichts dem Zufall.«

Anneke nickte. »Dann sehen wir uns später. Ich begleite Frau von Ohooven in die Lounge.«

»Seit wann bist du denn als Senioren-Betreuerin tätig?«

»Raik! Manchmal kommt du mir so emphatisch vor wie ein Kühlschrank.« Sie schüttelte den Kopf. Durch ihre Arbeit als Übersetzerin auf dem Kreuzfahrtschiff *Dreamline Paradise* hatte sie natürlich engen Kontakt zu den Passagieren. Das Gleiche galt auch für Raik und ihren Zwillingsbruder Aaron, die als Barkeeper auf dem Luxus-Liner für das leibliche Wohl der Gäste in flüssiger Form sorgten und sich nebenbei deren Lebensgeschichten anhörten.

Frau von Ohooven war Anneke gleich am ersten Abend auf dem Schiff aufgefallen, weil sie Probleme mit ihrem Rollator gehabt hatte. Ein Rad hatte sich verklemmt, sodass sie nicht weitergekommen war. Anneke hatte sie auf dem Außendeck angesprochen und ihre Hilfe angeboten. Dabei waren sie ins Gespräch gekommen, und Anneke war beeindruckt von der alten Dame. Mehr als achtzig Jahre alt, reiste Frau von Ohooven allein. Es war schon ihre siebte Schiffsreise in Folge. Seit dem Tod ihres Mannes war sie fast ununterbrochen unterwegs gewesen und hatte unter anderem Australien und Tansania, Florida und die Bahamas bereist. Allein in ihrer Berliner Stadtwohnung hielt sie es nicht aus, hatte sie gesagt. Und über den gut gemeinten Vorschlag ihrer Nachbarin, sich einen Wellensittich zuzulegen, hatte sie nur müde gelacht.

»Stellen Sie sich das mal vor«, hatte sie zu Anneke gesagt. »Dann hockt der arme Vogel in seinem Käfig, zusammen mit mir in der Altbauwohnung, und beide träumen wir von der Freiheit.« Mit der linken Hand hatte sie sich eine Lachträne aus dem Augenwinkel gewischt. »Welch absurde Vorstellung!«

Frau von Ohooven war finanziell gut abgesichert; und solange es ihr gesundheitlich möglich war, wollte sie noch einiges von der Welt sehen und dabei unter Menschen sein. Anneke fand ihre Lebenseinstellung bewundernswert.

»Du weißt ganz genau, dass Frau von Ohooven ohne Begleitung unterwegs ist«, erinnerte sie Raik nun und warf ihm einen tadelnden Blick zu.

»Klar weiß ich das!« Er warf ihr eine Kusshand zu. »Grüß mir Frau von Ohooven. Wir sehen uns später!«

»Bis dann!«

Nachdem Raik die Meerblickkabine verlassen hatte, schlüpfte Anneke in ein luftiges hellgelbes Abendkleid. Sie legte ein unaufdringliches Make-up auf und schlang sich ein leichtes Tuch um die Schultern. Ihre neue bordeauxfarbene Clutch, die sie beim letzten Zwischenstopp in Venedig in einem kleinen Laden unweit vom Markusplatz entdeckt hatte, bot genug Platz für ein Päckchen Taschentücher, einen Kamm, ihr Handy und die Bordkarte, die gleichzeitig als Kabinenschlüssel fungierte. Sie warf einen letzten Blick in den Spiegel, strich sich noch einmal einige Haarsträhnen hinter die Ohren und machte sich auf den Weg.

Um kurz vor 20 Uhr klopfte sie an Frau von Ohoovens Tür auf Deck neun. In dem Teil des Schiffes befanden sich luxuriöse Verandakabinen und Suiten.

Es dauerte einen Moment, bis die alte Dame ihr öffnete.

»Was sehen Sie hübsch aus«, empfing Frau von Ohooven sie und schob ihren Rollator langsam auf den Flur hinaus.

»Danke.« Anneke lächelte. Zur Feier des Abends trug Frau von Ohooven ein mitternachtsblaues Kleid aus eleganter Spitze mit Chiffonüberwurf und dazu goldene Ohrringe. »Das Kompliment kann ich nur an Sie zurückgeben.«

Amüsiert zwinkerte die alte Dame ihr zu. »Ach was, bei mir ist längst der Lack ab. Da hilft auch kein Nachpinseln mehr. Aber wenigstens möchte ich eine lustige Witwe sein und kein Trauerkloß.« Gut gelaunt schob sie den Rollator über den Flur, auf dessen Ablagefläche sie ihre Handtasche platziert hatte.

Aus dem Augenwinkel betrachtete Anneke die Lachfältchen ihrer Begleiterin. Unglücklich wirkte sie jedenfalls nicht. Im Gegenteil, sie schien ihr wesentlich jünger als achtzig zu sein.

»Freuen Sie sich auf den Gala-Abend?«, erkundigte sich Anneke höflich.

Frau von Ohooven blieb kurz stehen, um Anneke verwundert anzusehen. »Natürlich. Es ist immer etwas Besonderes und jedes Mal anders. Aber noch mehr freue ich mich auf Athen.«

»Bald sind wir da.«

Lächelnd gingen sie weiter.

»Mein Mann Herbert und ich wollten uns immer zusammen die Akropolis ansehen, wissen Sie? Das hatten wir uns fest vorgenommen. In unserem letzten Urlaub sind wir in Ägypten bei den Pyramiden gewesen, und ein halbes Jahr später wären wir nach Griechenland gereist. Doch so lange hat sein Herz nicht mitgespielt.« Sie senkte kurz den Blick.

»Ich habe die Reise kurz nach seinem Tod storniert. Ohne ihn zu fahren, das erschien mir irgendwie nicht richtig. Schließlich war es unser gemeinsamer Traum, und ich dachte, ich würde ihn irgendwie verraten, wenn ich allein führe.«

Sie warf Anneke ein Lächeln zu. »Aber der Gedanke an Athen hat mich aus unerfindlichen Gründen trotzdem nicht losgelassen. Ich habe dann tief in mich hineingehorcht und wusste schließlich, was mein Mann zu mir gesagt hätte.«

»Was hätte er denn gesagt?« Anneke hielt ihr die Tür zur Lounge auf, damit sie ihren Rollator hineinschieben konnte.

»Dagmar, hör auf mit dem Mumpitz«, erzählte Frau von Ohooven über die Geräuschkulisse hinweg und imitierte dabei die Stimme ihres verstorbenen Mannes. »Worauf wartest du? Im Sarg kannst du später nur eine Reise machen, und die geht auf den Friedhof.« Sie musste lächeln. »Mein Mann war eher von der pragmatischen Sorte. Große Dramen haben ihm nicht gelegen.«

»Es ist gut, dass Sie die Reise machen. Manchmal braucht es eine gewisse Zeit, um die richtige Entscheidung zu treffen.«

Der Raum und die Tische waren festlich dekoriert. Die meisten Passagiere saßen schon an ihren Plätzen und warteten auf den Beginn der Veranstaltung. Als Anneke und Frau von Ohooven ihren Platz gefunden hatte, rückte Anneke für die alte Dame den Stuhl vom Tisch ab und nahm anschließend neben ihr Platz. Ihr Tuch legte sie über eine Armlehne und die Clutch auf ihrem Schoß ab. Zwei Ehepaare mittleren Alters setzten sich kurz darauf zu ihnen, mit denen sie schnell ins Gespräch kamen.

»Wann sollte der Gala-Abend noch mal beginnen?«, fragte Frau von Ohooven nach einer Weile.

Anneke öffnete ihre Tasche und warf einen Blick auf ihr Handy. »Eigentlich liegen wir schon über der Zeit.« Beruhigend lächelte sie ihre Tischgesellschaft an. »Manchmal kommt es kurzfristig zu Verspätungen. Aber keine Sorge, es geht bestimmt gleich los.«

Sie schaute zur Bar, konnte aber Raik und ihren Bruder nicht entdecken. Von Kapitän Paulsen und den Offizieren fehlte bislang auch jede Spur. Es schien eine längere Besprechung zu sein. Anneke zuckte den Mundwinkel. So eine Verspätung war zwar sehr selten vor der Kapitänsgala, aber nichts, worüber sie sich Gedanken machen musste.

Nach einer weiteren Viertelstunde des Wartens entstand allmählich Unruhe unter den Passagieren. Die Gespräche wurden lauter, und einige Gäste reckten ungeduldig den Hals. Alle warteten auf das Erscheinen des Kapitäns, doch er kam einfach nicht. Die Mitarbeiter in der Lounge beantworteten Annekes fragende Blicke mit demselben ahnungslosen Schulterzucken, das sie ihnen zeigte. Eine Verzögerung um eine Viertelstunde war nicht weiter bemerkenswert, aber so lange ließ Kapitän Paulsen die Schiffsgäste normalerweise nicht warten. Mit jeder Minute, die verstrich, kam Anneke die Situation ungewöhnlicher vor. Dennoch bemühte sie sich, die anderen Gäste nicht zu beunruhigen.

Frau von Ohooven neigte sich ihr zu. »Jetzt könnte es aber wirklich langsam mal losgehen. Ich habe mich schon den ganzen Tag auf das Essen gefreut und deswegen nur gefrühstückt. Sollten Sie ein Grummeln hören, dann ist es nicht der Schiffsmotor, sondern mein Magen.« Die Dame lachte verschmitzt.

»Bestimmt müssen Sie nicht mehr allzu lange warten.« Anneke lächelte die alte Dame aufmunternd an.

Dann ließ sie den Blick erneut zur Bar schweifen. Wo blieben Raik und Aaron nur? Unruhig begann sie, mit dem Fuß zu wippen.

Aus ihrer Clutch ertönte der Klingelton ihres Handys. Hastig warf Anneke einen Blick auf das Display. Der Anruf kam von ihrem Bruder. Vermutlich würde sie gleich erfahren, was der Grund für die Verzögerung war. Sie wollte das Gespräch allerdings lieber nicht vor den Gästen führen. »Entschuldigen Sie bitte!« Anneke erhob sich von ihrem Platz und verließ schnellen Schrittes die Lounge.

»Aaron?«, fragte sie, als sie den Flur erreicht hatte.

»Na, endlich! Ich dachte schon, du hörst dein Handy nicht.« Ihr Bruder klang aufgeregt.

»Ich war in der Lounge. Was ist denn los? Wieso seid ihr noch nicht da?«

»Du kannst doch Arabisch, oder?«, überging Aaron ihre Frage.

»Bloß ein paar Fetzen. Warum?«

»Keine Zeit für Erklärungen. Du musst sofort zum Casino auf Deck sieben kommen. Beeil dich!«

»Ja, aber ...«, entgegnete Anneke, doch ihr Bruder hatte bereits aufgelegt. Sie warf einen Blick zurück zur Lounge. Unter anderen Umständen hätte sie Frau von Ohooven Bescheid gesagt, doch in Aarons Tonfall hatte etwas so Dringliches gelegen. Ihr blieb keine Zeit für Höflichkeiten.

Hastig streifte sie sich ihre Sandaletten ab und eilte so schnell sie konnte über die Flure und Treppen zum Deck sieben. Je näher sie dem Casino kam, desto stärker wurde ihre innere Anspannung.

Von Weitem sah sie schon die Menschenansammlung. Stewards und Techniker kamen und gingen, einige redeten aufgeregt miteinander, andere schleppten Wasserkanister. Kapitän Paulsen stand mit einem Offizier und dem Schiffsarzt zusammen. Sie schauten konzentriert durch Ferngläser auf die offene See hinaus, auf deren Oberfläche die tief stehende Sonne glitzerte.

Instinktiv folge Anneke ihrem Blick. Trotz des fortgeschrittenen Abends war es noch taghell, und auf den ersten Blick schien alles friedlich zu sein.

»Anneke!« Ihr Bruder hatte sie entdeckt und winkte ihr zu.

Ohne zu zögern, eilte sie auf ihren Bruder zu. Manchmal erschien es ihr, als würde sie auf einen Spiegel zugehen. Sie hatten das gleiche hellblonde Haar, die hellblauen Augen, die markante Kinnform und ein Muttermal, das sich bei ihnen an der identischen Stelle über der Lippe befand. Aber in diesem Moment wirkte ihr Bruder deutlich blasser, als sie ihn kannte.

»Was ist denn eigentlich los?«, fragte sie ein wenig atemlos, als sie vor ihm stand.

»Wir haben einen Notfall. Aber hier, schau selbst.« Aaron hielt ihr seinen Feldstecher hin.

Anneke blickte hindurch, konnte jedoch auf den ersten Blick nichts Auffälliges entdecken. »Ich sehe keinen Notfall.«

In diesem Moment trat Raik zu ihr und schob das Fernglas in ihren Händen in eine andere Position, etwas weiter nach rechts. »Auf drei Uhr.«

Wieder sah sie angestrengt hindurch. Plötzlich nahm sie

eine Bewegung auf dem Wasser wahr. Und wenig später erkannte sie, was die Ursache für die allgemeine Aufregung war. In der Nähe des Kreuzfahrtschiffs trieb ein Schlauchboot, das zu kentern drohte. »Um Himmels willen! Da sind ja viel zu viele Menschen auf dem Boot!«

Sie hatte gerade fassungslos das Fernglas gesenkt, da trat Kapitän Paulsen zu ihnen. Ihm stand die Anspannung ins Gesicht geschrieben. »Können Sie Arabisch? Das Flüchtlingsboot kommt vermutlich aus Libyen.«

Anneke zuckte mit den Schultern. »Ein paar Brocken, die ich mal aufgeschnappt habe.«

Er nickte ernst. »Das reicht.«

»Was passiert mit den Menschen? Nehmen wir sie an Bord?«, wollte sie wissen.

Kapitän Paulsen winkte ab. »Wir sind voll besetzt. Selbst mit ganz viel gutem Willen hätten wir keine Kapazitäten für so viele Flüchtlinge frei. Das sind …« Er nahm ihr das Fernglas aus der Hand und schaute durch. »Das sind mindestens dreißig Menschen in dem Boot«, schätzte er. »Die Küstenwache ist bereits verständigt. Sie schicken ein Flugzeug. Und ein Frachtschiff ist ebenfalls informiert, das die Menschen an Bord nehmen wird.«

Der Schiffsarzt meldete sich zu Wort. »Kapitän, wir sind fast so weit. Wir machen jetzt ein Rettungsboot fertig und bringen Wasser zu den Flüchtlingen.«

»Ist gut, Doc.« Der Kapitän gab Anneke das Fernglas zurück. »Fahren Sie bitte mit. Ich muss alles vom Schiff aus koordinieren.«

Anneke schlug das Herz bis zum Hals. Sie nickte. »Mach ich.«

»Okay. Kommen Sie bitte gleich nach.« Kapitän Paulsen ging voraus zum Rettungsboot, das von der Crew startklar gemacht wurde. Irgendetwas schien das Vorhaben zu verzögern. Vielleicht gab es ein kleineres technisches Problem? Anneke sah, wie die Männer konzentriert hantierten und Befehle weitergaben.

Es war für Anneke nicht die erste Begegnung mit einem Flüchtlingsboot auf hoher See. Solche Zwischenfälle ereigneten sich immer wieder. Sie wusste, dass die Menschen ausschließlich mit Trinkwasser versorgt wurden, um auf der sicheren Seite zu sein. Niemand konnte wissen, ob sie Krankheiten hatten und welche möglichen gesundheitlichen Auswirkungen Nahrung verursachte.

Raik legte ihr einen Arm um die Schulter. »Dann fällt die Senioren-Betreuung heute wohl aus.«

»Ach, du ... Das ist im Moment das geringste Problem.« Schon hob sie erneut das Fernglas, und er zog seinen Arm zurück. »Hoffentlich ist das Frachtschiff schnell da.« Sie vergrößerte noch einmal das Sehfeld und bekam einen Schrecken. »Da sind Kinder im Wasser! Sie ertrinken!«, rief sie entsetzt.

»Zeig her!« Unsanft riss Aaron ihr den Feldstecher aus der Hand. »Oh, nein!«

Hektisch sah er zum Rettungsboot und dann zu Raik, der ihm schweigend zunickte. »Das dauert alles zu lang!« Aaron zog seine Schuhe aus, streifte das Jackett ab und knöpfte sein Hemd auf.

»Was habt ihr vor?«, fragte Anneke, als Raik ebenfalls damit begann, sich auszuziehen.

»Bis das Boot dort ist, sind die Kinder ertrunken.« Aaron

schnappte sich einen Rettungsring, Raik tat es ihm gleich. Beide liefen los.

Anneke rannte hinter ihnen her. »Das ist doch Wahnsinn, was ihr vorhabt!«, rief sie.

Aaron blieb stehen und drehte sich zu ihr um. Er fasste sie an der Schulter und schaute sie entschlossen an. »Wir sind Rettungsschwimmer. Es wäre Wahnsinn, wenn wir nichts tun würden, denn dann kann die Küstenwache vermutlich bloß die Leichen der Kinder bergen.«

»Aber es ist gefährlich«, protestierte Anneke mit klopfendem Herzen. »Wir sind mitten auf offener See!«

»Wir werden die Kinder retten. Versprochen!« Aaron küsste sie auf die Stirn und sprang dann mit dem Rettungsring in einer Hand vom Deck aus ins Meer, ehe Anneke noch etwas erwidern konnte.

»Bis gleich.« Raik zwinkerte ihr zu und verzog seinen Mund zu einem Lächeln.

Anneke merkte ihm seine Nervosität an; die konnte er vor ihr nicht verbergen. Dafür kannte sie ihn zu gut. »Und wenn euch was passiert?«

»Wird schon schiefgehen.« Raik küsste sie auf die Lippen und sprang kurz darauf ebenfalls in die Tiefe.

Anneke beugte sich über die Reling und schnappte nach Luft. Sie hielt angsterfüllt Ausschau nach ihrem Bruder und Raik. Dann entdeckte sie sie. Beide schwammen unweit vom Schiff, direkt auf die Kinder zu.

Sie musste sich zwingen, den Blick von den beiden Männern abzuwenden, die sie am meisten liebte. Das Rettungsboot war bestimmt gleich fertig.

Anneke lief zurück und drückte einer Frau aus dem Animationsteam ihre Schuhe und die Clutch in die Hand. »Bitte pass gut darauf auf«, sagte sie und hastete dann zum Kapitän. »Wir haben Kinder im Wasser entdeckt, die zu ertrinken drohen. Aaron und Raik sind vom Schiff aus ins Meer gesprungen.«

Kapitän Paulsen raufte sich die Haare und fluchte. »Diese zwei Wahnsinnigen darf man auch keine Sekunde aus den Augen lassen!«

Anneke zuckte mit den Achseln und streifte sich eine Schwimmweste über. »Was hätten Sie an ihrer Stelle getan?«, fragte sie den Kapitän, bevor sie ins Rettungsboot stieg.

Er sah sie nur schweigend an.

»Dachte ich mir.« Anneke setzte sich auf den Platz neben dem Schiffsarzt. Sie nahm einen Kanister zwischen ihre Beine. Während das Boot zu Wasser gelassen wurde, musste sie unentwegt an Aaron und Raik denken und hatte ein mulmiges Gefühl im Bauch. Sie schloss kurz die Augen und atmete tief ein und wieder aus.

»Wird schon schiefgehen«, hörte sie Raik im Geiste sagen. Als sie die Augen wieder aufschlug, war das Boot fast auf dem Wasser. Anneke wollte nur eins: dass es schneller ging.

»Ist Ihnen nicht gut?«, fragte der Schiffsarzt besorgt und legte ihr eine Hand auf die Schulter. »Sie sind ganz blass um die Nasenspitze.«

»Nein, nein. Alles in Ordnung.« Sie zwang sich zu einem Lächeln.

Das Boot setzte schließlich auf dem Wasser auf und nahm Kurs auf das überfüllte Flüchtlingsboot. Sie würden den Menschen gleich helfen. Aaron und Raik waren bestimmt schon bei den Kindern und hielten sie auf den Rettungsringen. Bald würde alles wieder gut sein. Sie würde zurück in die Lounge gehen und Frau von Ohooven von ihrem Abenteuer mit Happy End berichten. Anneke krallte sich an ihrem Sitz fest. Es musste schneller gehen. Was war, wenn sie zu langsam waren?

1. Kapitel

Anneke drückte auf den Knopf im Erdgeschoss und wartete. Ihr Blick glitt zur Außenanzeige an der Schachttür. Der Fahrstuhl befand sich in der vierten Etage.

Ungeduldig klopfte sie mit dem Fuß auf den Boden und schaute nach rechts durch die gläserne Vorderseite des Bürohauses. Auf der Straße standen die Autos im Stau und wurden mühelos von flinken Fahrradfahrern überholt. Anneke hatte schon befürchtet, zum Termin mit ihrer Vorgesetzten zu spät zu kommen. Sie hasste Verspätungen. Doch der pfiffige Taxifahrer, zu dem sie am Hamburger Flughafen eingestiegen war, hatte auf einer »Geheimroute«, wie er es genannt hatte, den Stau tatsächlich geschickt umfahren und sie pünktlich an der Hamburger Zentrale des Touristikunternehmens abgesetzt, für das sie seit zwei Jahren als Hoteltesterin arbeitete. Gern hatte sie sich mit einem großzügigen Trinkgeld erkenntlich gezeigt und im Gegenzug seine Visitenkarte angenommen.

Ein *Pling* kündigte den Aufzug im Erdgeschoss an, bevor die silberne Tür zur Seite glitt. Anneke ließ zuerst die Leute aussteigen, bevor sie die Kabine betrat. Zufrieden stellte sie fest, dass sie allein nach oben fahren würde, und drückte den Knopf für die achte Etage. Sie stand nicht gern dicht gedrängt mit fremden Leuten in Aufzügen und genoss jede Fahrt, bei der sie ungestört war.

»Halt!« Ein Mann, der eine dunkle Mappe unter dem Arm trug, zwängte sich im letzten Moment durch den Spalt der Tür.

Enttäuscht verzog Anneke den Mund und trat einen Schritt zurück an die Kabinenwand. Vielleicht fährt er ja bloß in die erste oder zweite Etage, dachte sie hoffnungsvoll.

Die Tür schloss sich. Anneke schaute auf die ihr gegenüberliegende Wand und sah aus den Augenwinkeln, welchen Knopf der Mann drückte.

»Da haben wir ja das gleiche Ziel«, sagte er und wandte sich ihr zu. »Ach … Anneke?«

Erst jetzt schaute sie ihm ins Gesicht und erkannte, mit wem sie zusammen im Fahrstuhl fuhr. »Peter?«, fragte sie, ebenso erstaunt wie er. »Na, so was …«

»Haben wir uns lange nicht mehr gesehen! Und jetzt stehen wir auf einmal zusammen im Fahrstuhl. Das ist echt ein Ding!« Er machte eine Handbewegung, die seine Überraschung unterstrich.

»Ja, was für ein Zufall«, erwiderte Anneke immer noch perplex. »Nach so langer Zeit …«

»Wie lange ist es her? Als wir damals zusammen durch die norwegischen Fjorde geschippert sind, war Sommer …« Er überlegte kurz. »Das ist doch mindestens sechs Jahre her, oder?«

»Das kommt hin. Arbeitest du auch für *Feelgood Tours*?«, fragte sie und hoffte inständig, damit das Gespräch über die gemeinsame Vergangenheit auf dem Kreuzfahrtschiff zu beenden.

Peter nickte stolz. »Seit Januar in der IT. Haben mich direkt von *Sonnig Reisen* mit einem unschlagbaren Angebot abgeworben.«

»Das ist ja genau dein Ding. Freut mich für dich!«

»Danke. Und du?«, fragte er.

»Nicht in der IT.« Sie zuckte scherzhaft mit den Augenbrauen und atmete erleichtert auf, als der Aufzug zum Stillstand kam. Sie hatten die Zieletage erreicht. »Ich mache seit etwas mehr als drei Jahren das Hotel-Quality-Management.«

»Oh, dann bist du ja pausenlos auf Achse. Für mich wäre das nix mehr«, erwiderte er und fügte lachend hinzu: »Und für meine Frau ein Scheidungsgrund.« Er hob seine rechte Hand, um ihr seinen Ehering zu zeigen.

Sobald sich die Tür öffnete, verließen beide den Fahrstuhl.

Höflich blieb Anneke mit ihm kurz im Flur stehen. »Ich bin immer noch gern auf Reisen.« Sie dachte kurz an ihr kleines Appartement in Ratingen, das unweit vom Düsseldorfer Flughafen lag. Oft war sie nicht dort. Und wenn, meistens nicht länger als drei Tage am Stück.

»Hatten deine Eltern nicht ein eigenes Reisebüro?«, fragte Peter.

»Genau. Das haben sie übrigens immer noch.«

»Dann bist du quasi mit Reisefieber auf die Welt gekommen. Das erklärt natürlich einiges.« Er zog die Augenbrauen hoch und lachte.

»Das vermute ich auch«, stimmte sie ihm zu. »Ich habe jetzt gleich übrigens einen Termin mit Frau Büscher. Weiß gar nicht genau, um was geht, aber sie meinte, es wäre wichtig … War jedenfalls schön, dich wiedergesehen zu haben.«

»Finde ich auch!«

Anneke zog einen Kamm aus ihrer Ledertasche und deutete auf eine gegenüberliegende WC-Tür. »Ich verschwinde dann noch einmal schnell, bevor ich ins Gespräch gehe.«

»Na klar! Vielleicht laufen wir uns ja mal wieder zufällig über den Weg.«

Anneke nickte. »Vielleicht. Mach's gut!«

Er hob eine Hand. »Du auch. Und viel Erfolg beim Gespräch!« Peter wandte sich um und ging auf eine Glastür zu, hinter der die Büroräume des Reiseveranstalters lagen.

Anneke war gerade im Begriff, die Türklinke des Waschraums runterzudrücken, als Peter sich noch einmal zu ihr umdrehte. »Ach ja, bevor ich es vergesse, schöne Grüße an Aaron und Raik. Die zwei habe ich ja auch seit Urzeiten nicht mehr gesehen.«

Anneke hielt abrupt inne und spürte einen Stich in ihrem Herz. Sie schluckte und sagte dann halbwegs gefasst: »Danke. Werde ich ihnen ausrichten.«

Nachdem Peter ihr noch einmal zugenickt hatte, drückte er die Glastür auf.

Beklommen betrat Anneke die WC-Räume und schloss sich in einer der Toiletten ein. Innerlich aufgewühlt lehnte sie sich mit dem Rücken gegen die Tür. Ihr Herz klopfte schnell, und eine leichte Übelkeit stieg in ihr auf, als hätte sie zu viel warmen Streuselkuchen mit Sahne gegessen.

Sie steckte den Kamm zurück in ihre Tasche und zog dafür ein Taschentuch hervor, mit dem sie sich die Stirn abtupfte. Mit einem Mal schwitzte sie scheinbar, als hätte sie die Treppen in die achte Etage genommen und nicht den Aufzug. Dabei hatte sie inständig gehofft, das Gespräch mit

Peter weit weg von ihrem wunden Punkt gelenkt zu haben. Doch im letzten Moment hatte er sie doch noch eiskalt erwischt.

Er konnte es ja nicht wissen, versuchte sie, sich zu beruhigen.

Dass sie das alles noch immer so aus der Bahn warf ... nach all der Zeit. Sie schaute auf ihr Handy. Bis zu ihrem Gespräch mit Frau Büscher waren es bloß noch ein paar Minuten. In ihrem Zustand konnte sie jedoch unmöglich zu diesem Termin erscheinen.

Sie öffnete die Tür und ging zu dem kleinen Waschbecken. Während sie Wasser über ihre Handgelenke laufen ließ, betrachtete sie sich im Spiegel, der über dem Waschtisch hing. Sie sah erschöpfter aus, als sie für möglich gehalten hatte. In dem kalten Licht schimmerten ihre Augenringe dunkler, als sie sie in Erinnerung hatte. Sogar die Mimikfältchen an ihren Augenwinkeln erschienen ihr tiefer als sonst.

Ständig auf Achse zu sein und vorwiegend in Hotels zu wohnen hinterließ eben irgendwann auch Spuren. Doch sie wollte es nicht anders und konnte sich auch nicht vorstellen, jemals wieder anders leben zu können. Sie brauchte die Abwechslung, das ständig Neue in ihrem Leben und vor allem den Umstand, nie lange an einem Ort verweilen zu müssen. Anneke holte ein kleines Kulturtäschchen hervor, in dem sie Kosmetik aufbewahrte. Sie tupfte etwas Concealer unter und neben ihre Augen, verblendete die Flüssigkeit mit einem Schwämmchen und puderte zum Schluss ihr Gesicht über.

Das sah schon besser aus. Sie lächelte sich aufmunternd im Spiegel zu und verließ dann das WC.

»Guten Tag, Frau Schrögelmann. Nehmen Sie doch bitte Platz.« Frau Büscher deutete auf den Stuhl vor ihrem Schreibtisch.

»Danke.« Anneke setzte sich.

»Prima, dass es gleich mit einem Treffen nach Ihrem Auftrag in Island geklappt hat. Möchten Sie einen Kaffee?«

Höflich nickte Anneke. »Ja, gerne.«

»Ist frisch gekocht.« Frau Büscher schenkte aus einer silbernen Thermoskanne dampfenden Kaffee in eine Tasse und stellte diese anschließend vor Anneke auf den Tisch. Ein kleines Tablett mit Zucker und Kaffeesahne stand ebenfalls bereit. Daneben befand sich der obligatorische Teller mit der Sorte Kekse, die kein normaler Mensch mehr essen konnte, wenn er länger als ein halbes Jahr im Büro gearbeitet hatte.

»Island und Norddeutschland liegen beim Wetter gar nicht so weit auseinander«, scherzte Anneke und gab etwas Milch in ihre Tasse.

»Wie war es denn in Island?«, wollte Frau Bücher wissen.

»Ach, es war wunderbar! Ich war zum ersten Mal in Island, und es ist wirklich eine Reise wert. Die Bevölkerung ist so gastfreundlich und herzlich. Zauberhaft ist auch ihr Glaube an ein Elfenreich. Wussten Sie, dass es in Island eine Elfenschule gibt und sogar Experten, die Straßenumfahrungen planen, damit das verborgene Volk nicht gestört wird?«

Um Frau Büschers Mundwinkel zuckte ein Lächeln. »Ich habe davon mal gehört. Das klingt wirklich wie ein absolut märchenhafter Ort.«

»Zweifellos wird die Reisenachfrage in den kommenden Jahren steigen, da bin ich mir sicher. Ich konnte einige hübsche Hotels für unseren neuen Markt akquirieren.«

»Neuer Markt ist übrigens das perfekte Stichwort«, nahm Frau Büscher den Faden auf und lehnte sich auf ihrem Stuhl zurück. »Deswegen habe ich Sie zu einem persönlichen Gespräch hergebeten.«

»Aha? Ich dachte, es ginge vielleicht noch mal um Island.« Anneke trank vorsichtig einen Schluck von dem heißen Kaffee.

»Nein, es geht eher direkt vor die Haustür.« Frau Büscher stellte den Keksteller beiseite und schob ihr ein Strategiepapier zu. Es war eine Deutschlandkarte mit zahlreichen Markierungen. »Beim letzten *Feelgood Tours*-Meeting hat die Geschäftsführung beschlossen, verstärkt auf den deutschen Markt zu setzen.«

»Ach, das ist ja ganz was Neues«, sagte Anneke überrascht und studierte die Ortsnamen.

»Absolut. Und längst überfällig, wenn Sie mich fragen. Wie Sie wissen, waren wir bisher ausschließlich international orientiert. Dabei haben wir den Trend sträflich vernachlässigt, dass immer mehr Deutsche Urlaub im eigenen Land machen. Das wollen wir nun ändern.« Sie sah Anneke fest in die Augen. »Und dafür brauchen wir Sie.«

Anneke senkte den Blick auf die Karte und runzelte die Stirn. »Ich soll also die Schwäbische Alb für Sie erkunden?«

»Eher das nordfriesische Flachland. Für den Anfang wollen wir Hotels an der Nordsee ins Programm aufnehmen. Die neue Reisesparte soll neben einem Wohlfühlcharakter auch einen romantischen Aufhänger haben. Wir stellen uns die Einführung am Markt mit einer großen Aktion vor.«

Anneke nickte. »Klingt gut.«

»Ihr Auftrag wäre es unter anderem, die besten Hotels zu begutachten.«

»Unter anderem?« Anneke legte das Strategiepapier vor sich auf den Tisch und musterte ihre Vorgesetzte interessiert.

»Wir würden Sie für den Anfang gerne nach St. Peter-Ording schicken. Neben der Hotelbegutachtung vor Ort hätten wir dieses Mal den Wunsch, dass Sie außerdem auch die romantischsten Plätze in dem Küstenörtchen aufsuchen.«

Anneke war nicht sicher, was sie konkret erwarten würde. Aber eine Abwechslung wäre es allemal. »Das ist in der Tat mal etwas anderes.«

Frau Büscher lächelte. »Könnten Sie sich vielleicht vorstellen, eine Art Reiseführer in einem kleinen Blog-Format zu schreiben? Mit diesem Gimmick könnten wir den Kunden unsere neue Sparte zusätzlich schmackhaft machen und hätten dafür gleich einen attraktiven Aufhänger. Liebe läuft ja immer.«

»Nur die Liebe zählt, oder wie heißt es so schön?« Anneke machte eine betont begeisterte Miene. Bei ihr persönlich lief die Liebe schon lange nicht mehr. Das Thema hatte sie auf Eis gelegt. Einen Mann brauchte sie schließlich nicht. Sie war eine erfolgreiche und unabhängige Frau. Und außerdem hatte sie überhaupt keine Zeit, um sich in ein amouröses Abenteuer zu stürzen.

»Könnten Sie sich denn vorstellen, unsere Romantik-Aktion vorzubereiten?«

Anneke lächelte. »Prinzipiell spricht nichts dagegen. Ich habe mal eine Zeit lang einen kleinen Reise-Blog geschrieben. Nichts Großes. Ich glaube, den haben bloß Freunde und meine Familie gelesen.«

Erfreut klatschte Frau Büscher in die Hände. »Das ist ja großartig! Ich wusste gleich, dass Sie genau die richtige Mitarbeiterin für unsere neue Sparte sind.«

Anneke nahm das Strategiepapier noch einmal zur Hand und suchte auf der Karte nach St. Peter-Ording. »Wann soll es denn losgehen?«

»Am besten gestern. Wir sind ja schon wieder mitten in der Planung für die nächste Sommersaison. Aber natürlich richten wir uns da ganz nach Ihnen. Falls Sie also für die nächsten Tagen etwas anderes …«

Kopfschüttelnd verneinte sie. »Nein, nein. Das passt gut in meine Planung.« So musste sie nicht erst von Hamburg nach Ratingen fahren, um dann ein paar Tage später wieder Richtung Norddeutschland aufzubrechen. »Ich kann mich direkt auf den Weg nach St. Peter-Ording machen. So weit scheint es nicht von Hamburg entfernt zu sein.«

»Bloß anderthalb Stunden mit dem Auto. Oder möchten Sie lieber mit dem Zug fahren?«

»Mit dem Auto wäre mir lieber. So komme ich besser von A nach B und bin nicht auf den Bus oder ein Taxi angewiesen.« Fahrten im überfüllten öffentlichen Nahverkehr mochte Anneke im Grunde genauso wenig wie volle Aufzüge. Im Auto war sie ungestört und konnte außerdem noch laut Musik hören.

»Dann besorgen wir Ihnen einen Mietwagen. Mit dem *Sea & Spa Resort* in St. Peter-Ording hatte ich übrigens schon vor geraumer Zeit wegen unserer Pläne telefoniert. Mir wurde zugesichert, dass dort immer ein Zimmer für uns frei ist. Hier, schauen Sie mal.« Frau Büscher reichte ihr die Hotelunterlagen über den Tisch hin, bevor sie zum

Telefonhörer griff und eine Auszubildende damit beauftragte, einen Mietwagen zu buchen und Annekes baldiges Eintreffen im *Sea & Spa Resort* in St. Peter-Ording anzukündigen.

Zwei Stunden später lud Anneke ihre Koffer, die sie zuvor bei der Gepäckaufbewahrung am Hamburger Flughafen gelagert hatte, in einen geräumigen SUV. Sie legte ihren Business-Blazer auf den Rücksitz und gab die Adresse des Hotels in St. Peter-Ording in das Navigationssystem ein. Die Straße hieß *Im Bad*, was auf den ersten Blick ja schon nach Ruhe und Entspannung klang.

Das traf sich gut. Endlich mal wieder Zeit, die Natur zu genießen und auszuspannen. Anneke freute sich über das zu erwartende Kontrastprogramm. Das Wellness-Angebot des Hotels würde sie ausgiebig testen, und leckere Fischgerichte gab es bestimmt in jedem Restaurant. Gut gelaunt startete sie den Motor, fuhr los und hatte Glück. In einem Rutsch kam sie bis zur Autobahn 23 durch. Erst dort fädelte sie sich in zäh fließenden Verkehr ein, der sich jedoch gleich hinter Hamburg auflöste.

Vor sich eine weitgehend freie Fahrbahn, drehte sie die Musik im Radio lauter.

Obwohl sie tatsächlich nicht auf diesen Auftrag gefasst gewesen war, freute sie sich wirklich. Sie kannte St. Peter-Ording nur vom Namen, und dennoch hatte sie das Gefühl, dass ihr eine schöne Zeit bevorstand. Die Bilder im Hotelprospekt hatten sicherlich dazu beigetragen und in ihr die Lust auf Nordsee, Dünen und gemütliche Schmökerstunden im Strandkorb geweckt. Hinzu kam die direkte Strandlage des *Sea & Spa Resorts*, augenscheinlich eine der ersten Adressen in St. Peter-Ording.

Während sie das Lied im Radio mitsummte, wurde ihr bewusst, dass sie tatsächlich noch nie an der Nordsee gewesen war.

Familienurlaube hatten immer außerhalb von Deutschland stattgefunden, Klassenfahrten waren zum Skifahren in die Dolomiten, nach Berlin oder in irgendwelche Museen gegangen, die vom nordrhein-westfälischen Herten, ihrem Heimatort, in einem Tagesausflug erreichbar waren. Nach dem Abitur hatte sie ihr Tourismusstudium in Düsseldorf absolviert und war danach zusammen mit ihrem Bruder und Raik in die große weite Welt gezogen. Doch das war lange her. Seitdem war viel geschehen. Und wenn sie daran zurückdachte, kam ihr die Vergangenheit wie ein schlechter Traum vor, aus dem sie endlich erwachen wollte.

Ein Handyklingeln riss sie aus ihren grüblerischen Gedanken. Gut, dass der Servicemitarbeiter der Autovermietung ihr Handy mit der Bluetooth-Freisprecheinrichtung verbunden hatte. Anneke stellte das Radio auf lautlos und nahm das Gespräch an. »Hallo?«

»Ach, endlich erreiche ich dich! Hier ist die Mama.«

»Ach, hallo!«, sagte Anneke überrascht. Ihre Mutter klang vorwurfsvoll, und sie hatte auch allen Grund dazu.

»Wie geht es dir?«, erkundigte Anneke sich scheinbar leichthin. »Ich hätte dich auch bald angerufen.«

»Dein Bald kenne ich. Viermal habe ich schon probiert, dich zu erreichen. Nie bist du rangegangen. Mit deiner Mailbox habe vermutlich mehr Gespräche geführt als mit dir.«

»Tut mir leid! Ich war immer so viel unterwegs. Die Arbeit lässt mir kaum Zeit für Privates«, erwiderte Anneke. Sie wusste, warum ihre Mutter sie sprechen wollte. Und Anneke war auch klar, dass ihre Ausrede sehr lahm war. Sie hätte ein schlechtes Gewissen haben müssen, weil sie nicht zurückgerufen hatte.

»Also, Anneke«, fuhr ihre Mutter tadelnd fort, ohne auf die Bemerkung über Arbeit und Privates einzugehen. »Was ist denn mit Papas Sechzigstem? Du kommst doch, oder etwa nicht?«

»Oje, Papas Geburtstag ist ja bald«, sagte sie zerknirscht.

Ärgerlich presste ihre Mutter hervor: »Jetzt sag nicht, du hast es vergessen!«

Anneke schluckte wieder. Sie sah fast vor sich, wie ihre Mutter die Hände in die Hüfte stemmte.

»Anne? Bist du noch da?«, fragte ihre Mutter, als sie nicht gleich antwortete.

»Ja, ich bin noch da. Und nein, ich habe den Geburtstag nicht vergessen«, antwortete sie hastig. »Ich bin nur gerade auf dem Weg von Hamburg nach St. Peter-Ording. *Feelgood Tours* hat mir ein sehr wichtiges Projekt übertragen. Ich werde wohl länger daran arbeiten. Ehrlich gesagt weiß ich nicht, ob ich es schaffe ...« Eigentlich kam ihr der Auftrag gerade recht. Vor dem anstehenden großen Familienfest graute es ihr schon lange Zeit. Und der Auftrag an der Küste bot ihr die perfekte Ausrede, an dem Jubiläum ihres Vaters – mal wieder – verhindert zu sein. Ihre Abwesenheit bei Geburtstagen, an Weihnachten und anderen Feiertagen hatte sie stets mit ihren beruflichen Reisen begründet und war bisher auch meistens auf Verständnis gestoßen – wenngleich ihre Eltern es oft nur zähneknirschend hingenommen hatten.

»Pfft!«, entfuhr es ihrer Mutter. »Das kann doch unmöglich dein Ernst sein! Die ganzen Jahre hast du dich kein einziges Mal bei uns blicken lassen, dass ich mich manchmal schon gefragt habe, ob ich überhaupt eine Tochter habe. Immer war was anderes, immer ist die Arbeit dazwischengekommen. Dein Vater wird aber nur einmal sechzig Jahre in seinem Leben, und er kann erwarten, dass auch du dabei bist.«

»Ich werde versuchen zu kommen.« Natürlich hatte ihre Mutter recht. Und zweifellos sollte sie als Tochter an dem Jubiläum ihres Vaters anwesend sein. Eigentlich sollte es darüber auch keine Diskussion geben. Aber sie konnte einfach nicht. Allein der Gedanke daran, mit ihren Eltern und anderen Familienmitgliedern zu Hause im Garten bei Kaffee und Kuchen zu sitzen, verursachte ihr Beklemmungen.

»Versuchen, versuchen. Man kann nicht immer nur arbeiten, Anne! Wie lange willst du denn noch diesen Lebensstil führen? Du bist jetzt vierunddreißig, ewig hältst du das nicht durch. Es gibt auch noch andere Dinge, außer die Firma.« Sie atmete hörbar ein und fuhr etwas leiser fort: »Irgendwann ist es dann vielleicht für bestimmte Dinge zu spät und dein Vater nicht mehr da.«

Anneke zuckte zusammen. Der letzte Satz ihrer Mutter hatte gesessen. »Ich werde es wirklich probieren«, versprach sie. »Vielleicht kann ich in St. Peter-Ording schneller fertig sein.«

»Eine Zusage hört sich anders an«, bemerkte ihre Mutter kurz angebunden. »Wir wollen im Schloss Westerholt feiern. Da wäre es von Vorteil zu wissen, wer alles kommt.«

Anneke nahm den Fuß vom Gaspedal und gab sich einen Ruck. »Ist gut. Plane mich für Papas Geburtstag ein.« Sie nahm sich fest vor, sich zusammenzureißen und es ihrem Vater zuliebe irgendwie hinzubekommen.

»Papa wird sich sehr freuen, wenn du kommst. Und ich mich auch. Wir alle werden uns freuen.« Ihre Mutter klang nun versöhnlicher. »Und Tante Rita wirst du vermutlich gar nicht los. Sie fragt so oft nach dir.«

Nachdem sie sich hinter einem Lkw in den Verkehr eingefädelt hatte und nun gemächlich weiter in Richtung St. Peter-Ording fahren konnte, seufzte Anneke. Sie musste ein paar Tränen fortblinzeln. »Was wünscht sich Papa eigentlich?«

»Dass du kommst«, lautete die prompte Antwort.

»Ich will aber nicht ohne Aufmerksamkeit erscheinen. Und jetzt sag nicht, dass es schon genug Geschenk ist, wenn ich komme.«

»Du kennst doch deinen Vater. Fragst du ihn, dann braucht er nie was. Die schönsten Geschenke sitzen für ihn mit am Tisch.«

Anneke seufzte. »Ich weiß. Ist wirklich schwierig bei ihm. Für dich fällt mir immer etwas ein.«

Jetzt lachte ihre Mutter kurz auf. »Ach, das ist bei Männern wohl im Allgemeinen nicht leicht. Lass dir was einfallen. Du wirst schon das Richtige finden. Er freut sich bestimmt. So, jetzt muss ich hier weitermachen. Im Backofen ist ein Kuchen, der muss bald raus.«

»Ist gut, Mutti. Dann bis demnächst.« Anneke beendete das Telefonat und drehte die Lautstärke des Radios wieder auf. Es lief der Klassiker *Über sieben Brücken musst du gehen* von Peter Maffay. Anneke schüttelte den Kopf, der Song passte gerade einfach zu gut.

2. Kapitel

Am frühen Nachmittag kurvte Anneke im Schneckentempo durch den Kreisverkehr im Ortsteil *Bad*. Das Zentrum von St. Peter-Ording schien zur Hochsaison förmlich aus allen Nähten zu platzen. Touristen bevölkerten in Scharen den Ortskern. Es war mitten im Juli, alle hatten Urlaub und wollten natürlich ans Meer.

Laut Navigationssystem hatte sie ihr Ziel erreicht, doch außer der vollbesetzten Tische vor den Restaurants und Eiscafés sah sie weit und breit kein Hotel. Sie fuhr langsam in dem gemieteten SUV die Einbahnstraße entlang und blickte immer wieder auf den Bildschirm des Navigationsgeräts. Das Hotel musste hinter den Geschäften liegen.

Sie beschloss, ihrer Intuition zu folgen, und bog bei der nächsten Möglichkeit einfach rechts ab. *Im Bad* gabelte sich hier. Die Straße verlief sowohl weiter geradeaus als auch rechter Hand. Anneke folgte dem Weg, bis sie zu einem großen Gebäude mit Parkplatz kam. *Sea & Spa Resort – Parkplatz nur für Gäste* las sie auf einem Schild.

Auf ihre Intuition war Verlass. Zufrieden fuhr Anneke in eine leere Parkbucht links vom Hoteleingang, stieg gut gelaunt aus und atmete tief durch. Die Luft roch herrlich salzig nach Meer. Ein frischer Wind wirbelte ihr Haar durcheinander. Das hatte sie auch an Island so gemocht. Eine Durchschnittstemperatur von etwa fünfzehn Grad, und dazu wehte ein angenehmes Lüftchen – wahrlich kein Badewetter. Aber je älter sie wurde, desto mehr genoss sie kühle bis milde Temperaturen. Als junges Mädchen hatte es ihr gar nicht heiß genug sein können, und das Brutzeln in der prallen Mittagssonne hatte sie hervorragend vertragen. Mittlerweile suchte sie in warmen Ländern eher schattige Plätze auf, um keine Kopfschmerzen zu bekommen.

Die Wetterlage in St. Peter-Ording war schon mal genau nach ihrem Geschmack. Eine gute Voraussetzung, dachte sie, als sie den Kofferraum öffnete und ihr Gepäck heraushob. Einen Koffer ließ sie im Wagen, da er ohnehin bloß elegante Kleidung für besondere Anlässe enthielt. Die würde sie in St. Peter-Ording vermutlich nicht brauchen. Der typische Nordsee-Dresscode bestand eher aus bequemer und praktischer Kleidung, wie Anneke sie auch in Island getragen hatte.

Sie schulterte ihre Reisetasche und zog den Rollkoffer über eine Rampe hinter sich her, die zum überdachten Hoteleingang führte. Die Lobby war modern in Braun, Beige und Weiß eingerichtet und vermittelte gemütliche Lounge-Atmosphäre. Lächelnd ging Anneke auf den Rezeptionstresen zu, hinter dem eine Frau mit leicht gesenktem Kopf telefonierte und dabei Notizen auf einem Blatt Papier machte.

Geduldig wartete Anneke und stellte ihre Reisetasche auf dem Boden ab. Die Rezeptionistin trug eine weiße Bluse und darüber ein dunkelbraunes Jackett. Das blonde Haar hatte die Hotelangestellte zu einem perfekten Dutt gewunden, der genau mittig auf dem Scheitel saß. Anneke fragte sich, wie es sein konnte, dass scheinbar jede Frau die Fähigkeit hatte, sich die Haare wunderhübsch zu frisieren – jede außer ihr eben.

Sobald sie aufgelegt hatte, lächelte die Frau sie freundlich an. »Moin! Tut mir leid, dass Sie warten mussten. Was kann ich für Sie tun?«

»Guten Tag, mein Name ist Anneke Schrögelmann. *Feelgood Tours* hat mein Kommen angemeldet.«

Die Miene der Rezeptionistin hellte sich sogleich auf. »Ah, natürlich! Ich sage Frau Schäfer Bescheid, dass Sie da sind. Sie ist die stellvertretende Direktorin unseres Hauses. Vielleicht möchten Sie so lange Platz nehmen und schon mal unser Check-in-Meldeformular ausfüllen?« Sie deutete auf eine bequeme Couch-Gruppe, die im Sonnenlicht vor einer hohen Fensterfront platziert war, und hielt Anneke ein Formular auf einem Klemmbrett und einen Stift entgegen. »Ihr Gepäck können Sie ruhig hier stehen lassen.«

»Danke, gerne.« Routiniert nahm sie den Stift und das Klemmbrett entgegen. Hätte sie jemand gefragt, wie viele dieser Formulare sie bereits in ihrem Leben ausgefüllt hatte, sie hätte darauf keine Antwort geben können. Es waren bestimmt ein paar Tausend.

Die Rezeptionistin griff wieder zum Telefonhörer, während Anneke auf der Couch Platz nahm. In der Lobby war um diese Tageszeit nicht viel los. Die meisten Leute hielten sich vermutlich bei dem milden Wetter am Strand oder in einem Eiscafé auf.

Ihr fiel die angenehme Sauberkeit in der Eingangshalle des Hotels auf. Auf dem Teppich zu ihren Füßen konnte sie keine Schmutzpartikel ausmachen, und auch die beige melierten Fliesen glänzten, dass man sich darin problemlos hätte spiegeln können. Ein großer Pluspunkt, der nicht in jedem Hotel selbstverständlich war. Hinzu kam, dass es nicht nach scharfen Reinigern oder anderen Chemiebomben roch. Anneke meinte, stattdessen eine Nuance wahrzunehmen, die sie an grünen Tee erinnerte. Sehr angenehm!

Nachdem sie das Formular ausgefüllt hatte, legte sie das Klemmbrett auf den flachen Tisch vor der Couch, schloss kurz die Augen und wartete einfach. Als sie nach einer Weile das Klackern von hohen Absätzen auf den Bodenfliesen hörte, drehte Anneke den Kopf in die Richtung, aus der das Geräusch kam.

Eine groß gewachsene, schlanke Frau in einem eleganten dunkelblauen Sommeroverall kam lächelnd auf sie zu. Ihr Gang war so leichtfüßig, dass es fast aussah, als schwebte sie über den Boden. Das braune Haar hatte sie zu einem Zopf zusammengebunden, der ihr beinah bis zu den Hüften reichte. »Moin! Ich bin Mirja Schäfer, die stellvertretende Direktorin des *Sea & Spa*«, stellte sie sich vor. »Willkommen bei uns in St. Peter-Ording. Ich hoffe, Sie hatten eine gute Anreise und es wird Ihnen hier gefallen.« Ihr Händedruck war kräftig, aber herzlich.

Anneke stand auf und lächelte. »Guten Tag, Frau Schäfer. Vielen Dank, dass ich herkommen durfte. Ich bin schon ganz neugierig auf St. Peter-Ording. Das *Sea & Spa Resort* hat bisher einen guten ersten Eindruck auf mich gemacht. Alles so schön hell und gepflegt.«

»Das freut mich zu hören.« Frau Schäfer wirkte ehrlich erfreut, und Anneke entdeckte kleine Lachfältchen um ihre Augen. Sie war wirklich bildschön. Anneke schätzte sie auf ungefähr Mitte vierzig. »Wir geben uns auch alle Mühe, um den Gästen einen unvergesslichen Aufenthalt in unserem Haus zu bieten.«

»Das merkt man sofort.« Bekräftigend wies Anneke auf den makellosen Wartebereich.

»Unser Ziel ist es, dass jeder Hotelgast völlig entspannt ist, wenn er uns wieder verlässt. Wellness für Körper und Geist, das steht bei uns an erster Stelle.«

Lachend erwiderte sie: »Dann bin ich hier ja goldrichtig. Ein bisschen Entspannung täte mir tatsächlich gut. Ich bin heute früh in Hamburg mit dem Flieger aus Island gelandet, hatte dann eine geschäftliche Besprechung in unserer Zentrale ... Und nun bin ich hier.«

»Ich hoffe, Sie werden Ihre Zeit in St. Peter-Ording sehr genießen. Wie ich sehe, haben Sie schon unser Gästeformular ausgefüllt. Dann würde ich Ihnen gerne jetzt Ihre Suite zeigen.«

»Oh, eine Suite?« Anneke übergab Frau Schäfer das Klemmbrett mit dem Stift und ging zum Tresen, vor dem sie ihre Taschen abgestellt hatte. »Da bin ich aber mal gespannt!«

»Das Gepäck lasse ich für Sie hochbringen.« Frau Schäfer legte das Check-in-Formular hinter der Rezeption ab und führte Anneke zu einem Fahrstuhl, vor dem sie auf den obersten Knopf der Steuerungsleiste drückte.

»Ich hoffe, Sie sind schwindelfrei.« Sie zwinkerte Anneke zu, als der Aufzug wenige Augenblicke später die Zieletage erreicht hatte und die Tür sich öffnete.

»Bis jetzt ja. So hoch sind wir ja nicht gefahren.«

»Wie man es nimmt.« Frau Schäfer ging voraus und öffnete die Tür zur Suite. »Es ist zwar nur das vierte Obergeschoss, trotzdem befinden Sie sich in unserer großen Spa-Suite über den Dächern von St. Peter-Ording. Hereinspaziert!« Sie machte eine einladende Armbewegung und trat zur Seite.

Staunend betrat Anneke die Suite. »Sehr hübsch.« Sie schaute sich in der Suite um, die ebenfalls in Braunbeige gehalten war und über ein separates Schlafzimmer verfügte. Sie öffnete die Tür zu dem großzügigen Bad, das eine ebenerdige Dusche und eine eigene Sauna hatte. »In der Sauna war ich auch schon lange nicht mehr. Es scheint, als hätten Sie an alles für Ihre Gäste gedacht.«

»Das ist noch nicht alles. Den Clou der Suite haben Sie noch gar nicht gesehen«, erwiderte Frau Schäfer geheimnisvoll.

»Jetzt bin ich neugierig.«

»Kommen Sie.« Sie öffnete zwei Glastüren, die auf eine große Dachterrasse hinausführten. »Tadaa! Der Whirlpool mit Blick auf die Salzwiesen und die Seebrücke.«

»Wow!«, entfuhr es Anneke. »Das ist ja ein Knaller!«

Frau Schäfer verschränkte die Arme vor der Brust. »Habe ich zu viel versprochen?«, fragte sie zufrieden.

»Auf keinen Fall!« Sie ging zur Balustrade und beugte sich ein wenig vor, um mehr von der Umgebung zu sehen. Ihr Blick glitt in die Ferne. »Und wo ist das Meer?«

Lächelnd trat Frau Schäfer neben sie. »Da hinten. Sehen Sie die Pfahlbauten hinter der Seebrücke?«

Anneke nickte. »Ja.«

»Noch ein Stück dahinter, da ist das Meer. Im Moment. Mal näher, mal weiter entfernt. Das kommt darauf an, ob gerade Ebbe oder Flut ist. Ich hoffe, Ihnen gefällt die Suite trotzdem, auch wenn der direkte Blick auf die Nordsee fehlt.«

»Selbstverständlich.« Anneke beobachtete versonnen einen kleinen Jungen und ein Mädchen, die mit einem bunten Wasserball auf der Promenade spielten, die nicht weit vom *Sea & Spa Resort* verlief. Tief atmete sie die salzige Meerluft ein und spürte, wie ihr mit jedem Atemzug ein wenig Last von den Schultern fiel. Seufzend wandte sie sich Frau Schäfer zu. »Ich hätte nicht gedacht, dass es so schön in St. Peter-Ording ist.«

»Dann bin ich beruhigt.«

Sie schwiegen einen Moment und schauten über die Salzwiesen. Gedankenverloren blickte Anneke zwei Möwen nach, die laut kreischend Richtung Meer flogen.

»St. Peter-Ording scheint auf den ersten Blick viel Potenzial für die neue Romantiklinie von *Feelgood Tours* zu haben«, sagte Anneke schließlich.

»Oh ja, und wie! Was meinen Sie, wie viele Paare hier heiraten? Die Standesbeamten sind auf Monate ausgebucht. Und am Westerhever Leuchtturm einen freien Termin zu bekommen, das ist fast unmöglich. Trotzdem werden hier viele Hochzeiten gefeiert. Und unsere große Spa-Suite ist ideal für romantische Stunden für Frischvermählte, aber auch für Paare, die sich ein schönes Wochenende gönnen wollen.« Frau Schäfer ging zum Whirlpool und schaltete ihn ein. In dem Wasser darin bildeten sich sogleich Blasen. »Schade, dass Sie Ihren Lebensgefährten nicht mitgebracht haben, dann hätten Sie alles zu zweit testen können.«

»Meinen …«, setzte Anneke an, schüttelte dann aber den Kopf. »Er ist zeitlich leider verhindert«, sagte sie vage.

»Das kenne ich. Bei meinem Mann muss ich auch lange im Voraus Terminanfragen stellen, wenn mal etwas Außergewöhnliches ansteht.« Sie lachte und atmete dann tief ein. »Die Luft ist heute einfach wunderbar und lädt zu einem Feierabendspaziergang ein.« Da es an der Tür klopfte, blickte sie dorthin. »Das wird Ihr Gepäck sein.«

Die Frauen verließen die Dachterrasse und ließen den Hotelangestellten herein, der Annekes Reisegepäck in die Suite trug. Freundlich bedankte sie sich und drückte dem Mann ein Trinkgeld in die Hand.

»Dann kommen Sie erst einmal in Ruhe in St. Peter an«, sagte Frau Schäfer abschließend. »Ein Bademantel, Saunatücher und Badeslipper liegen im Schrank im Bad bereit. Sollten Sie irgendwelche Fragen haben oder Hilfe benötigen, ist immer jemand für Sie da. Entweder über Telefon oder an der Rezeption.«

Anneke nickte. »Ganz lieben Dank für den herzlichen Empfang. Ich werde mich hier bestimmt sehr wohlfühlen.«

Nachdem die stellvertretende Hoteldirektorin die Suite verlassen hatte, warf Anneke einen Blick in die Minibar.

Sie nahm eine kleine Glasflasche mit Mineralwasser aus dem kleinen Kühlschrank, die sie in einem Zug leer trank, und ließ sich anschließend auf das bequeme Doppelbett fallen. Eine Viertelstunde lang ruhte sie sich einfach nur aus und genoss die Wärme der Decke unter sich.

Als sie wieder neue Energie geschöpft hatte, vertiefte Anneke sich in die Wellnessbroschüre des Hotels. Eine Bernsteinmassage fiel ihr gleich ins Auge. Das Angebot hörte sich verlockend an. Mit ihrem Handy machte sie ein paar Aufnahmen der Suite und von dem herrlichen Ausblick auf die Salzwiesen und die Weite der Küstenlandschaft, den die

Dachterrasse bot. Zu gern hätte sie die Fotos jemandem gezeigt, doch es gab niemanden, den sie an ihren Erlebnissen hätte teilhaben lassen können. Nach der Katastrophe hatte sie den Kontakt zu sämtlichen Freunden abgebrochen und den zu ihren Angehörigen auf ein Minimum reduziert.

Es gab niemanden, mit dem sie sich hätte austauschen oder dem sie banale Urlaubsfotos hätte schicken können. Ach, das brauchte ich bisher auch nicht, sagte sie sich. Kurz zog sie in Erwägung, die Bilder Frau Büscher als erste Impressionen aus St. Peter-Ording zu präsentieren. Sie hätte bestimmt auch Interesse daran.

Ob sie sie einfach ihren Eltern senden sollte? Sie würden sich garantiert freuen, vielleicht aber auch zu viel von ihr erwarten, wenn sie den Kontakt nun derart intensivierte.

Anneke ging unschlüssig durch die Suite, setzte sich dann seufzend auf das Sofa und wischte durch ihre Aufnahmen.

Rückblickend war sie sich nicht sicher, ob ihre Entscheidung damals richtig gewesen war. Besonders hart musste der Kontaktabbruch ihre Kindergartenfreundin Pamela getroffen haben. Sie hatte noch lange, nachdem Anneke auf keine Kontaktversuche mehr reagiert hatte, Nachrichten geschrieben und war auch bei ihren Eltern im Reisebüro vorbeigegangen, um sich nach ihr zu erkundigen. Anneke war bewusst, dass Pamela so eine Behandlung nicht verdient hatte und sie ihr ablehnendes Verhalten vermutlich nie wiedergutmachen konnte, doch sie hatte damals nicht anders gekonnt. Und jetzt, Jahre später, war sie nicht sicher, ob sie es nun anders machen konnte. Sie konnte nicht erwarten, dass Pamela Verständnis für ihren radikalen Schritt zeigte oder ihr jemals verzeihen würde. Dafür herrschte schon zu lange

Stille zwischen ihnen, und ihre Lebenswege verliefen schon so lange weit voneinander entfernt.

Also blieben nur ihre Eltern. Im Gegensatz zu ihrer Mutter, die lediglich ein Seniorenhandy ohne Schnickschnack besaß, nutzte ihr Vater *WhatsApp*. Und jetzt hatte sie auch schon versprochen, zu seiner Geburtstagsfeier anzureisen.

Anneke zögerte einen Moment, bevor sie sich überwand und eine Nachricht tippte.

> Hallo Mama und Papa, ich bin gut in St. Peter-Ording angekommen, und das Hotel ist sehr schön. Ich bin in der großen Suite vom Sea & Spa Resort untergekommen. Von der Dachterrasse hat man eine tolle Aussicht. Ich schicke euch mal ein paar Fotos. Bis bald, Anne

Nachdem sie das Telefon gesenkt hatte, blieb sie eine Weile auf der Couch sitzen und wunderte sich über sich selbst. Sie wusste nicht, wann sie das letzte Mal ihre Eltern über ihre wohlbehaltene Ankunft irgendwo informiert hatte. Erstaunlicherweise hatte es sich aber völlig normal angefühlt, auch jetzt empfand sie weder Beklemmungen noch Last, wie es sonst der Fall gewesen wäre. Vielleicht war das ein gutes Zeichen, über das sie sich freuen sollte.

Die Wellnessbroschüre in der Hand, fuhr Anneke eine halbe Stunde später im Fahrstuhl ins Erdgeschoss. Inzwischen hatte sie ihren Koffer ausgepackt und sich bequeme Freizeitkleidung angezogen. An der Rezeption buchte sie für den kommenden Morgen eine Bernsteinmassage und verließ dann zu Fuß das Hotel, um sich einen ersten Überblick der Gegend zu verschaffen.

Auf der ihr bekannten Straße *Im Bad* fand sie ein nettes Café-Restaurant, gleich daneben entdeckte sie das Kino *Nordlicht*.

Anneke entschied sich für ein Abendessen in dem Restaurant und ergatterte einen Platz auf der sonnenbeschienenen Terrasse. Vereinzelt zogen Schäfchenwolken am strahlend blauen Himmel vorüber, der frische Nordseewind strich ihr angenehm durch das Haar. Einen Moment lang überlegte Anneke, ob sie ihre Jeansjacke ausziehen sollte, behielt sie dann aber doch an. Als der Kellner kam, bestellte sie ein Seelachsfilet mit Remoulade, Bratkartoffeln und einem kleinen Salat. Frischer Fisch schmeckte an der Küste doch sicherlich auch hier am besten. Das war in jedem Land so gewesen, das sie bis jetzt bereist hatte.

Versonnen beobachtete sie die vorbeiflanierenden Urlauber und auch die anderen Gäste. Am Tisch gegenüber saß auch eine Frau allein am Tisch. Sie musste ungefähr im Alter ihrer Mutter sein. Neben ihrem Teller lag eine Zeitschrift, in der sie während des Essens blätterte. Sie wirkte zufrieden, als würde sie die Zeit mit sich allein genießen.

Wie ihr Leben wohl aussehen mochte, wenn sie sechzig Jahre alt sein würde? Wäre sie immer noch kinderlos, unverheiratet und nach wie vor als Hoteltesterin in der Welt unterwegs? Während Anneke sich mit der Vorstellung vertraut machte, fragte sie sich, ob sie sich ihre Zukunft so wünschte. Und was würde auf sie zukommen, wenn sie irgendwann Rentnerin war und nicht mehr von einem Ort zum anderen reisen würde?

Unbehagen machte sich in ihr breit. Woher kamen nur plötzlich diese Gedanken? Um sich mit etwas anderem zu beschäftigen, aß Anneke zügig auf, sobald ihr Gericht vor ihr stand, bezahlte und ging noch eine Weile spazieren. Als sie das Gefühl hatte, dass ihre Beine keinen Schritt mehr tun wollten, machte sie sich auf den Rückweg ins Hotel.

Es dämmerte bereits, als sie sich ein Bad im Whirlpool auf der Dachterrasse gönnte. Mit einem Glas Wein in der Hand genoss Anneke den Blick über die Strandpromenade bis zu den Pfahlbauten und versuchte, sich dabei zu entspannen.

Als sie eine Textnachricht erhielt, griff sie nach ihrem Handy und sah, dass ihr Vater ihr geschrieben hatte.

> Hallo Anne, in St. Peter-Ording waren Mama und ich mal mit dem Campingbus in den 80er-Jahren zum Surfen, als das noch ein ganz verschlafener Ort war. Jeden Tag kam ein Italiener in einem rosafarbenen VW-Bulli zum Campingplatz und verkaufte Eis. Ich habe nie wieder so leckeres Eis gegessen. Solltest du den Eiswagen sehen, dann bestelle bitte schöne Grüße! Und melde dich bald wieder!
> Papa und Mama

Anneke musste lächeln. Es tat gut, so liebe Worte zu lesen. Und Eltern waren wahrscheinlich die einzigen Menschen, die einem alles verziehen. Dabei hatten speziell ihre Eltern allen Grund, wütend und enttäuscht zu sein. Sie musste an das letzte Weihnachtsfest denken, an dem sie ihr Kommen einen Tag vorher abgesagt hatte, weil ihr der Mut gefehlt hatte, sich einem Familienfest auszusetzen.

Sie erinnerte sich an das Telefonat damals noch genau. Ihre Mutter war nicht erfreut über ihre Absage gewesen, obwohl sie beteuert hatte, aus beruflichen Gründen nicht kommen zu können. Was gestimmt hatte. Anneke war für eine kranke Kollegin in Aspen eingesprungen. Ihrer Mutter hatte sie versprochen, den Besuch so bald wie möglich nachzuholen. Als sie den Hörer an ihren Vater weitergereicht hatte, sodass sie ihm ebenfalls persönlich absagte, war seine Enttäuschung spürbar gewesen. Auf den nachgeholten Besuch warteten ihre Eltern immer noch.

Anneke war bewusst, dass sich die Situation wiederholen und sie im letzten Moment kalte Füße bekommen könnte. Allein bei dem Gedanken daran fühlte sie sich schlecht.

Seufzend stieg sie aus dem Whirlpool, zog den Bademantel über und ging ins Schlafzimmer. Dort trank sie zwei weitere Gläser Wein, um ihr schlechtes Gewissen zu betäuben, das sie wegen der vergangenen und bereits der noch absehbar folgenden Absagen hatte. Sie schaltete den Fernseher ein und wollte sich mit einer Talkshow ablenken, aber ihre Gedanken schweiften immer ab.

Irgendwann spürte sie, wie ihr die Augenlider schwerer wurden, und stellte das Glas auf dem Nachttisch neben dem Bett ab. Ihren Kopf bettete sie auf einem Kissen und verfolgte die Diskussion um Steuergelder im Fernsehen mit halb geschlossenen Lidern. Seit der Katastrophe in ihrem Leben hatte sie Schlafstörungen, deswegen schaute sie jeden Abend so lange fern, bis ihre Augen zufielen.

Das Boot schaukelte auf den Wellen. Je näher sie dem Flüchtlingsboot kamen, desto lauter wurden die *Musaeada-*

Rufe. Annekes Puls beschleunigte sich. Sie spürte, wie das Blut Adrenalin durch ihren Körper pumpte. Ihre Sinne waren geschärft. Der salzige Geruch des Meeres erschien ihr um ein Vielfaches intensiver, das Rauschen der Wellen dröhnte in ihrem Kopf, und sie schwitzte wie in der Mittagssonne von Kairo. Neben sich sah sie nun die ersten Menschen im Wasser, die verzweifelt mit den Armen schlugen, sich krampfhaft am Rettungsboot festhielten und versuchten, an Bord zu kommen. Doch es waren viel zu viele. Würden alle in ihr Boot kommen, würden sie in Seenot geraten.

Suchend blickte sie sich um. Weder der angekündigte Frachter war zu entdecken, noch nahm sie ein Zeichen der nahenden Küstenwache wahr. Panik stieg in ihr auf. Sie konnte kein glückliches Leben mit dem Gewissen führen, dass sie jemanden hatte ertrinken lassen. Selbst dann nicht, wenn ihr Boot Gefahr laufen würde zu kentern.

Sie schaute in die vor Angst weit aufgerissenen Augen eines Kindes, das verzweifelt versuchte, seinen Kopf über Wasser zu halten. Entschlossen löste sie einen Rettungsring aus der Verankerung und warf ihn dem Jungen zu, der begierig danach griff. Dann beugte sie sich zu ihm runter und erwischte seinen Arm. Ein Crew-Mitglied kam ihr zu Hilfe. Gemeinsam schafften sie es, den Jungen aus dem Meer zu ziehen.

3. Kapitel

Anneke schreckte aus dem Schlaf hoch. Sie saß mit klopfendem Herzen kerzengerade im Bett. Ihr Oberteil war durchgeschwitzt. In ihren Ohren toste noch Wellenrauschen, und ihr Nacken schmerzte. Verwirrt blinzelte sie und sah auf den Fernsehbildschirm.

»Und deswegen ist der herabschauende Hund eine meiner liebsten Yoga-Übungen, um Stress zu reduzieren.« Eine barfüßige Frau in knalligen Leggins und Trägertop ging über den Liegestütz in besagte Yoga-Position.

Anneke rieb sich die Augen. Sie hatte beinah auf eine Nacht ohne diesen verflixten Albtraum gehofft, der sie nun seit Jahren verfolgte und nachts nicht zur Ruhe kommen ließ. Sie warf einen Blick auf den Wecker: sieben Uhr zwanzig.

Seufzend griff sie nach einer Flasche, die neben ihrem Bett stand, und trank den Rest des Wassers. Der Fernseher war zweifellos die ganze Nacht durchgelaufen. Gut, dass er sich nicht von selbst abschaltete.

Fasziniert beobachtete sie, wie gelenkig die Frau ihre Übungen vorführte.

»Dabei befindet sich das Herz in einer Umkehrhaltung über dem Kopf. Das hat eine ausgleichende Wirkung, weil damit die Ausatmung unterstützt wird und der Puls sich beruhigt«, erklärte die Sportlerin.

Die Moderatorin beugte sich mit einem Mikrofon in der einen und einem Packen Kärtchen in der anderen Hand zu der Vorturnerin runter. »Was sind denn die typischen Stresssymptome, gegen die diese Übungen helfen?«

»Da gibt es einige.« Die Frau verharrte weiterhin im herabschauenden Hund. »Augenringe, zuckende Augenlider, Ohrsummen, Nacken- und Schulterschmerzen, Schlafstörungen, kreisende Gedanken mit Kopfschmerzen. Stress hat viele Gesichter und kann sogar auf ein Burnout hinauslaufen. Und Yoga kann bei der alltäglichen Stressbewältigung helfen.«

Instinktiv fasste Anneke sich an den schmerzenden Nacken. Seit geraumer Zeit überwältigte der Stress eher sie statt umgekehrt.

Kurz entschlossen kletterte sie aus dem Bett und ahmte die Haltung der Sportlerin nach. Es war gar nicht so einfach, wie es im Fernsehen den Anschein machte. Nach einer Viertelstunde sah Anneke ein, dass ihre Sehnen nicht mehr halb so dehnbar waren wie damals, als sie Vereinsmitglied beim TuS Westerholt-Bertlich gewesen war.

Sie sah bei der Yoga-Figur sicher nicht im Geringsten so elegant aus wie die Lehrerin vor der Kamera. Anneke warf einen prüfenden Blick zur Wand, an der ein großer Spiegel hing, und fand ihre Vermutung bestätigt. Der herabschauende Hund wirkte bei ihr eher wie ein verunglückter Katzenbuckel mit Knieschaden.

Von Stressbewältigung oder gar Entspannung war sie so weit entfernt. Denn in Wirklichkeit raubte ihr diese Körperhaltung die Luft zum Atmen, und auch ihr Puls wollte sich nicht normalisieren. Mit einem Seufzer ließ Anneke sich zu Boden fallen und blickte auf das Schauspiel im Fernsehen. Die Yoga-Lehrerin hatte inzwischen die Moderatorin dazu gebracht, ihre Stöckelschuhe auszuziehen und ebenfalls die Position des herabschauenden Hunds einzunehmen. Das sah zwar nicht perfekt aus, zugegebenermaßen jedoch nicht annähernd so verunglückt wie ihr Versuch.

Ärgerlich stützte Anneke die Hände in die Hüften. In St. Peter-Ording gab es sicherlich auch Yoga-Kurse. Sie nahm sich fest vor, an einem teilzunehmen und bei ihrer Abreise den herabschauenden Hund in Perfektion zu beherrschen – ohne dabei einen Erstickungsanfall zu bekommen. Es wäre doch gelacht, wenn sie das nicht schaffen würde!

Nach einem reichhaltigen Frühstück vom Büfett zog Anneke sich in ihrer Suite einen kuscheligen Bademantel über ihren Bikini und schlüpfte in bequeme Schlappen. Mit dem Fahrstuhl fuhr sie wieder nach unten und nahm im Wartebereich des Hotel-Spas Platz. Kurz darauf wurde sie schon von einer Frau aufgerufen, die eine weiße Hose mit passendem Oberteil trug.

»Moin! Ich bin Barbara Dehlhaus«, stellte sie sich vor und führte Anneke in einen dämmrig beleuchteten warmen Raum. »Da haben Sie sich aber eine schöne Behandlung ausgesucht.«

»Guten Morgen. Ich bin schon sehr gespannt.« Anneke legte den Bademantel auf einem Stuhl ab und zog ihre Schlappen aus.

»Sie dürfen es sich dann rücklings auf der Liege bequem machen.«

»Ich hatte noch nie eine Edelsteinbehandlung«, warnte Anneke sie vor, als sie auf der Liege lag.

»Im Grunde genommen ist Bernstein auch gar kein Edelstein, sondern versteinertes Baumharz. Aber viele verwechseln das«, erklärte die Masseurin. »Haben Sie besondere gesundheitliche Umstände wie zum Beispiel Bluthochdruck, irgendwelche Allergien, besteht eine Schwangerschaft, Herz-Kreislauf-Erkrankungen oder andere körperliche Einschränkungen?«

»Weder noch.« Anneke griff mit einer Hand an ihren Nacken. »Aber ich fürchte, ich bin ziemlich verspannt.«

»Verspannt seid ihr alle.« Frau Dehlhaus lachte. »Teilweise so knüppelhart, dass es zu Sehstörungen und Dauerkopfschmerz kommt und ich mich wundere, wie lange die Leute damit durch die Weltgeschichte gelaufen sind. Aber es gibt ja Menschen wie mich, die wieder Entspannung ins Leben bringen. Und dafür ist diese Art der Massage genau richtig. Nicht umsonst wird Bernstein auch als Stein der Sorglosigkeit bezeichnet. Wussten Sie das?«

»Nein, aber es klingt vielversprechend.« Anneke beobachtete, wie die Masseurin zwei rund geschliffene Steine aus einem Regal nahm. Eine extragroße Portion Sorglosigkeit kann ich gut gebrauchen, dachte Anneke.

»Dann fangen wir mal an.« Frau Dehlhaus legte die flachen honigfarbenen Steine auf Annekes Stirn und ihre Brust. »Sie können die Augen ruhig schließen, während ich Ihre Blockaden bei der Massage löse. Dabei werden Sie spüren, wie Ihr Geist und die Seele gekräftigt werden.«

Anneke tat wie geheißen. Sie merkte jedoch ziemlich schnell, dass es ihr gar nicht so leichtfiel, nicht zu blinzeln. Das Bedürfnis zu schauen, was die Masseurin machte, war übermäßig stark.

Frau Dehlhaus lächelte sie an. »Ich habe zwei Steine und Bernsteinöl und beginne nun mit der Massage der Füße. Versuchen Sie, dabei locker zu lassen. Entspannen Sie sich. Atmen Sie ruhig ein und aus. Sie werden sehen, dass es während der Massage immer besser klappen wird.«

Beruhigt nickte sie und schloss wieder die Augen. Sie versuchte, sich auf ihren Atem zu konzentrieren, während die Masseurin sich in sanft kreisenden Handbewegungen an ihren Beinen hocharbeitete. Als ihre Handflächen mit den glatten Steinen massiert wurden, breitete sich ein angenehmes und entspanntes Gefühl in ihr aus. Die wohltuende Wärme strahlte von ihren Handflächen durch den ganzen Körper. Lächelnd genoss sie das Gefühl und spürte, wie ihr Körper sich insgesamt viel leichter anfühlte. Sie merkte, wie sie sich mit jeder Minute wohler in ihrer Haut fühlte und die Schwere auf ihrem Herzen leichter wurde.

»So, wir sind fertig«, verkündete die Masseurin irgendwann und riss Anneke aus ihrem angenehmen Wohlgefühl.

Verwundert schlug sie die Augen auf. »Schon?« Sie fühlte sich, als wäre sie aus einem tranceähnlichen Zustand erwacht.

»Wie geht es Ihnen?« Frau Dehlhaus lächelte ihr zu. »Ist Ihnen schwindelig?«

Anneke richtete sich langsam auf. »Nein, kein Schwindel. Ich fühle mich völlig entspannt«, sagte sie ein wenig erstaunt. »Das ist ja ein Ding. Mir geht es viel besser als vor der Massage.«

»Ein bisschen wie frisch aus dem Ei geschlüpft?«, fragte Frau Dehlhaus wissend und säuberte ihre Finger mit Papiertüchern.

»Irgendwie schon.« Sie drehte ihren Kopf hin und her. »Sogar die Nackenschmerzen sind weg.« Voller neuer Energie, schlüpfte sie in ihre Schlappen und zog den Bademantel über.

»So sollte es sein.« Frau Dehlhaus schüttete Wasser aus einer Karaffe mit Granulat in ein Glas und reichte es ihr. »Bitte schön.«

Anneke schnupperte an der Flüssigkeit, die geruchslos war. »Was ist das?«

»Bernsteinwasser. Gönnen Sie sich eine Nachruhezeit von etwa zwanzig Minuten, und trinken Sie das Wasser. Es wird den wohltuenden Effekt zusätzlich verstärken.«

Gut gelaunt erhob Anneke sich von dem Bett, wo sie wie empfohlen in den warmen Sonnenstrahlen, die durchs Fenster fielen, geruht hatte. Die Tiefenentspannung hielt tatsächlich an.

Nach einer ausgiebigen Dusche zog sie ein sonnengelbes Sommerkleid und farblich passende Espadrilles an. In ihre Umhängetasche packte sie eine Sonnenbrille, ihr Handy und den Stadtplan, den sie in einer Willkommensmappe mit Informationen und Angeboten rund um St. Peter-Ording gefunden hatte.

Es war schon Mittag, als sie die Erlebnis-Promenade entlangspazierte. Sie fühlte sich energiegeladen und hatte Lust darauf, St. Peter-Ording zu erkunden. Vor einer roten Holzhütte, in der der Bernstein-Laden von Boy Jöns untergebracht war, machte sie halt. Die positive Wirkung der Massage hatte sie neugierig gemacht. Neben unterschiedlichen Ringen, Armreifen, Ohrsteckern und Ketten fanden sich auch einzelne Bernstein-Anhänger in der Auslage. Einer, der etwa die Größe einer 2-Euro-Münze hatte, gefiel ihr besonders. Er hatte eine ovale Form und die gleiche warme Honigfarbe wie die Steine von Frau Dehlhaus. An einer schlichten silbernen Kette sah er bestimmt sehr hübsch aus.

Anneke nahm sich vor, später noch einmal vorbeizuschauen, und ging weiter. Hinter einem Fischrestaurant und einem Strandwärterhäuschen erstreckte sich die lange Seebrücke, die über mit Prielen durchfurchten Salzwiesen führte. Auf der Brücke herrschte reges Treiben. Leute gingen Richtung Strand oder zurück, einige Urlauber ruhten sich auf Holzbänken aus. Väter trugen Kinder auf den Schultern, Mütter zogen vollbepackte Bollerwagen hinter sich her, Pärchen führten ihre Hunde aus, und wieder andere ließen sich mit den Salzwiesen im Hintergrund ablichten.

Anneke ließ sich von der friedlichen Urlaubsatmosphäre anstecken und fragte sich, warum es so viele Jahre gedauert hatte, bis es sie an die Nordseeküste verschlagen hatte.

Als sie am Strand ankam, zog sie die Espadrilles aus und lief barfuß durch den angenehm warmen Sand, an Pfahlbauten vorbei, immer Richtung Meer. Sie schirmte ihre Augen mit einer Hand von den hellen Sonnenstrahlen ab, um besser sehen zu können. Meine Güte, was war das für ein Strand! Da hinten glitzerte es. Das musste das Meer sein.

Anneke zog ihre Sonnenbrille aus der Tasche, setzte sie auf und beschleunigte ihre Schritte. Bald stand sie mit ihren nackten Füßen in der Brandung, die kühl um ihre Knöchel floss. Sie schloss für einen Moment die Augen und genoss die salzige Luft und den leichten Wind, der mit ihrem Haar spielte. Um sie herrschte unbekümmertes Strandleben, so weit das Auge reichte. Vor einer Eisbude hatte sich eine lange Warteschlange gebildet. Kinder bauten mit ihren Vätern und Opas riesige Sandburgen mit Gräben, in die sie eimerweise Meerwasser gossen. Frauen lasen mit angezogenen Beinen Bücher und Magazine in Strandkörben, Jugendliche spielten Frisbee oder pritschten sich einen Volleyball zu.

Weit draußen auf dem Meer erspähte sie draufgängerische Surfer, die mit ihren bunten Segeln über die Wellen ritten. Anneke holte ihr Handy aus der Umhängetasche und machte einige Fotos, um ihre Eindrücke festzuhalten. So einen beeindruckenden Strand hatte sie noch nie gesehen, geschweige denn gewusst, dass es so ein beeindruckendes Naturereignis in Deutschland gab. Eigentlich verrückt. Da bereiste sie die ganze Welt und kannte sich doch so wenig im eigenen Land aus.

Sie blinzelte und merkte, dass ihre Gesichtshaut leicht spannte. Ihr fiel auf, dass sie vergessen hatte, sich mit Sonnenschutz einzucremen, bevor sie zum Strand aufgebrochen war. Sie beschloss, besser zurück zum Hotel zu gehen und das nachzuholen, bevor sie noch krebsrot wurde.

Auf dem Rückweg legte sie ein Päuschen auf einer Bank auf der Seebrücke ein. Gelassen schaute sie sich die Fotos an, die sie am Strand gemacht hatte. Es waren ein paar schöne Aufnahmen dabei.

Wieder kam der ungewohnte Wunsch in ihr auf, ihr Erlebnis mit jemandem zu teilen. Und erneut wurde ihr bewusst, dass es wirklich nur ihre Eltern in ihrem Leben gab.

Nicht dass sie diesen Umstand nicht zu schätzen wusste, doch hinterließ der Gedanke eine gewisse Leere in ihr. Und das Gefühl von Einsamkeit. Es wäre doch schön, wenn es wenigstens noch jemanden gäbe, an den sie sich hätte wenden können.

»Entschuldigung, darf ich mich zu Ihnen setzen? Oder ist der Platz besetzt?«, riss eine Stimme sie aus ihren Überlegungen.

Vor ihr stand eine ältere Frau in einem farbenfrohen, weiten Sommerkleid, das Anneke an die legendäre Flower-Power-Ära erinnerte. Die Frau deutete auf die Tasche, die Anneke neben sich auf der Bank abgestellt hatte. »Ich möchte Sie auch gar nicht belästigen, aber mein Ischiasnerv piesackt mich gerade.« Die Dame blickte sie erwartungsvoll an. Um ihren Hals hingen Ketten aus bunten Steinchen, die im Sonnenlicht funkelten.

»Natürlich! Bitte setzen Sie sich gerne zu mir.« Anneke zog ihre Tasche auf ihren Schoß, damit die Frau neben ihr Platz nehmen konnte.

»Ach, das tut gut.« Sie streckte das rechte Bein weit von sich weg. »Manchmal vergesse ich glatt, dass ich keine vierzig mehr bin. Und dann erinnert mich mein Körper meistens etwas unsanft daran. Haben Sie Fotos gemacht?« Interessiert deutete sie auf Annekes Handy.

»Ja, gerade am Strand. Möchten Sie mal sehen?«

»Gerne.« Die Frau lehnte sich zu ihr rüber und betrachtete die Schnappschüsse. »Sehr schöne Aufnahmen. Machen Sie das erste Mal Urlaub in St. Peter-Ording?«

»Jein. Es ist nicht direkt Urlaub.« Anneke verstaute das Handy in der Tasche und suchte nach den richtigen Worten.

»Ach, sind Sie etwa auf Kur in St. Peter?«

»Nein, nein.« Anneke schüttelte den Kopf. »Eigentlich bin ich beruflich hier. Ich arbeite für eine Reisegesellschaft, die St. Peter-Ording als Reiseziel neu ins Programm aufnehmen möchte. Ich wurde quasi vorgeschickt, um unter anderem Hotels zu begutachten. Und Sie? Sind Sie zum ersten Mal hier?«

»I wo!« Die alte Dame winkte lachend ab. »Ich bin seit den Sechzigerjahren fester Bestandteil von St. Peter-Ording. Damals habe ich in einer Hippie-Kommune in einem Pfahlbau gelebt.« Sie wies mit einer Hand Richtung Strand. »Als meine Freunde nach einer Weile zu anderen Orten auf dieser Welt aufgebrochen sind, bin ich geblieben. Seitdem lebe ich hier und bin in St. Peter-Ording vermutlich so bekannt wie ein bunter Hund.« Sie streckte Anneke eine Hand entgegen. »Lilo Ampütte. Mir gehört zwar kein Hotel, aber der Campingplatz *Strandperle* in Ording.«

Erfreut ergriff Anneke die ihr dargebotene Hand. »Anneke Schrögelmann. Ich bin eigentlich überall in der Welt unterwegs. Falls Sie mal ein gutes Hotel in Palau suchen sollten, kann ich Ihnen einen guten Tipp geben.«

»Darauf komme ich zurück, wenn es mich mal in den westlichen Pazifik verschlagen und ich keine Lust auf einen Campingplatz haben sollte.« Die ältere Dame lachte. »Oder Sie fragen mich, wenn Sie was über St. Peter-Ording erfahren wollen. Ich kenne quasi jedes Kieselsteinchen hier beim Namen.«

Anneke überlegte nur kurz und ergriff dann die Gelegenheit beim Schopf. »Warum nicht! Ich hätte da tatsächlich ein paar Fragen.«

»Dann mal los!« Entzückt klatschte Frau Ampütte sich in die Hände.

»Haben Sie vielleicht ein paar Romantiktipps in St. Peter-Ording, die ich meiner Reisegesellschaft vorstellen könnte? Schöne Orte, die ideal für verliebte Paare sind? Einzigartige Aussichten, bei denen man am liebsten sofort die Koffer packen möchte?« Anneke lächelte. Dass Lilo Ampütte sich ausgerechnet zu ihr auf die Bank gesetzt hatte, konnte ja ein Wink des Schicksals sein. Vielleicht war sie am Ende viel früher mit dem Auftrag fertig, als sie geglaubt hatte – und würde es dann auch schaffen, mit ihrem Vater seinen Geburtstag zu feiern.

»Oh, davon gibt es in St. Peter-Ording jede Menge. Wir sind hier ja schon eine kleine Liebes- und Hochzeitshochburg, müssen Sie wissen.« Sie überlegte einen Augenblick. »Für romantische Momente kann ich Ihnen den nördlichsten Strandabschnitt von St. Peter-Ording nur wärmstens ans Herz legen. Für mich ist es der schönste Strand von St. Peter.«

»Das hört sich wirklich vielversprechend an!«

»Kommen Sie mich doch einfach mal besuchen, dann zeige ich Ihnen das idyllische Plätzchen. Demnächst findet ein Sommerfest auf meinem Campingplatz statt. Sie sind hiermit herzlich eingeladen.«

»Das Angebot nehme ich gerne an.« Anneke freute sich über Lilo Ampüttes herzliche Art. Sie nahm ihr Handy aus der Tasche. »Wie war noch mal der Name des Campingplatzes?«

Strandperle.«

Anneke gab den Namen in das Suchfeld ihres Online-

Kartendienstes ein. »Ist das die richtige *Strandperle*?« Sie zeigte Lilo die Karte.

»Genau. Das ist meine *Strandperle*. Und alle Daten für das Sommerfest stehen auf unserer Homepage.« Sie grinste stolz. »Inzwischen habe ich so etwas Tolles auch für meinen Campingplatz.«

»Prima! Ich werde auf jeden Fall kommen«, versprach Anneke.

»Na, wunderbar! Dann haben wir eine Abmachung.« Langsam stand sie auf.

Annecke lächelte sie an. »Die haben wir.«

»Ich werde mal langsam zur Bushaltestelle gehen. Zu Fuß schaffe ich es heute nicht mehr nach Ording. Dabei dachte ich, bei dem schönen warmen Wetter würde ich nicht so schnell schlappmachen. Aber man steckt einfach nicht drin.« Zum Abschied reichte sie Anneke die Hand. »Schön, dass wir uns kennengelernt haben, Frau Schrögelmann.«

»Finde ich auch!« Anneke war ebenfalls aufgestanden. »Aber sagen Sie ruhig Anneke zu mir.«

»Gut, Anneke. Dann bin ich aber Lilo für dich. Mich siezt sowieso so gut wie keiner in St. Peter. Und wenn doch, dann weiß ich, es sind Touristen.« Sie zwinkerte ihr zu. »Bis bald auf meinem Sommerfest.«

»Bis bald!« Anneke blickte Lilo hinterher. So eine nette Frau, und dann ihre erfrischende offene Art.

In der Wärme dieses Sommertags ließ sie sich wieder auf die Bank sinken und lächelte versonnen vor sich hin. Es war nur ein paar Stunden her, dass sie sich gewünscht hatte, sich mit jemandem austauschen zu können. Und nun kannte sie jemanden in St. Peter-Ording und fühlte sich gleich weniger einsam. Ob das auch ein positiver Effekt der Bernsteinmassage war? Woran auch immer es lag, Anneke freute sich einfach über die glückliche Fügung.

»Wie lange willst du denn noch diesen Lebensstil führen?«, hatte ihre Mutter sie beim letzten Telefonat gefragt. Und darauf hatte Anneke immer noch keine Antwort. Alles, was sie wusste, war, dass es sie viel Mut kosten würde, sich dieser Frage intensiver zu stellen und ehrliche Antworten zu finden. Sie wusste nicht, ob sie die nötige Kraft dafür hatte. Aber darin wollte sie sich jetzt nicht vertiefen, sondern auf das Schöne konzentrieren. Sie war an einem wundervollen Küstenort, die Sonne schien, der Tag war schön, und das Gespräch mit Lilo war vielleicht ein Anfang zu einer Veränderung, die sie noch gar nicht geplant hatte.

Als Anneke die Lobby des Hotels betrat, war sie immer noch in bester Stimmung. So kurz die Begegnung mit Lilo Ampütte auch gewesen war, sie hatte ihr gutgetan. Mit älteren Leutchen war Anneke schon immer gut zurechtgekommen.

Sie musste an ihre Lieblingstante Rita denken, die stramm auf die achtzig zuging, doch im Herzen stets jung geblieben war. Zweifellos würde sie auf der Feier ihres Vaters erscheinen, und Anneke konnte sie dort wiedersehen, wenn sie es schaffte. Bei der Vorstellung musste sie lächeln.

Sie steuerte zielstrebig auf die Rezeption zu, hinter der dieses Mal eine andere Rezeptionistin stand. Es war eine Frau mit blauschwarzem Haar und einem hellen Teint wie aus Porzellan. Anneke kam unwillkürlich das Märchen von Schneewittchen in den Sinn. Sie blieb vor der Theke stehen.

Die Frau lächelte sie freundlich an. »Moin! Kann ich Ihnen helfen?«

»Guten Tag. Ich wollte mich erkundigen, wo ich mich für einen Yoga-Kurs anmelden kann.«

»Bei mir zum Beispiel!« Sie lächelte. »Strand-Yoga oder Indoor-Yoga?«

»Oh, Strand-Yoga hört sich toll an«, fand Anneke und stellte sich vor, dass sie im Zweifelsfall einfach die Sonne auf ihrer Matte am Strand genießen würde, wenn sie keine Energie mehr für Verrenkungen haben würde.

»Einen Moment, ich schaue mal nach, ob es noch freie Plätze in den Kursen gibt.« Sie tippte auf ihrer Computertastatur und hielt dabei den Blick auf den Monitor gerichtet. »Ah! Im Kurs morgen früh ist ein Platz frei. Er beginnt um neun Uhr.«

»Prima! Den nehme ich.« Anneke gab der Rezeptionistin ihre Daten und erhielt wenig später eine ausgedruckte Anmeldebestätigung. Sie wollte sich gerade höflich verabschieden, da fiel ihr noch etwas ein. »Ach, sagen Sie: Wissen Sie eventuell auch, wo ich hier ein Fahrrad ausleihen kann?«

»Das weiß ich«, antwortete plötzlich eine tiefe melodische Stimme hinter ihr, die Anneke bekannt vorkam und einen Schock in ihr auslöste.

Sie fühlte sich plötzlich, als würde eine Monsterwelle über ihr zusammenbrechen und sie in die Tiefe ziehen. Leichter Schwindel stieg in ihr auf, sodass sie sich am Empfangstresen abstützte. Seit Jahren hatte Anneke seine Stimme nicht gehört – und auch nicht vorgehabt, jemals wieder Kontakt zu ihm zu haben. Sie schluckte.

Langsam drehte sie sich um und blickte prompt in die

Augen des Mannes, den sie nie wieder hatte sehen wollen. »Raik«, brachte sie mit einem leicht zittrigen Unterton hervor. »Was machst du denn hier?«

Er stand vor ihr und lächelte, so wie nur er es konnte. Einen Moment sagte er nichts und schaute sie nur an, doch dann fasste er mit einer Hand an sein Kinn und strich über seinen Dreitagebart. »Ich bin hier der Hoteldirektor«, erwiderte er fast ein wenig verlegen.

Ausgerechnet! Warum war sie nur in diesem Hotel abgestiegen? In St. Peter-Ording gab es Hotels wie Sand am Meer – und ihre Firma schickte sie genau in das eine, in dem Raik als Direktor tätig war. Das konnte doch nicht wahr sein!

4. Kapitel

»Du siehst gut aus.« Raik vergrub seine Hände in den Taschen seiner edlen Jeanshose. »Wie immer«, fügte er hinzu. Ein kleines Lächeln zuckte um seine Mundwinkel.

»Und du bist hier der Hoteldirektor?«, wiederholte Anneke ungläubig und überging sein Kompliment.

Er nickte. »Sieht ganz so aus.«

»Seit wann?« Raik passte für sie so gar nicht in einen Ferienort an der deutschen Nordseeküste. Auch nicht in der Funktion des Hoteldirektors. Der Raik, den sie kannte, hatte immer davon geträumt, eines Tages mal eine hippe Strandbar auf Maui zu betreiben und nebenbei so oft es ging surfen zu gehen. Na gut, surfen konnte man ja auch auf der Nordsee …

Raik schaute über ihre Schulter zu der Rezeptionistin. »Lassen Sie uns bitte zwei Kaffee in mein Büro bringen, Lena?«

Bevor Anneke widersprechen konnte, hatte Raik sie bereits in sein Arbeitszimmer geführt, das unweit der Rezeption lag. »Setz dich bitte.«

Er schloss die Tür hinter sich und deutete auf eine Ecke des Raums, in der bequeme, helle Sessel im skandinavischen Stil um einen Truhencouchtisch platziert waren. Vor dem

Fenster stand ein großer Schreibtisch mit einem einladenden gepolsterten Holzstuhl, daneben Regale, die mit Aktenordnern und Mappen gefüllt waren.

Anneke zögerte einen Moment, setzte sich dann aber auf einen der Sessel. In ihr tobte ein Wechselbad der Gefühle. Plötzlich wieder vor Raik zu stehen und mit der Vergangenheit konfrontiert zu werden, das war wie Salz in ihren Wunden. Mit einem Mal war das Unheil so präsent, als wäre alles erst gestern passiert. Ihr Herz krampfte sich zusammen. Gleichzeitig war sie froh zu sitzen.

»Also, seit wann machst du den Job hier?«, fragte sie, bemüht um Fassung.

»Seit fast einem Jahr.« Er nahm ihr gegenüber Platz.

»Hawaii ist noch ein paar Meter weiter«, spielte sie auf seine ursprünglichen Pläne an.

»Hawaii hebe ich mir noch ein Weilchen auf.« Er zuckte mit den Achseln. »Wer weiß, vielleicht eröffnet das *Sea & Spa Resort* dort mal ein Haus, wenn ich kurz vor der Rente bin. Viele Wege führen nach Rom …«

»Unsere haben uns wohl nach St. Peter-Ording geführt.« Sie schüttelte den Kopf. »Wie absurd das alles ist …«

»Anneke?« Raik warf ihr einen betretenen Blick zu. »Ich muss dir etwas gestehen.«

Sie runzelte die Stirn. »Ja?«

»Ich habe von deinem Kommen gewusst.«

»Oh?« Sie setzte sich gerade hin und verschränkte die Arme vor der Brust. »Dann ist das also alles von dir so eingefädelt worden?« Das wurde ja immer unglaublicher!

Es klopfte an der Tür.

Raik stand auf und ließ eine Mitarbeiterin herein, die höflich lächelnd zwei Tassen und eine Kanne Kaffee auf den Tisch stellte. Ein Milchkännchen sowie einen schlichten Zuckerstreuer platzierte sie neben den Tassen, nachdem sie Kaffee eingeschenkt hatte, und ging dann wieder.

»Nein, ich habe nichts eingefädelt«, antwortete Raik, als sie wieder allein waren. »Die stellvertretende Direktorin hat alles mit der Reisegesellschaft besprochen. Ich habe nur deinen Namen auf der Gästeliste gelesen und dann eins und eins zusammengezählt. Eine Anneke Schrögelmann, die in der Tourismus-Branche arbeitet, gibt es vermutlich kein zweites Mal.«

»Deswegen also die Luxus-Suite ... Ich verstehe. Sehr hübsch übrigens.« Sie wich seinem Blick aus und griff nach der Tasse Kaffee.

Er lächelte. »Die Suite hätte auch Frau Mustermann für dieses Anliegen bekommen, aber ich freue mich, dass du in den Genuss gekommen bist.«

»Der Whirlpool ist toll und die Aussicht sogar noch besser«, gab Anneke ehrlich zu, trank einen Schluck Kaffee und stellte die Tasse anschließend zurück auf den Tisch. »Ich verstehe allerdings nicht, warum du mich nicht gleich bei meiner Ankunft in Empfang genommen hast. Hattest du Angst, ich reise gleich wieder ab?« Völlig abwegig wäre das nicht gewesen, musste sie zugeben. Sehr wahrscheinlich hätte sie schnell die Flucht ergriffen.

»Bei deiner Ankunft war ich leider durch einen geschäftlichen Termin in Berlin verhindert. Ich bin erst vor ein paar Stunden wieder in St. Peter-Ording eingetroffen. Sonst hätte ich es mir natürlich nicht nehmen lassen, dich persönlich zu begrüßen.« Der Blick aus seinen dunklen Augen ruhte auf ihr, Anneke konnte die Gefühle, die sie plötzlich durchströmten, nicht benennen.

»Deine Vertretung hat einen guten Job gemacht.« Er sollte nicht denken, dass sie besonderen Wert auf seine Anwesenheit gelegt hätte.

»Da bin ich mir sicher.« Während er sich die Handflächen zu massieren schien, warf er ihr einen ernsten Blick zu. »Hör mal, was damals auf dem Schiff und mit Aaron passiert ist ... Ich weiß nicht ...«

»Stopp!« Abwehrend hob sie die Hand und schüttelte den Kopf. Allein den Namen ihres Zwillingsbruders aus seinem Mund zu hören machte sie beklommen. Sofort drohten all die Gefühle, die sie in den letzten Jahren verdrängt hatte, wieder an die Oberfläche zu schwappen. Anneke konnte nicht über ihn oder ihre Gefühle sprechen, ohne zu riskieren, dass die Monsterwelle sie verschlang und mit sich in die Tiefe reißen würde. »Bitte nicht die alten Geschichten.«

»Okay ... Ich dachte nur ...« Aufmerksam musterte er ihr Gesicht.

»Du wolltest mir doch noch sagen, wo ich ein Fahrrad ausleihen kann«, wechselte sie schnell das Thema und trank erneut einen Schluck Kaffee, um seinem bohrenden Blick auszuweichen. »Ich muss für *Feelgood Tours* unbedingt die romantischen Ecken von St. Peter-Ording erkunden. Ich dachte, mit dem Fahrrad geht das sicher am besten.«

Er rieb sich die Hände. »Die Räder können wir gern bei meinem Kumpel Becks im Laden leihen.«

Sie zog die Augenbrauen hoch. »Ich höre immer *wir*. Sehr seltsam, oder?«

Er lachte. »Na klar! Wir machen zusammen eine Fahrradtour, und ich zeige dir dann sämtliche Romantik-Hot-Spots von St. Peter. Ich lass dich doch nicht allein durch die Gegend gurken. Nachher verfährst du dich noch und kommst bei der Konkurrenz in Ostfriesland an.« Er zwinkerte ihr amüsiert zu, und mit einem Mal fühlte sie wieder einen Anflug der liebevollen Leichtigkeit, die sie während ihrer Beziehung so sehr geliebt hatte.

Doch es hatte keinen Sinn. Raik gehörte in ihre Vergangenheit, und dort sollte er auch bleiben. Genau wie alles, was sie geteilt und miteinander erlebt hatten. Energisch winkte Anneke ab. »Mach dir bloß keine Umstände wegen mir. Das schaffe ich schon alleine. Als Hoteldirektor hast du doch bestimmt Massen an wichtigen Terminen zu absolvieren. Davon will ich dich nicht abhalten.« Sie stellte die Kaffeetasse geräuschvoll auf den Tisch und strich sich den Stoff über den Beinen glatt.

Doch so leicht ließ sich ihr Ex nicht abwimmeln. Sie war sicher, dass er ihre Ablehnung bemerkt haben musste. Trotzdem beharrte er lächelnd: »Für dich verschiebe ich gern den einen oder anderen Termin. Du bist ja nicht gerade ständig in der Gegend ... Und ich bestehe sogar darauf, mit dir durch St. Peter zu radeln. Was für ein Fahrrad möchtest du denn?«

Seufzend stand sie auf. »Du lässt es dir nicht ausreden?«

»Nein.« Er lächelte sie schief an. »Trekkingrad oder lieber Mountainbike?«

»Weder noch. Am besten ein holländisches Klapprad. Ohne Gangschaltung.« Als sie vor ihm stand und ihn ansah, fielen ihr erste graue Haare an seinen Schläfen auf. Die hatte er noch nicht gehabt, als sie sich das letzte Mal gesehen hatten. Ein untrüglicher Hinweis darauf, dass Jahre zwischen ihrem Heute und Damals lagen.

Raik erhob sich ebenfalls und ging zu seinem Schreibtisch. »Ich frage Becks, ob er dein Wunschmodell noch irgendwo im Keller rumstehen hat. Ansonsten dürfte ein City-Rad wohl am ehesten dein Ding sein.« Er nahm sein Handy vom Tisch, suchte sicherlich in den Kontakten nach der Telefonnummer und sah dann auf. »Treffen wir uns in zwei Stunden in der Lobby? Ich kann mich heute eher vom Hotel loseisen.«

Anneke hob ergeben die Hände. »Aber nur weil du mir ein Fahrrad organisierst ...« Sie wollte sich bereits abwenden, da fügte sie noch hinzu: »Ein City-Rad nehme ich auch.«

»Perfekt. Dann bis nachher.« Raik tippte schon auf sein Handy und hob es ans Ohr.

»Bis dann.«

Anneke verließ sein Arbeitszimmer und fuhr mit dem Fahrstuhl hoch zu ihrer Suite. Sie ging schnurstracks auf die Dachterrasse, trat hinaus in den sommerlichen Nachmittag und atmete tief durch. Am liebsten hätte sie laut geschrien. Was hatte sie bloß getan, dass ihr so etwas passierte? Es konnte doch bloß ein schlechter Scherz sein.

All die Jahre war sie der Vergangenheit geschickt aus dem Weg gegangen. Und ausgerechnet in St. Peter-Ording holte das Schicksal sie wieder ein. Oder war es keine Fügung, sondern lediglich ein bloßer Zufall, um den sie sich nicht scheren sollte?

Sie überlegte, wie sie es am besten vermeiden konnte, dass sie mit Raik über Aaron oder ihre ehemalige Beziehung sprechen musste. Auch wenn er vorhin nicht danach gefragt hatte, wollte Raik mit Sicherheit erfahren, warum sie ihn damals ohne ein Wort hatte sitzen lassen.

Was sollte sie ihm dann sagen, sie … Sie würde vor allem Abstand zu ihm halten.

Eigentlich müsste er wütend auf sie sein, aber den Eindruck hatte er nicht auf sie gemacht.

Nachdenklich stützte sie sich auf die Balustrade und ließ ihren Blick über die Salzwiesen schweifen. Die Sonne wärmte ihre Haut, der Wind umschmeichelte ihr Gesicht, und vor ihr erstreckte sich in der Ferne weit das funkelnde Meer. In St. Peter-Ording schien alles so unglaublich friedlich und harmonisch zu sein. Fast als wäre es das Natürlichste von der Welt, dass die Menschen hier jeden Tag mit einem glücklichen Lächeln begannen.

5. Kapitel

Als Anneke am späteren Nachmittag in die Lobby kam, wartete Raik bereits an der Rezeption auf sie. Natürlich. Er trug Freizeitkleidung: eine kurze Cargohose, dunkelblaue Stoffturnschuhe und ein mintgrünes T-Shirt, auf dem das Logo einer angesagten Surfer-Firma prangte. Auf seinem braunen Haar saß eine verspiegelte Sonnenbrille, und über seiner Schulter baumelte lässig ein Rucksack.

Lächelnd wandte er sich ihr zu. »Hey, da bist du ja.«

»Selber hey«, erwiderte Anneke, ohne nachzudenken, mit denselben Worten, mit denen sie früher immer auf diese Begrüßung geantwortet hatte. Sofort ärgerte sie sich darüber. Es war keine drei Stunden her, dass sie sich vorgenommen hatte, ihn auf Distanz zu halten. Auf keinen Fall wollte sie durch alte Rituale eine falsche Vertrautheit zwischen ihnen aufkommen lassen. Es reichte ihr schon, dass sie sich über den Weg gelaufen waren und sie mit ihm eine Radtour machen würde.

»Bist du startklar?«, fragte er.

Sie nickte widerstrebend und seufzte. »Von mir aus kann es losgehen.«

Der Fahrradverleih lag unweit des Hotels. Vor dem Laden war gerade ein Mann mit Pferdeschwanz damit beschäftigt, für eine Frau die richtige Sattelhöhe einzustellen. Anneke und Raik warteten, bis die Frau sich wenig später bedankte und mit ihrer männlichen Begleitung davonradelte.

»Moin!« Der Pferdeschwanztyp kam auf sie zu. In einer Hand hielt er einen Imbusschlüssel.

»Moin!« Raik begrüßte ihn mit einem brüderlichen Fauststoß. »Becks, das ist Anneke. Anneke, das ist Becks«, stellte er sie dann einander vor.

»Moin, Anneke!« Becks reichte ihr höflich die Hand.

Freundlich erwiderte sie die Geste. »Hallo, Becks. Schön, dich kennenzulernen.«

»Ebenso.« Er steckte das Werkzeug in seine Hosentasche. »Tja, was soll ich sagen … Ich habe leider schlechte Neuigkeiten für dich.«

»Für mich?«, fragte Anneke überrascht und fragte sich stumm, was denn noch schlechter sein sollte als die Tatsache, dass Raik an diesem Tag nicht vorzuhaben schien, ihr von der Seite zu weichen. Mit allem anderen würde sie spielend fertigwerden.

»Ich habe wirklich in jede Ecke geschaut, aber ich konnte kein Klapprad für dich auftreiben. Sorry.«

Im ersten Moment perplex, verstand Anneke den Scherz im nächsten und lachte auf. »Kein Problem. Ich nehme auch ein gewöhnliches City-Rad, falls eins da sein sollte.«

Becks zwinkerte ihr zu. »Davon habe ich genug. Da finden wir was Passendes. Klappräder sind bei den Urlaubern irgendwie aus der Mode gekommen. Ich verstehe gar nicht warum, aber danach hat schon sehr lange niemand mehr gefragt.«

Anneke und Raik folgten ihm in den Laden. Dort wimmelte es von verschiedenen Zweiradmodellen. Neben Mountainbikes, E-Bikes, Kinder- und Laufrädern sowie einer Rikscha hatte Becks auch Helme in verschiedenen Größen und neongelbe Fahrradwesten im Angebot.

»Ich könnte euch allerdings auch ein Tandem anbieten, wenn ihr möchtet. Ist vorhin erst zurückgegeben worden.«

»Wie wär's?« Raik grinste Anneke herausfordernd an.

»Um Gottes willen. Bloß kein Tandem«, wehrte sie entsetzt ab. »Dafür bin ich viel zu lange nicht mehr Rad gefahren.«

»Hast du etwa Angst, wir landen damit im Graben?« Amüsiert sah Raik sie an.

»Wenn wir überhaupt bis zum Graben damit kommen …« Ohne lange nachzudenken, ging sie zu einem Fahrrad, das keine zwei Meter entfernt in einer Reihe stand, und legte ihre Hand auf den Lenker. »Das hätte ich gerne.«

»Wir fahren einfach immer geradeaus. Richtung Süden«, sagte Raik und zog den Riemen seines Helms fest.

»Ist es im Süden denn auch romantisch?« Nicht dass Raik den Ausflug am Ende noch wiederholen wollte. Sie würde sich dieses eine romantische Plätzchen von ihm zeigen lassen, ihre Arbeit machen und Frau Büscher so zügig wie möglich ihren Bericht schicken.

»Und wie! Romantischer geht es kaum«, entgegnete Raik zuversichtlich.

»Hoffentlich versprichst du nicht zu viel.« Nachdem Anneke ihre Umhängetasche in den Fahrradkorb gelegt hatte, setzte sie sich ihre Sonnenbrille auf. In ihrer Suite hatte sie sich das Gesicht eingecremt und dann für eine luftige Bluse entschieden, die ihre Arme vor den Sonnenstrahlen schützen würde.

»Tu ich doch nie.« Raik schwang sich lachend auf sein Mountainbike.

Bald radelten sie südwärts über den Deich von St. Peter-Ording. Raik fuhr vor, achtete jedoch darauf, dass Anneke sein Tempo halten konnte. Solange sie hinter ihm fuhr, musste sie sich wenigstens nicht mit ihm unterhalten.

Stattdessen genoss sie die herrliche Aussicht, die sie auf dem Deich hatte. Rechter Hand lagen die weiten Salzwiesen, und am Horizont war irgendwo das Meer. Anneke bewunderte die leuchtenden Strandrosen, die am Wegesrand wuchsen, und spürte die leichte Brise, die stetig vom Meer herüberwehte und für eine angenehme Frische sorgte.

Zeit zum Träumen hatte sie jedoch kaum. Denn auf dem Deich herrschte Hochbetrieb. Mit ihnen waren etliche Radfahrer, Inline-Skater, Jogger und Spaziergänger unterwegs, denen sie immer wieder ausweichen oder ihnen Platz machen musste.

»Lass uns eine Pause machen«, rief Anneke, als sie nach einer Weile auf der Höhe eines Reiterhofs angekommen waren.

»Aye, aye Käpt'n!« Raik bremste ab.

Sie stiegen von ihren Rädern ab, ließen die anderen Menschen an ihnen vorbei und verschnauften kurz am Wegesrand.

»Ganz schön anstrengend.« Anneke merkte erst jetzt, dass sie ziemlich aus der Puste gekommen war.

Raik bot ihr einen Schluck Wasser aus seiner Trinkflasche an, die er aus dem Rucksack zog. »Ein Stück ist es noch bis zu dem Ort, den ich dir zeigen wollte.«

»Wohin fahren wir eigentlich?« Nachdem sie dankbar getrunken hatte, schob sie sich die Sonnenbrille ins Haar.

Aus dunklen Augen sah er sie an. »Wirst du dann ja sehen.«

Ohne es zu wollen, musste sie lachen. »So geheimnisvoll?«

»Ein bisschen Spannung muss sein.«

»Na gut.« Ihr Blick glitt zum Reiterhof. Auf dem Außenreitplatz vor der Halle war ein Parcours aufgebaut, auf dem gerade ein Training stattfand. Früher war sie regelmäßig geritten. Mit vierzehn hätte sie am liebsten im Stall übernachtet, so pferdeverrückt war sie als Mädchen gewesen. Sogar an Turnieren hatte sie teilgenommen. Damals hätte sie sich nicht vorstellen können, dass die große Liebe zwischen ihr und den Pferden jemals enden würde. Doch spätestens nach dem Abitur war Annekes Zeit für ihre große Leidenschaft immer knapper geworden, und schließlich war sie gar nicht mehr zum Reitstall gefahren.

»Sollen wir mal zum Reiterhof gehen?« Raik waren ihre sehnsuchtsvollen Blicke offenbar nicht entgangen.

»Nein, nein. Ich habe nur geguckt. Von mir aus können wir jetzt weiter.« Sie setzte sich wieder die Sonnenbrille auf die Nase und stellte den Fuß aufs Pedal.

»Dann geht's wieder Richtung Süden!« Raik lotste sie weiter über den Deich, bis sie an einen kleinen Ziegelturm kamen, der mitten auf dem Deich stand.

»Achtung, jetzt sind wir da!«, verkündete Raik und bremste.

»Oh, wie niedlich ist der denn?« Anneke stieg vom Rad und stellte es an der Bank ab, die vor dem Leuchtturm errichtet worden war. Dann trat sie einige Schritte zurück, legte den Kopf in den Nacken und blickte am Turm empor. »Wie hoch der wohl ist?«

»Knapp achtzehneinhalb Meter.« Raik trat zu ihr, nachdem er sein Rad neben ihrem abgestellt hatte.

»Du bist ja gut informiert.« Anerkennend sah sie ihn an.

»Das muss ich. Ich meine, ein guter Hoteldirektor muss mindestens genauso viel als Fremdenführer taugen.« Er erwiderte ihren Blick und schaute dann ebenfalls hoch zum Turm.

»Du hast mich wirklich überrascht. So ein Türmchen hätte ich nie auf dem Deich vermutet. Er sieht richtig geschichtsträchtig aus, als hätte er von unzähligen Begebenheiten zu erzählen.« Anneke berührte mit der Hand ein Schild, das am Mauerwerk angebracht war, auf dem die Daten des Leuchtturms vermerkt waren.

Wieder trat Raik direkt neben sie. »Seit 1892 ist bestimmt einiges Erzählenswertes auf dem Deich geschehen.«

»Dass du auch das Erbauungsjahr weißt.« Anneke lachte. »Also entweder du bist in deinem Job nicht ausgelastet … Oder du bist schon ewig hier und willst es nur nicht sagen. Sonst hast du dich doch nie sonderlich für historische Details von Sehenswürdigkeiten interessiert.« Ärgerlich presste sie die Lippen aufeinander, als ihr bewusst wurde, dass sie damit selbst das Gespräch auf gefährliches Terrain führte.

Raik drehte sich um und blickte über die Salzwiesen. »Weder noch. Ich habe den Job wirklich erst vor knapp einem Jahr angetreten, aber Dinge ändern sich eben.«

Dankbar, dass er nicht die Gelegenheit ergriff, um über ihre Beziehung zu sprechen, hakte sie nach: »Was genau hat sich denn geändert?« Solange er über seine Vergangenheit redete, fühlte sie sich sicher.

»Letztes Jahr hatte meine Mutter eine schwere Operation, als ich in einem Club auf Bali festsaß. Da ist mir auf einmal die Welt zu groß geworden. Deswegen habe ich einen Job in Deutschland gesucht. Und weil man in den Bergen so schlecht surfen kann, musste es ein Job am Meer sein. Ein Freund hat mir schließlich den Tipp mit dem *Sea & Spa Resort* gegeben, weil er jemanden aus der Personalabteilung kennt.« Er wandte sich zu ihr um und lächelte. »So bin ich dann hier gelandet.«

»Das mit deiner Mutter tut mir leid. Das wusste ich nicht … Ich hoffe, es geht ihr wieder besser?« In Anneke meldete sich ein schlechtes Gewissen. Mit Raiks Mutter hatte sie sich immer gut verstanden, auch ihre Eltern waren mit Raiks Familie befreundet. Natürlich hatte sie in den wenigen Gesprächen aber nicht nach ihnen gefragt.

Er nickte. »Ist glücklicherweise alles gut verlaufen.«

»Meine Eltern haben mir gar nichts davon erzählt«, sagte sie, wie um sich zu rechtfertigen, was ihr im selben Moment dumm erschien.

»Ich weiß gar nicht, ob meine Mutter es deinen Eltern überhaupt erzählt hat. Sie hat nicht gern drüber gesprochen.« Er lächelte und streckte stolz die Brust heraus. »Und? Was sagst du?«

»Wozu?«

Er machte eine ausladende Handbewegung. »Zum romantischen Hot-Spot?«

Blinzelnd trat sie ein paar Schritte auf das alte Bauwerk zu und berührte die roten Ziegelsteine. »Ach so. Der Leuchtturm ist toll!«

Einen Moment schwiegen sie und schauten nur gemeinsam auf die Weite der Salzwiesen und den Strandhafer, der sich im Wind bog. Vom Leuchtturm aus genoss man einen herrlichen Blick aufs funkelnde Meer und war gleichzeitig von schützenden Bäumen umgeben. Irgendwo meinte Anneke einen Vogel zwitschern zu hören und hielt inne.

Mit einem attraktiven Mann an diesem Ort zu sein, für den man vielleicht sogar mehr als Zuneigung empfand, das stellte sie sich wirklich sehr romantisch vor. Doch mit Raik wollte sie nicht dorthin zurück. Energisch wandte sie sich ab und ging zu ihrem Fahrrad. Nachdem sie ihr Handy aus der Umhängetasche genommen hatte, begann sie, Fotos zu schießen.

»Meine Vorgesetzte wird begeistert sein, wenn ich ihr den Turm zeige.«

»Siehst du, es ist doch ziemlich gut, dass wir zusammen die Radtour machen.« Als Raik sie ansah, spürte sie seinen wissenden Blick auf sich.

Anneke räusperte sich. »Ich würde gerne jetzt noch einen Abstecher zum Meer machen und vielleicht zu einem der Pfahlbauten.«

Er zuckte die Schultern. »Wie du möchtest.«

Sie ließen die Räder am Leuchtturm stehen und stiegen die Holztreppen vom Deich herab, die zu einem Gatter führten, hinter dem ein Pfad durch die Salzwiesen verlief. Anneke folgte Raik mit einem gewissen Sicherheitsabstand schweigend durch die Salzwiesen, bis sie das Watt erreicht hatten.

»Ich fürchte, das Meer hat gerade keine Sprechstunde«, murmelte Raik mit seiner melodischen Stimme.

Anneke sah es in der Ferne glitzern und fühlte sich stark zum Wasser hingezogen. »Können wir noch etwas tiefer ins Watt gehen?«

Raik blickte prüfend auf seine Uhr. »Etwas Zeit haben wir noch. Es dauert noch eine Weile, bis die Flut einsetzt.«

Nachdem sie sich die Schuhe ausgezogen hatten, genoss Anneke das weiche Watt unter den Füßen. Mit jedem Schritt sank sie ein wenig ein, aber es war ihr nicht unangenehm, im Gegenteil. »Hast du die Zeiten von Ebbe und Flut etwa im Kopf?«

»Natürlich. Ein echter Surfer weiß, wann es die besten Wellen gibt.« Er lächelte sie an, und um seine Augen bildeten sich Fältchen, die ihn anziehender aussehen ließen, als Anneke eigentlich lieb war.

Sie spürte ein Kribbeln im Magen, rang es aber schnell nieder.

Erst gegen Abend kehrten sie ins Hotel zurück. Raik hatte die Räder vor dem Hotel angekettet.

»Danke für die Radtour«, sagte Anneke, als sie in der Lobby standen.

»Für dich immer wieder gerne!«

»Ich bin ganz schön kaputt von dem Ausflug. Oder es ist die Seeluft.« Anneke unterdrückte ein Gähnen.

Lächelnd berührte er ihre Schulter, zog seine Hand auf ihren warnenden Blick hin aber sofort zurück. »Dann ruhe dich aus. Du kannst heute Nacht bestimmt gut schlafen.«

»Bestimmt«, pflichtete sie ihm bei, hatte jedoch begründete Zweifel. Sie ging zum Fahrstuhl und drückte den Rufknopf. »Wohnst du eigentlich in der Nähe vom Hotel?«

»Ich habe ein Appartement im Hotel.«

Die Fahrstuhltür öffnete sich. »Na, dann wünsche ich dir noch einen schönen Abend.«

Nachdem sie die Aufzugkabine betreten und sich umgedreht hatte, ruhte sein warmer Blick auf ihr. »Dir auch.«

Anneke drückte auf den obersten Knopf.

»Bis morgen«, sagte Raik noch, dann schloss sich die Fahrstuhltür, und die Kabine setzte sich in Bewegung.

Anneke lehnte ihren Kopf gegen die Metallwand und atmete tief aus.

Wenig später stellte sie sich in ihrer Suite unter die Dusche. Während das heiße Wasser auf ihren Körper prasselte, schloss sie die Augen und versuchte, zur Ruhe zu kommen.

Glücklicherweise hatte Raik während des Ausflugs nicht wieder von Aaron zu reden angefangen. Dafür hatte er ihr viel über St. Peter-Ording erzählt und immer wieder betont, dass es hier ziemlich gute Wellen gab. Er blieb eben ein Surfer. Anneke musste lächeln. Eigentlich hatte sie es sehr unterhaltsam gefunden, seinen Erzählungen zu lauschen. Und irgendwann hatte sie sich an seine Anwesenheit gewöhnt und kein mulmiges Gefühl in seiner Nähe bekommen.

Trotzdem musste sie sich von dem Schock erst einmal erholen, in St. Peter-Ording ausgerechnet auf Raik getroffen zu sein. Sie fragte sich, ob es solche Zufälle wirklich gab oder das Schicksal Menschen zwangsläufig wieder zusammenführte, die noch etwas miteinander zu erledigen hatten.

Raik und Aaron waren beste Freunde gewesen, keiner der beiden hätte ein schlechtes Wort über den anderen zugelassen. Ob Aaron geglaubt hatte, dass sie nach so einem Unglück bei Raik hätte bleiben können? Sie hatte es nicht gekonnt. Wie hätte sie ihm auch verzeihen können, dass er ohne ihren Bruder zurück aufs Schiff gekommen war?

Manchmal war sie sich nicht sicher, ob sie nur Raik nicht verzeihen konnte oder auch sich selbst nicht. Die quälende Frage, ob sie mehr hätte tun können, stellte sie sich fast täglich. Vielleicht hätte sie Aaron davon abhalten sollen, ins Meer zu springen. Eigentlich hätte sie ihn gar nicht allein lassen dürfen. Immerhin war er ihr Zwillingsbruder gewesen und sie ganze zwölf Minuten älter als er. Als große Schwester hätte sie auch springen müssen, vielleicht hätte das alles geändert. Vielleicht wäre er heute noch bei ihr, vielleicht …

Seufzend kuschelte Anneke sich in einen Bademantel und cremte sich die Füße ein, über die sie Baumwollsöckchen zog. Auf der Speisekarte des Hotels fand sie einen Thunfischsalat, den sie sich prompt aufs Zimmer bestellte.

Die Radtour hatte sie körperlich müde gemacht, und nach dem Essen fühlten sich ihre Glieder noch schwerer an. Anneke ließ das benutzte Geschirr auf dem kleinen Tisch im Wohnraum stehen und tapste ins Schlafzimmer. Auf dem weichen Bett streckte sie sich lang aus und schloss für einen Moment die Augen. Sie wollte sich bloß ein paar Minuten ausruhen, bevor sie zurück ins Bad ging, um sich noch das lange feuchte Haar zu föhnen.

»Du siehst gut aus. Wie immer«, hatte Raik zu ihr gesagt. Die Erinnerung an sein Kompliment zauberte ein kleines Lächeln auf ihr Gesicht. Sie fühlte sich … gar nicht mehr so einsam. Zu wissen, dass Raik im gleichen Hotel wie sie wohnte, gefiel ihr auf eine gewisse Art.

Anneke drehte sich auf die Seite und rief sich das Gesicht ihres Bruders vor Augen.

»Du und Raik, ihr gehört zusammen«, hatte er einmal zu ihr nach einem schlimmen Streit zwischen ihr und Raik gesagt. »Vertragt euch gefälligst, sonst rede ich kein Wort mehr mit euch.« Dann war er aus dem Zimmer gegangen und hatte tatsächlich erst wieder nach der Versöhnung mit ihnen gesprochen.

»Ach, Aaron, was soll ich nur tun?«, murmelte sie und zog die Bettdecke ein Stück höher.

Es dauerte nicht lange, bis sie eingeschlafen war.

6. Kapitel

Anneke blinzelte gegen das Sonnenlicht, das grell durch das Schlafzimmerfenster schien und sie geweckt hatte. Sie trug noch den Bademantel und das Handtuch um ihr Haar geschlungen. Am gestrigen Abend hatte sie es nicht mehr ins Bad geschafft, sondern war einfach weggenickt. Sie war zwar ein paarmal wach geworden in der Nacht, hatte sich allerdings nicht zum Aufstehen aufraffen können, sondern hatte sich auf die andere Seite gedreht und auch einmal den Fernseher eingeschaltet, um weiterschlafen zu können.

Sie setzte sich auf, gähnte und reckte sich ausgiebig. Sie fühlte sich ausgeschlafen und erholt. Sie konnte sich nicht daran erinnern, wann sie das letzte Mal so lange geschlafen hatte. Sie hielt inne. Wie spät war es eigentlich? Nicht dass sie ihren Yoga-Kurs versäumte!

Nachdem sie die Beine aus dem Bett geschwungen hatte, eilte sie ins Wohnzimmer. Auf dem Couchtisch fand sie ihr Handy. Es war gerade erst halb sieben, stellte Anneke überrascht und erleichtert zugleich fest. Der Yoga-Kurs begann um neun. Normalerweise hatte sie Schwierigkeiten, vor halb acht überhaupt die Augen zu öffnen.

Sie ging ins Bad und blickte in den Spiegel. Ihre Haare

waren über Nacht getrocknet, hatten sich unter dem Handtuch allerdings in unvorteilhafte Wellen gelegt. Noch einmal waschen wollte sie sie deswegen aber nicht. Stattdessen kämmte sie ihr Haar mit einem Kamm und föhnte es kopfüber fluffig. Mit wenigen Handgriffen steckte sie es anschließend zu einem lässigen Haarknoten hoch. Danach wusch sie sich das Gesicht, zog sich eine Leggins und ein Top über und schlüpfte in ihre Badelatschen.

Praktischerweise brauchte sie keine Schuhe für die Yoga-Stunde, die hätte sie sich sonst auch kaufen müssen.

Anneke öffnete die Tür zur Dachterrasse und trat heraus. Ein traumhaft blauer Himmel begrüßte sie, der am Horizont mit der Nordsee verschmolz. Die Salzwiesen leuchteten in einem saftigen Grün, und in den mit Wasser gefüllten Prielen spiegelte sich das Sonnenlicht. Die Ruhe wurde hin und wieder durch schrille Möwenschreie durchbrochen, die über der Erlebnis-Promenade kreisten und scheinbar Ausschau nach den ersten Fischbrötchen hielten.

Der frühe Morgen roch nach einer Mischung aus salziger, klarer Frische und einer Prise Muscheln und Seealgen. Anneke atmete tief ein und spürte, wie sich ihre Lungen mit Sauerstoff füllten und ihre Sinne erwachten. Sie ließ ihren Gedanken freien Lauf, bis sie am gestrigen Tag und ihrer Begegnung mit Raik hängen blieben. Das Wiedersehen fühlte sich jetzt so unwirklich an, dass sie nicht sicher war, ob sie es vielleicht nur geträumt hatte.

Sie ging zurück ins Wohnzimmer, um sich zu vergewissern. Mit einem Finger wischte sie über das Display ihres Handys und durch die Aufnahmen vom Vortag, bis sie ein bestimmtes Foto gefunden hatte. Es zeigte Raik, mit den

Füßen knöcheltief im Wattschlamm, im Hintergrund ragte ein Pfahlbau empor.

Sie vergrößerte die Aufnahme, um sein Gesicht besser sehen zu können. Das Strahlen in seinen grünen Augen und dazu das entwaffnende Lächeln – das hatte sich über die Jahre nicht verändert. Sie erkannte in ihm immer noch den Jungen, in den sie sich damals als Teenagerin verliebt hatte. In diesem Moment erinnerte sie sich wieder an Aarons Worte: »Du und Raik, ihr gehört zusammen!«

Anneke schüttelte den Kopf und legte das Handy energisch zurück auf den Tisch. Das war doch alles absurd! Sie zog eine Sweatshirtjacke über und steckte die Schlüsselkarte der Suite ein. Was sie jetzt wirklich brauchte, war ein Kaffee – und zwar ein starker. Sie zog die Tür hinter sich zu und fuhr mit dem Fahrstuhl ins Erdgeschoss des Hotels.

Um Viertel vor neun machte Anneke sich mit einer ausgeliehenen Matte unterm Arm auf den Weg zum Strand.

»Sie müssen nur die Seebrücke entlang bis zum Ende laufen, dann sehen Sie schon die Yoga-Gruppe«, hatte ihr Lena, die Rezeptionistin, gesagt, die an diesem Tag offenbar die Frühschicht hatte. »Der Treffpunkt ist vor dem Pfahlbau. Das können Sie gar nicht verfehlen.«

Um diese Uhrzeit waren nur vereinzelt Leute auf der Erlebnis-Promenade und der Seebrücke unterwegs. Die meisten Touristen schienen noch beim Frühstück zu sein oder nutzten die Gelegenheit, im Urlaub auszuschlafen. Der Bernsteinladen war so früh nicht geöffnet, und auch beim Fisch-Restaurant daneben waren die Schotten noch dicht.

Anneke kam an der Bank vorbei, auf der sie am Tag zuvor

mit Lilo geplaudert hatte. Sie freute sich schon auf das Sommerfest und darauf, die alte Dame wiederzusehen. Inzwischen hatte sie auf der Website das Datum entdeckt und sich die Uhrzeit im Kalender notiert. Raik war sie an diesem Morgen nicht im Hotel über den Weg gelaufen, was ihr gelegen kam. Denn bevor sie ihn wiedersah, musste sie sich dringend wieder klarer über ihre Gefühle werden. Das Wiedersehen berührte und beschäftigte sie mehr, als ihr lieb war.

Am Ende der Seebrücke zog sie die Schuhe aus und genoss es, den angenehm kühlen Sand an den Füßen zu spüren. Sie sah sich nach der Yoga-Gruppe um und fand sie schnell. Sieben Frauen, die ähnlich bekleidet waren wie sie und eine Matte dabeihatten, umringten einen Mann, der durch seine weiße, weite Kleidung und ein farbenfrohes Tuch, das er um sein Haar gebunden hatte, gleich auffiel. Das war bestimmt der Yoga-Lehrer.

Als hätte er ihr Kommen gespürt, trat der Mann aus der Gruppe heraus und winkte ihr zu. »Da kommt ja noch jemand.« Er begrüßte sie mit einem freundlichen Lächeln. »Hallo. Schön, dass du da bist. Ich bin Jogi. Der Kursleiter.«

»Hallo. Ich bin Anneke. Die Neue«, scherzte sie und nickte zur Begrüßung in die Runde.

Die anderen Frauen erinnerten sie an die Yogalehrerin aus dem Fernsehen. Sie hatten alle eine gute Körperhaltung und schienen mit jeder Körperfaser zu lächeln. Garantiert waren sie schon länger im Yoga-Kosmos unterwegs. Anneke dachte an ihren verunglückten herabschauenden Hund. Das konnte was geben …

»Dann sind wir jetzt vollzählig und können starten.« Jogi breitete eine Matte auf dem Sand aus, die anderen Kursteilnehmerinnen taten es ihm gleich, und Anneke beeilte sich, es ihm ebenfalls nachzutun. »Bevor wir anfangen, möchte ich dich noch fragen, ob du irgendwelche körperlichen Beschwerden hast.«

»Nur Verspannungen im Nacken und gelegentlich Rückenschmerzen. Mehr nicht«, sagte Anneke leichthin und stellte sich auf ihre Matte.

»Das haben viele, deren Weg sie zu mir führt«, antwortete Jogi verständnisvoll. »Hast du schon mal Yoga gemacht?«

Sie schüttelte den Kopf. »Ist eine Premiere für mich.«

»Das macht gar nichts. Mache die Übungen so mit, wie du kannst. Erzwinge nichts. Sobald es unangenehm zieht, solltest du innehalten und nicht weiter in die Bewegung gehen.« Er lächelte. »Fortschritte kommen von allein mit der Zeit und nicht mit Gewalt«, ermutigte er sie und schaute in die Runde.

Anneke warf einen Seitenblick auf eine gertenschlanke Frau, die links von ihr eine türkisfarbene Matte ausgerollt hatte. Sie hielt ihren Oberkörper nach vorne gebeugt und berührte mit den Handflächen die Matte. Mit den ganzen Handflächen. Ohne dabei die Knie zu beugen. Anneke überlegte kurz, ob sie es auch versuchen sollte, entschied sich aber dagegen. Sie würde maximal mit den Fingerspitzen bis zu den Füßen kommen. Mit gebeugten Knien.

Jogi führte seine Handflächen vor der Brust zusammen. »*Namasté*«, begrüßte er die Teilnehmer. »Wir beginnen wie immer mit der Atemmeditation im Lotus- oder Schneidersitz.«

Anneke schaute, wie die anderen sich auf ihre Matten setzten, und entschied sich für den Schneidersitz. Den kannte sie zumindest und beherrschte ihn sogar. Während sie die Augen halb geschlossen hielt, hörte sie das Meeresrauschen und spürte das warme Sonnenlicht auf dem Gesicht. Nachdem sie einige Minuten lang ihren Atem beobachtet hatte und die Augen wieder öffnete, fühlte sie sich tatsächlich schon etwas entspannter.

Nach der Meditation folgten verschiedene Asanas, also ruhende Körperstellungen, wie Jogi erklärte. Sie machten den Sonnengruß, die Dreieckhaltung, die Kobra – und auch den herabschauenden Hund, von dem Anneke bereits wusste, wie schwer er ihr fiel. Ihr wurde deutlich vor Augen geführt, wie eingerostet sie nach all den Jahren ohne Gymnastik war. Ihre Beweglichkeit ließ mehr als zu wünschen übrig.

Trotzdem brachte sie alle Konzentration und Mühe auf, um so gut wie möglich mitzumachen, und vergaß dabei alles andere um sich herum. Als Jogi am Ende des Kurses mit der Savasana, einer bestimmten Ruhehaltung, begann, war Anneke froh. Einfach auf dem Rücken liegen und gar nichts machen, das fiel ihr nun leicht.

Nach der Yoga-Stunde erhob Anneke sich, rollte ihre Matte zusammen und klopfte sich etwas Sand von ihrer Leggins.

Jogi hatte bereits einige Teilnehmerinnen verabschiedet und kam nun auf sie zu. »Hat dir die Stunde gefallen?«

Höflich lächelte Anneke. »Ich fand es wirklich schön und auch interessant. Aber ich muss vermutlich noch an sehr vielen Yogakursen teilnehmen, bevor ich ansatzweise so fit bin wie die anderen.«

Er nickte. »Das kommt alles durch regelmäßiges Üben.

Jeder hat mal angefangen. Aber mir ist aufgefallen, dass du neben der Beweglichkeit noch andere Probleme zu haben scheinst.«

»Ja?«, fragte sie etwas überrumpelt von seiner direkten Art.

Aus strahlend grünen Augen sah er sie ruhig an. »Es sind nicht nur die Blockaden an deiner Halswirbelsäule oder deinem Rücken, die dir das Leben schwer machen. Dein Geist ist auch blockiert«, sagte er ihr geradewegs auf den Kopf zu.

Missmutig klemmte sie sich die Matte unter den Arm und warf ihm einen reservierten Blick zu. Woher wollte er denn so etwas wissen? Er kannte sie doch überhaupt nicht! »Und so was kann man während einer Yoga-Stunde erkennen?«

»Oh ja. Sogar sehr gut!« Er lächelte sie immer noch freundlich an, dabei musste ihm ihre spontane Abneigung bewusst sein. »Deswegen würde ich dir gerne eine kleine Hausaufgabe in Form von Atem- und Meditationstechniken aufgeben, damit du wieder in deine innere Mitte kommen kannst.« Ohne weitere Ausführungen zeigte er ihr Übungen, die sie bis zur nächsten Yoga-Stunde ausprobieren sollte, und erklärte ihr, welchen Effekt sie dabei spüren würde.

Es hörte sich alles ziemlich gut an, das musste Anneke zugeben. Jogi schien ihr tatsächlich einfach helfen zu wollen. Als ihr das klar wurde, hörte sie aufmerksam zu und nahm sich vor, es wirklich zu versuchen.

»Okay, ich werde mir deinen Rat zu Herzen nehmen und die Übungen ausprobieren«, versprach sie ihm schließlich.

»Darüber hinaus empfehle ich dir, jeden Tag eine Stunde strammes Spazierengehen. Das ist sehr gut gegen Rückenschmerzen und steigert das allgemeine Wohlbefinden.«

»Spazieren gehen kann man in St. Peter-Ording bestimmt gut.« Anneke lachte verlegen auf.

»In der Tat. Zum Beispiel zwölf Kilometer den Strand rauf und dann wieder runter. Danach weißt du, dass du was getan hast. Außerdem sieht man beim Spazierengehen viel von der Gegend und kennt sich schnell aus. Bestenfalls trifft man auch nette Leute und kommt mit ihnen ins Gespräch.« Er schenkte ihr ein offenes Lächeln, und Anneke freute sich nun sogar darüber, dass er ihr so viel Aufmerksamkeit schenkte.

»Danke für die Tipps!« Dankbar verabschiedete sie sich von Jogi und schlenderte über den Strand zurück zum Hotel.

Während sie einen Fuß vor den anderen setzte, merkte Anneke, dass sie nun viel aufrechter ging. Sie fühlte sich auch irgendwie leichter als auf dem Hinweg. Yoga war am Ende vielleicht wirklich etwas für sie!

Beflügelt von dem positiven Erlebnis, wollte Anneke gleich Jogis Tipp beherzigen und sich zu einem langen Spaziergang aufmachen. Nachdem sie sich umgezogen hatte, marschierte sie mit einer Ortskarte in der Hand los. Ihr Ziel war der Ortsteil Dorf.

Sie hetzte sich nicht, sondern nahm sich Zeit, blieb vor hübschen Friesenhäusern stehen, machte hier und da ein Foto und erreichte schließlich den Marktplatz an der *Olsdorfer Straße*.

Dort weckte ein kleiner Kirchturm ihr Interesse. Anneke mochte alte Gotteshäuser oder auch Klöster. Auf ihren Reisen hatte sie viele besucht, und manchmal hatte sie sogar die

Gelegenheit gehabt, an einem Gottesdienst teilzunehmen. *St. Peter-Kirche* stand auf der Ortskarte. Welch hübscher Name.

Ohne lange zu überlegen, verstaute Anneke die Karte in ihrer Umhängetasche und schlug den Weg zum Gotteshaus ein. Das mit Backsteinen gemauerte Kirchengebäude lag idyllisch von einem kleinen Friedhof umgeben, der an einen Park erinnerte. Neben gepflegten Rasenflächen und Gräbern stand abseits ein hölzerner Glockenstapel, der sicherlich nachträglich erbaut worden war und die Kirchenglocken enthielt. Derlei Konstruktionen kannte Anneke von ihren Reisen in skandinavische Länder. Ein schwedischer Pastor hatte ihr mal erzählt, dass der Glockenstapel errichtet worden war, weil es zu der damaligen Zeit keine passenden Steine für einen Kirchturm gegeben hatte.

Sie nahm ihr Handy aus der Tasche und machte einige Aufnahmen von der Kirche, dem Glockenstapel und einigen Gräbern.

Eine Frau, die etwa in ihrem Alter sein musste, stand vor einem Grab in ihrer Nähe und goss Blumen. Als sie ihrem Blick begegnete, fühlte Anneke sich ertappt und ließ das Telefon sinken. Ihr erschien es unpassend, Fotos zu machen, während trauernde Angehörige eine Grabstelle pflegten.

»Moin!«, grüßte die Frau sie. »Fotografieren Sie ruhig weiter. Mich stört es nicht.«

Lächelnd ging Anneke zu ihr. »Guten Tag. Ich habe Sie gerade erst bemerkt, sonst hätte ich mich mit dem Fotografieren zurückgehalten.«

»Nein, nein. Mich stört es wirklich nicht.« Die Frau stellte die grüne Gießkanne neben dem Grab ab und fuhr sich mit einer Hand durch ihre rotblonden Locken. Ihr Gesicht war mit unzähligen Sommersprossen übersät, die sie sehr attraktiv machten. »Die Kirche und der Friedhof laden zum Knipsen ein. Ich verstehe das gut. Ist wirklich schön hier, nicht?«

»Danke für Ihr Verständnis.«

»Da nicht für.« Lächelnd zuckte sie die Schultern.

Anneke erwiderte das Lächeln und las die Namen, die in den Grabstein graviert worden waren. Knut Hansen, Margret Hansen, Greta Hansen, Klaus Hansen und Piet Hansen. »Ihre Familie?«

Die Frau faltete die Hände und schaute ebenfalls auf den Stein. »Meine Großeltern, meine Eltern und mein Mann«, zählte sie auf und wurde dabei still.

»Das tut mir sehr leid«, sagte Anneke betroffen.

Sie sah sie an. »Meine Großeltern waren alt, meine Eltern schwer krank, und mein Mann ist vor einem Jahr bei einem Motorradunfall ums Leben gekommen. Mit gerade mal vierzig Jahren. Seitdem komme ich täglich zum Grab und schaue, ob es allen gut geht.«

»Ich weiß gar nicht, was ich sagen soll. Das ist einfach nur furchtbar.« Anneke dachte an ihre Eltern und fühlte sich mit einem Mal fürchterlich undankbar. Sie nahm sich vor, zukünftig öfter anzurufen.

»Sind Sie verheiratet?«, fragte die Rothaarige interessiert.

»Nein.« Anneke schüttelte den Kopf.

»Wenn mir die Frage gestellt wird, beantworte ich sie immer noch mit Ja.« Sie schaute auf ihre Hand und strich über einen goldenen Ring, den sie am Ringfinger trug. »Ich glaube, das mit dem Verheiratetsein hört nie auf. Auch nicht, wenn einem der Ehemann genommen wird.«

»Das ist einfach nur furchtbar ungerecht«, sagte Anneke mitfühlend. Ihr tat das Schicksal der anderen von Herzen leid, und sie spürte gleich wieder den Schmerz in ihrer Brust, der jedes Mal über sie kam, wenn sie an Aaron dachte.

»Ich bin übrigens Wenke.« Sie lächelte Anneke tapfer an und streckte die Hand aus.

»Ich bin Anneke.« Erleichtert schüttelte sie Wenke die Hand. »Schön, dich kennenzulernen.«

»Ebenso.«

»Wohnst du hier im Dorf?«, fragte Anneke, um das Gespräch auf ein unverfänglicheres Thema zu lenken.

»Nein, ich wohne in Ording. Und du? Machst du Urlaub in St. Peter?«

»Nicht direkt Urlaub, obwohl es schon ein bisschen wie eine Auszeit ist«, antwortete Anneke ausweichend.

Wenke zog die Augenbrauen hoch. »Kur?«

»Eine berufliche Mission hat mich nach St. Peter-Ording verschlagen. Ich arbeite für eine Touristikfirma und soll die romantische Seite von St. Peter-Ording für zukünftige Urlauber erkunden.«

»Ach, das ist ja ein Zufall!« Wenke schaute sie interessiert an. »Mein Mann und ich hatten ursprünglich den Plan, unseren alten Reetdachhof in ein Romantikhotel zu verwandeln. Aber unser Herzensprojekt liegt seit seinem Tod auf Eis.« Sie seufzte schwer. »Ein Gästezimmer hatten wir damals noch zusammen hergerichtet und wollten dann das nächste in Angriff nehmen. Aber dann passierte der Unfall. Ich weiß nicht, ob ich es jemals schaffen werde, unseren Traum zu verwirklichen, oder ob er zusammen mit meinem Mann gestorben ist«, fügte sie leiser hinzu.

Mitfühlend berührte sie kurz Wenkes Schulter. »Das ist wirklich schrecklich und so schade! Ein romantischer Reetdachhof würde bestimmt gut in das Konzept meiner Firma passen.«

Wieder lächelte Wenke ihr zu und erzählte voll Stolz: »Unser Reetdachhof hat auch eine traumhaft romantische Lage. Schaut man aus dem Fenster über den Deich, blickt man direkt auf den Westerhever Leuchtturm.«

»Das klingt wirklich überaus romantisch. Wo war dein Hof noch einmal?«

»In Ording. Direkt hinter dem Deich. Warte ...« Wenke zog ihr Handy aus der Gesäßtasche ihrer Jeans und zeigte Anneke auf einer Karte, wo der Reetdachhof lag. »Komm mich doch einfach mal auf eine Tasse Kaffee besuchen«, schlug sie dann vor.

»Das mache ich glatt!«, versprach Anneke.

Sie tauschten Handynummern aus und plauderten noch eine Weile über den Ort und den Zauber des Wattenmeers. Dann verabschiedete Anneke sich, um ihren Spaziergang durch den Ortsteil Dorf fortzusetzen. Gut gelaunt schlenderte sie die Straße entlang und legte spontan in einem Eiscafé eine Pause ein. Während sie einen großen Eisbecher mit Sahne und Früchten genoss, ließ Anneke den Blick gen Himmel schweifen und betrachtete das wolkenlose Blau.

Die Begegnung mit Wenke erinnerte sie an die Pläne, die sie einmal mit Aaron und Raik gehabt hatte. Dass sie mit ihrem Bruder das Reisebüro ihrer Eltern in Herten übernehmen und die Familientradition fortführen würde, wenn die Eltern sich zur Ruhe setzen wollten, das hatte für Anneke lange festgestanden. Bis es so weit sein würde, hatten sie und Aaron reisen und dabei möglichst viel von der Welt sehen wollen. Zusammen mit Raik, mit dem sie sich noch viel mehr als das erhofft hatte.

7. Kapitel

Anneke setzte sich in den Schneidersitz und schloss die Augen. Sie versuchte, es so zu machen, wie Jogi gesagt hatte. Sich auf das Hier und Jetzt zu fokussieren und jeden Gedanken auszublenden, der sie davon ablenken konnte. Ihre Hände lagen auf ihrem Bauch. Sie spürte, wie sich ihre Bauchdecke mit jedem tiefen Atemzug hob und senkte.

Konzentriert nahm sie die Bewegung wahr und das, was in ihrem Körper vorging. Nach einigen Atemzügen legte sie die Hände rechts und links auf die Rippen ihres Brustkorbs. Bewusst spürte sie die Ausdehnung des Thorax. Zuletzt legte sie die Hände unter ihr Schlüsselbein und konzentrierte sich auf den angenehmen Druck.

Sie hatte wieder einen schlimmen Traum gehabt. Dieses Mal war sie zusammen mit Wenke im Rettungsboot gewesen. Beide hatten vergeblich versucht, Annekes Bruder und Wenkes Mann aus dem Meer zu ziehen. Doch sie waren ihnen immer wieder entglitten und abgesunken. Schweißgebadet und mit klopfendem Herzen war Anneke aufgewacht. Sie hatte einen Moment gebraucht, um in der Wirklichkeit anzukommen, sich dann auf den Boden gesetzt und mit der Atemübung begonnen, die ihr Jogi gezeigt hatte. Damit sollten physische und psychische Anspannungen gelöst werden.

Als sie nach Beendigung der Übung ihre Augen wieder öffnete, empfand sie tatsächlich eine gewisse Erleichterung. Eine angenehme Ruhe hatte sich wie eine warme Decke über ihre Unruhen gelegt, und das starke Herzklopfen war verschwunden.

Ob Wenke ähnliche Albträume plagten? Am liebsten hätte Anneke sie angerufen und gefragt. Aber so gut kannten sie einander noch nicht. Vielleicht würde sich das Thema von allein ergeben, wenn sie ihr demnächst einen Besuch abstattete. Das wollte sie auf jeden Fall tun. Denn Wenkes Schicksal berührte sie, ihr Traum bewies das ohne jeden Zweifel.

Und sie fühlte sich mit Wenke verbunden. Was ja kein Wunder war. Sie hatten beide einen geliebten Menschen verloren, auch wenn Wenke das nicht wusste. Bei ihrer Begegnung auf dem Friedhof hatte Anneke nicht den Mut aufgebracht, von ihrem verstorbenen Bruder zu erzählen. Doch sie wusste, dass sie vielleicht mit Wenke darüber sprechen könnte.

Jedes Mal, wenn sie jemanden kennenlernte, entschied sie neu, was sie aus ihrer Vergangenheit preisgeben wollte und was nicht. Bisher hatte sie sich immer daran gehalten, ihren Bruder nicht zu erwähnen. Das war weniger schmerzhaft und einfacher.

Doch bei Raik konnte sie sich nicht in Sicherheit wiegen, dass er Aaron nicht erwähnen würde. Ihr war völlig klar, dass er irgendwann davon anfangen würde und auch über das Ende ihrer Beziehung würde sprechen wollen. Deswegen ging sie ihm aus dem Weg und hatte nach ihrem Ausflug nach Dorf erst einmal vorsichtig in die Lobby gelinst, bevor sie sie betreten hatte. Gestern hatte sie Glück gehabt und war, ohne ihm in die Arme zu laufen, in ihre Suite gelangt. So würde sie es auch weiterhin halten.

Mit kreisenden Kopfbewegungen dehnte sie zum Abschluss der Übung ihre Nackenmuskulatur und stand auf. Im Bad entledigte sie sich ihres Schlafshirts und ihrer Unterwäsche und drehte den Hahn auf. Das warme Wasser aus der Regendusche prasselte angenehm auf sie nieder, und Anneke genoss den orangenfrischen Duft ihres Duschgels. Als sie sich abgetrocknet und angezogen hatte, fühlte sie sich bereit für den Tag, den sie mit einem leckeren Frühstück beginnen wollte.

Anneke betrat den Fahrstuhl und drückte auf den Knopf für das Erdgeschoss. In der zweiten Etage stoppte der Aufzug. Seufzend trat Anneke einen Schritt zurück, um Platz für den oder die Mitfahrer zu schaffen, und unterdrückte ein bekümmertes Seufzen, als sie sah, wer den Aufzug betrat. Es war ein älteres Ehepaar, gefolgt von Raik. Das Ehepaar grüßte freundlich, und Anneke erwiderte ihren Gruß höflich.

»Guten Morgen«, sagte Raik sichtlich erfreut, sie zu sehen.

»Morgen«, grüßte sie knapp zurück und drückte sich weiter in die Ecke der Aufzugkabine.

Er stellte sich direkt neben sie und lächelte sie an. »Gut geschlafen?«

Sie nickte nur und fragte sich, warum sie ihm nicht etwas später hätte wieder begegnen können. Vielleicht am Ende der Woche oder zumindest am Ende eines schönen Sommertages, an dem sie die Urlaubsstimmung des Küstenorts einfach nur genossen hatte und sich von ihm nicht aus dem Gleichgewicht bringen lassen würde.

»Was hast du vor?«, erkundigte er sich.

»Frühstücken.« Sie erwiderte sein Lächeln kurz.

»Das ist ja witzig. Das wollte ich nämlich auch machen. Bin bis jetzt nicht dazu gekommen.«

»Du arbeitest, bevor du einen Kaffee getrunken hast? Das ist ja was ganz Neues«, brachte sie erstaunt hervor.

Er zuckte die Achseln. »Kleiner Notfall im Housekeeping. Ist jetzt aber geklärt.«

Als der Fahrstuhl hielt und die Tür sich öffnete, traten das ältere Ehepaar und sie in die Lobby.

»Dann wünsche ich dir einen guten Hunger und einen schönen Tag«, sagte Anneke zu Raik und wandte sich von ihm ab, um zum Hotelrestaurant zu eilen.

»Das ist sehr nett von dir, aber ich komme mit und leiste dir Gesellschaft.« Schon war er wieder neben ihr.

Anneke schaute ihn von der Seite an. »Du bist ganz schön hartnäckig, weißt du das?«

»Natürlich bin ich hartnäckig«, gab er selbstbewusst zu. »Aber nur bei dir. Ansonsten ist das nicht meine Art.«

»So, so.« Anneke zog die Augenbrauen hoch und wunderte sich darüber, dass Raik so bemüht um sie war. Sie hatte ihn damals ohne ein Wort verlassen und zeigte sich auch jetzt nicht besonders zugänglich, doch das schien ihm nichts auszumachen. Hätte er sie sitzen gelassen, sie hätte nie wieder ein Wort mit ihm geredet – geschweige denn einen Ausflug mit ihm unternommen. »Jetzt müsste ich mich vermutlich geschmeichelt fühlen.«

Er überholte sie mit zwei Schritten und hielt ihr galant die

Tür zum Restaurant auf. »Unbedingt. Zumal ich sonst immer allein frühstücke. Aber für dich mache ich gern eine Ausnahme.«

»Wow!« Sie glaubte ihm keine Silbe, musste aber lachen. »Was habe ich doch für ein Glück.«

Am Frühstücksbüfett nahm sie sich eine Schale, die sie mit Früchten und Joghurt füllte. Bei einer Servicemitarbeiterin bestellte sie einen laktosefreien Milchkaffee, der ihr später an den Tisch gebracht werden würde. Auch wenn sie wirklich nicht geplant hatte, mit ihm zu frühstücken, sah Anneke sich nach Raik um. Bis zum Büfett war er noch nicht gekommen, da zwei Gäste ihn aufgehalten und in ein Gespräch verwickelt hatten. Tja, vielleicht scheiterte sein Plan eben. Und wenn sie schnell genug fertig war, musste sie nur kurz mit ihm sprechen und konnte sich dann schnell verabschieden.

Anneke ließ den Blick durch den Raum gleiten und entdeckte einen freien Tisch, von dem aus man einen schönen Blick auf die Erlebnis-Promenade hatte. Gelassen setzte sie sich auf einen Stuhl an der Fensterfront und begann zu frühstücken. Auf den Milchkaffee musste sie nicht lange warten.

Nach einer Weile kam die Bedienung noch einmal und stellte einen großen Becher Kaffee auf den Tisch.

»Oh, ich hatte gar keinen Kaffee bestellt. Aber ein Glas Orangensaft wäre toll«, sagte Anneke und erwartete, dass die Frau den Kaffeebecher wieder mitnahm.

»Der Kaffee ist für den Chef«, erklärte sie unumwunden und fragte: »Darf ich Ihnen noch etwas anderes bringen außer dem Saft?«

»Ach, das ist nett, aber nein, danke.« Anneke hätte fast die

Augen verdreht, unterließ es aber tunlichst. Allzu lang würde sie nicht mit Raik an diesem Tisch sitzen müssen.

»Ihr Orangensaft kommt sofort.« Die Bedienung entfernte sich wieder.

Wenig später stellte Raik einen vollbeladenen Teller mit Rührei und Speck auf den Tisch und nahm Anneke gegenüber Platz. »Und jetzt erst mal einen Kaffee«, sagte er und trank einen Schluck.

»Meiner ist schon leer.« Anneke schob ihre Tasse an den Tischrand.

Raik zuckte die Schulter. »Ich wünschte, das wäre meiner auch. Heute bin ich wirklich extrem spät dran mit meiner täglichen Dosis Koffein. Aber die Gäste gehen nun mal vor.«

»Im Büro zu frühstücken scheint seine Vorteile zu haben«, neckte Anneke ihn.

»Haha!«, machte er und verdrehte die Augen. »Nein. Ich rede doch gern mit meinen Gästen. Erst recht wenn ich danach mit dir zusammen frühstücken kann.«

Anneke schüttelte sich lachend. »Heute schleimst du aber ganz schön rum.« Wenn er wüsste, dass sie sich extra beeilt hatte, um vor ihm fertig zu sein.

Als die Servicemitarbeiterin ihr den bestellten Orangensaft brachte, bedankte Anneke sich höflich.

»Haben Sie sonst noch einen Wunsch?«, fragte die Frau.

»Im Moment nicht, danke.«

Raik hielt ihr seinen Becher hin. »Noch einen Kaffee, bitte.«

»Sehr gerne.« Die Angestellte stellte Annekes Kaffeeschale und Raiks Becher auf ihr Tablett und ging.

»Gutes Personal hast du«, bemerkte Anneke.

Während er aß, hob er den Blick. »Mittlerweile schon. Als ich hier angefangen habe, war das anders.«

Sie nippte am Orangensaft. »Du scheinst den Laden gut im Griff zu haben.«

»Ich gebe mir Mühe.« Amüsiert zwinkerte er ihr zu und aß einen Happen Rührei.

»Herzhaftes Frühstück ist also immer noch dein Ding«, stellte Anneke fest.

»Und deines muss nach wie vor süß sein.« Er spießte ein Stück Speck mit der Gabel auf und sah sie an. »Apropos süß. Wie weit bis du eigentlich mit deiner Romantik-Recherche gekommen?«

»Eigentlich bin ich noch nicht so weit«, gab sie zu. »Gestern war ich den ganzen Tag in Dorf und habe mir unter anderem die St. Peter-Kirche angesehen. Die ist wirklich schön und bestimmt auch einen Romantik-Tipp wert.«

»Aha! Deswegen habe ich dich gestern nicht zu Gesicht bekommen. Dachte schon, du versteckst dich vor mir.« Aufmerksam betrachtete er sie.

Anne lachte auf und fühlte sich ertappt. »Ich mich vor dir verstecken? Im Leben nicht.«

»Dann ist ja gut.« Als ihm der zweite Becker Kaffee serviert wurde, löffelte Raik etwas Zucker hinein und rührte um. »Den ersten trinke ich immer noch schwarz und den zweiten süß«, sagte er nachdenklich.

»Manche Dinge ändern sich wohl nie, oder?«, erwiderte Anneke und merkte erst, nachdem sie die Worte ausgesprochen hatte, dass Raik womöglich mehr hineindeuten könnte, als sie hatte sagen wollen.

»Sieht ganz so aus.« Er trank von seinem Kaffee und schaute sie dabei etwas länger als nötig an.

»Sag mal, erinnerst du dich noch an unseren gemeinsamen Ausritt in Irland?«, fragte er dann unvermittelt.

»Wie könnte ich den je vergessen?«, entgegnete Anneke und musste bei der Erinnerung lächeln.

»Das war doch total romantisch. Wir zwei mit den Pferden und dann der gigantische Ausblick von den Klippen«, schwärmte er und schloss kurz die Augen.

»Die Landschaft war wirklich ein Traum«, pflichtete sie ihm bei. »Und erst das bezaubernde Cottage, in dem wir gewohnt haben. Dreihundert Jahre war das alt.«

»Wann bist du das letzte Mal geritten?«, wollte er wissen.

»Seit Irland hat es mich nicht mehr auf den Rücken eines Pferdes verschlagen«, antwortete sie wahrheitsgemäß und bekam mit einem Mal ein ungutes Gefühl im Magen.

Erfreut klatschte Raik in die Hände. »Dann ist es höchste Zeit, das zu ändern!«

»Was soll das heißen?«

»Das soll heißen, dass ich dich morgen zu einem Strandausritt einlade. Ich habe doch deine sehnsuchtsvollen Blicke gesehen, als wir auf dem Deich am Reiterhof haltgemacht haben.«

Anneke schaute ihn verdutzt an. Sie wusste nicht, was sie davon halten sollte. Es stimmte ja, dass sie sich vorgestellt hatte, wie es wäre, wieder einmal auf einem Pferderücken zu sitzen. Aber wenn Raik damit die Erinnerungen an Irland aufleben lassen wollte, dann machte er sich völlig falsche Hoffnungen … Sie suchte noch nach einer überzeugenden Ausrede, als Raik sich plötzlich räusperte.

»So, ich muss dich leider jetzt verlassen. In zehn Minuten habe ich eine Telefonkonferenz. Bis später.« Er trank hastig den Rest seines Kaffees aus. Und bevor Anneke protestieren konnte, war er schon aufgestanden und ging mit dem benutzten Geschirr zum Abräumwagen.

Anneke schaute ihm nach. Er hätte sie ja wenigstens fragen können, ob sie überhaupt mit ihm ausreiten wollte. Und trotz allem musste sie auch über seine charmant unverschämte Art lächeln. So war er schon immer gewesen. Noch eine Sache, die sich nicht geändert hatte.

Nach dem Frühstück fuhr Anneke noch einmal in die Suite, um sich bequeme Schuhe anzuziehen. Sie hatte beschlossen, den sonnigen Julitag für einen weiteren Spaziergang zu nutzen. Am Vortag hatte sie gemerkt, wie gut ihr die Bewegung getan hatte.

Auf der Dachterrasse vergewisserte sie sich, dass wirklich keine dichten Wolken im Anzug waren. Und bevor Anneke aufbrach, cremte sie sich großzügig mit Sonnenschutz ein und setzte dann ihre Sonnenbrille auf. Die Tube Sonnencreme packte sie vorsorglich in ihre Umhängetasche. Wenn sie keinen Sonnenbrand riskieren wollte, musste sie bestimmt nachcremen.

Als Anneke eine halbe Stunde später die Seebrücke zum Meer entlanglief, war dort schon einiges los. Die Bänke auf der Brücke waren alle besetzt, zahlreiche Leute zog es an den Strand. Im Gehen sah Anneke, wie eine Möwe im Sturzflug an ihr vorbeischoss und ein Fischbrötchen stibitzte, das eine Frau achtlos neben sich auf die Bank gelegt hatte.

»Hast du das gesehen, Erika?«, rief die Frau ärgerlich.

»Diese blöde Möwe hat mir mein Krabbenbrötchen geklaut. Unverschämtheit!« Sie guckte hoch zum Himmel.

Die Möwe ist längst über alle Dünen mit ihrer Beute, dachte Anneke amüsiert. Sie musste sich ein Grinsen verkneifen und freute sich insgeheim für die Möwe, die für den heutigen Tag sicher gesättigt sein würde.

Am Ende der Brücke zog Anneke sich wieder die Schuhe aus und ging weiter bis zum Meer. Dieses Mal schlug sie die entgegengesetzte Richtung ein. Sie ging von der Badestelle immer weiter nordwärts, Richtung Ording.

Während sie in ihrem eigenen Rhythmus ging, den Wind und die Wellen genoss und sich immer wieder das Haar aus dem Gesicht strich, schweiften ihre Gedanken immer wieder zu Raik. Irgendwann gab Anneke es auf, sich davon abzulenken.

Glückliche Zeiten kamen ihr in den Sinn, in denen ihr Bruder, Raik und sie nichts hatte trennen können.

Sie sah noch genau vor sich, wie Raik und sie sich das erste Mal begegnet waren. Damals waren sie noch klein und ihr Bruder Aaron trotz seiner gerade mal fünf Jahre schon ein gefürchteter Fußballer in der Nachbarschaft gewesen. Eines Nachmittags hatte Anneke lautes Heulen aus der Küche gehört. Um nachzusehen, was Aaron wieder angestellt hatte, war sie in die gemütliche Wohnküche ihrer Eltern gerannt. Dort hatte Aaron auf einem Hocker gesessen und sie unschuldig angesehen. Ihre Mutter hatte einen Meter daneben vor einem tränenüberströmten Jungen gekniet und sein verletztes Knie mit Jodtinktur betupft.

»Das Brennen hört gleich wieder auf, Raik«, hatte sie mit beruhigender Stimme versprochen.

»Was ist denn passiert?«, hatte Anneke ihren Bruder gefragt.

»Das ist mein neuer Freund Raik. Er wohnt seit gestern neben uns. Und gerade ist er beim Fußballspielen auf die Straße geknallt.«

»Uh!« Anneke hatte ihr Gesicht verzogen. Sie war selbst öfter beim Spielen hingefallen und hatte sich dabei das Knie aufgeschlagen. Deshalb hatte sie in der Situation gleich ein Papiertaschentuch aus einer Küchenschublade genommen und war zu Raik gegangen.

»Hallo, ich bin Anne«, hatte sie gesagt und ihm das Taschentuch hingehalten.

»Hallo, ich heiße Raik.« Er hatte das Taschentuch genommen. »Danke, es tut schon fast gar nicht mehr weh«, hatte er tapfer gesagt, während ihm immer noch dicke Tränen über die Wangen gekullert waren.

Anneke wusste nicht genau, wann sie sich in Raik verliebt hatte. Hatte es schon damals bei der ersten Begegnung in der Küche begonnen? War das überhaupt möglich? Sie konnte sich jedenfalls nicht erinnern, dass sie ihn irgendwann nicht geliebt hatte.

Abrupt blieb sie stehen und fasste sich ans Herz. Woher war dieser Gedanke bloß gekommen? Für sie war doch die letzten Jahre klar gewesen, dass das Kapitel Raik für immer und ewig abgeschlossen war.

Fahrig fuhr sie sich durchs Haar, blieb stehen und blickte aufs Meer hinaus. Sie war buchstäblich völlig durch den Wind.

Das muss an der vielen Arbeit der letzten Jahre liegen, redete sie sich ein. Und woran auch immer es lag, sie wollte sich wieder ausgeglichener fühlen. Also ging sie einfach weiter.

Irgendwann kam sie an einem Pfahlbau an, der halb in der Nordsee stand. Interessiert schaute Anneke an dem Holzhaus empor und entdeckte eine Außenterrasse, auf der Leute saßen.

»Die *Strandbar 54° Nord* müssen Sie unbedingt ausprobieren«, sprach eine Frau in einem rosa Strandkleid sie an und rückte sich den Sonnenhut auf dem Kopf zurecht. Neben ihr stand eine zweite Frau, die kurze gestreifte Shorts trug und darüber eine weite Bluse.

»Wir gehen jeden Tag mindestens einmal dorthin«, meldete sich die zweite Frau zu Wort und kicherte. »Obwohl wir ja eigentlich hier in Kur sind.«

»Eigentlich wollten wir abnehmen«, ergänzte die erste.

»Aber man lebt ja schließlich nur einmal«, fuhr die andere fort.

»Das klingt vielversprechend.« Anneke lächelte höflich und merkte erst jetzt, dass sie durchaus Appetit hatte. Ihr Frühstück war nicht üppig ausgefallen, und die Bewegung am Meer machte hungrig. »Was empfehlen Sie denn?«

»Streuselkuchen vom Blech«, antworteten beide Frauen gleichzeitig und lachten.

Anneke fiel in ihr Lachen ein. »Das scheint nicht gelogen zu sein.«

»Hier gibt es den besten Streuselkuchen, den wir je gegessen haben«, bekräftigte die Frau mit dem Sonnenhut. »Und glauben Sie mir, wir haben einige Kuchen gegessen.«

Anneke bedankte sich für den Tipp und ging den Steg zum Pfahlbau hoch.

Sie musste ein paar Minuten warten, bekam aber dann einen wunderbaren Platz auf der Meeresterrasse, von dem aus sie direkt auf die Nordsee schauen und sogar die kräftigen Wellen spüren konnte, die gegen die Holzpfähle brandeten.

Nachdem sie ein Stück Streuselkuchen vom Blech und dazu einen Becher weiße Schokolade mit Sahne vor sich hatte, lächelte Anneke zufrieden. Die beiden Frauen hatten nicht zu viel versprochen. Der Streuselkuchen war ein Traum. Der Geschmack erinnerte sie an das Lieblingsrezept ihrer Mutter und weckte schöne Erinnerungen an ihre Kindheit in ihr. Wehmütig seufzte Anneke, als sie mit einem Mal von einer Sehnsucht überfallen wurde, nach ihren Eltern und dem Haus, in dem sie aufgewachsen war. In diesem Augenblick wünschte sie sich nichts sehnlicher, als wieder in der gemütlichen Wohnküche zu sitzen und dort den Streuselkuchen ihrer Mutter zu essen.

8. Kapitel

Anneke zog den Reißverschluss ihrer Jeans hoch und strich das Poloshirt darüber glatt. Sie betrachtete sich im Spiegel und band dann ihr Haar zu einem Pferdeschwanz zusammen. Hoffentlich scheuerte sie sich nicht die Oberschenkel auf. Im Westernsattel wäre das Tragen von Jeans keine große Schwierigkeit gewesen. Früher hatte sie einfach Chaps über die Jeans gezogen, wenn sie ausgeritten war. Für einen englischen Sattel jedoch stellten Jeans ein Problem dar. Besonders wenn die inneren Beinnähte doppelt genäht waren so wie bei ihrer. Eine Reithose hatte sie natürlich nicht im Gepäck, und für einen einzigen Ausritt würde sie sich ganz sicher keine kaufen. Unschlüssig betrachtete sie sich.

Als ihr Handy klingelte, ging sie zum Couchtisch und nahm es in die Hand. Es war ihre Vorgesetzte.

»Hallo, Frau Büscher«, meldete Anneke sich betont gut gelaunt. Sie hatte nicht die geringste Ahnung, warum ihre Vorgesetzte sie anrief. Das machte sie sonst eigentlich nicht.

»Hallo, Frau Schrögelmann. Ich wollte mal nachhorchen, wie es mit der Romantik in St. Peter-Ording läuft und ob Sie mir das *Sea & Spa Resort* empfehlen würden.«

Anneke lächelte. Dann würde sie eben schon mal telefonisch Bericht erstatten. »Auf jeden Fall. Das *Sea & Spa*

Resort ist wirklich ein schönes Haus mit einem attraktiven Wellnessprogramm für Frauen und Männer. Stellen Sie sich vor, meine Suite hat sogar eine Dachterrasse mit Whirlpool.«

»Sehr schön. Das hört sich in jedem Fall nach Entspannung pur an.«

»Definitiv. Das Hotel hat sogar einen großen Saal, in dem oft Hochzeitsfeiern stattfinden. Bis jetzt habe ich nichts entdecken können, was gegen eine Empfehlung für das Romantikprogramm spricht.«

»Wunderbar!« Frau Büscher klang erfreut. »Das hört sich für mich schon mal sehr gut an. Und es wäre gut, wenn wir damit den ersten Romantik-Hot-Spot an der nordfriesischen Küste hätten. Halten Sie mich also auf dem Laufenden.«

»Gerne! Sie erwischen mich übrigens gerade auf dem Sprung zur nächsten Romantikrecherche.« Anneke klemmte sich das Handy zwischen Kinn und Schulter und zog nebenbei ihre Turnschuhe an.

»Aha? Wohin geht die Romantikrecherche denn?«, erkundigte sich Frau Büscher.

»Zu einem Pferdehof, gleich hinter dem Deich«, erzählte Anneke. »Von dort kann man Strandausritte unternehmen.«

Frau Büscher seufzte. »Wie schön! Wissen Sie, mein Mann hat mir damals bei einem Strandausritt einen Heiratsantrag gemacht. Hatte ich Ihnen davon mal erzählt?«

Sie unterdrückte ein Seufzen und setzte sich auf die Couch. Wenn das Gespräch länger dauerte, würde sie zu spät zu ihrer Verabredung erscheinen. »Nein, das wusste ich bis jetzt nicht.«

»Das war vielleicht romantisch, kann ich Ihnen sagen.« Schwärmerisch seufzte Frau Büscher erneut auf.

»Kann ich mir vorstellen.« Anneke schluckte. Sie würde den Ausflug mit Raik machen, aber auf große Romantik mit ihm hatte sie wirklich keine Lust. Sie wollte lediglich ihren Job erledigen.

»Ach, wir haben damals Urlaub an der dänischen Westküste gemacht und ein Holzhaus mit Sauna gemietet. Das Haus und das Meer trennte bloß eine Düne«, erzählte Frau Büscher munter weiter. »In der Nachbarschaft gab es einen Pferdehof. Und irgendwann kam mein Mann dann auf die Idee, dass wir die Gelegenheit nutzen und wenigstens einmal an den Strand reiten müssten. Ich wollte zuerst nicht, weil ich keine wirklich gute Reiterin bin. Aber er hat nicht locker gelassen und mich schließlich zu dem Strandausritt überredet. Und dann hat er mich im Sonnenuntergang am Strand gefragt, ob ich ihn heiraten will. Natürlich habe ich Ja gesagt.« Wieder seufzte sie.

»Das ist wirklich überaus romantisch.« In Annekes Fantasie stieg Raik vom Pferd ab und öffnete eine Schmuckschatulle, in der ein Ring mit einem kleinen glitzernden Stein besetzt im Abendlicht aufblitzte. Sie schüttelte den Kopf, um die Vorstellung zu vertreiben. Wie albern, dass ihr so etwas in den Sinn kam!

»Nicht wahr? Ich weiß noch ganz genau, wie das Sonnenlicht auf dem Meer gefunkelt hat, und habe auch gleich wieder das sanfte Rauschen der Wellen im Ohr und die herrliche Salzluft in der Nase«, erzählte sie begeistert. »Einen romantischeren Heiratsantrag hätte ich mir nicht wünschen können. Vor allem habe ich damit überhaupt nicht gerechnet.«

»Dann war die Überraschung bestimmt doppelt so groß«, erwiderte Anneke höflich.

»Absolut. Und ich überlege schon, ob wir unseren Hochzeitstag nicht an der Nordsee feiern könnten. Womöglich in einem ganz bestimmten Spa ... Deshalb verbinde ich ein gewisses persönliches Interesse mit meiner Frage ... Ach, aber jetzt bin ich ins Plaudern gekommen und halte Sie von der Arbeit ab.«

Jetzt war Anneke klar, warum Frau Büscher anrief. »Das macht doch nichts.«

»Na, dann. Genießen Sie den Ausritt!«

»Danke, das werde ich.«

»Und falls Sie einen Heiratsantrag bekommen, dann möchte ich es als Erste erfahren«, fügte Frau Büscher in verschwörerischem Ton hinzu.

Anneke lachte. »Versprochen. Ich melde mich, sobald es Neuigkeiten gibt.«

Nachdem sie aufgelegt hatte, fiel ihr auf, dass Raik ihr gar keine weiteren Details genannt hatte. War es überhaupt ein Ausflug zu zweit, der sie erwartete? Vielleicht nahmen sie ja an einer Gruppenveranstaltung teil, das wäre weniger verfänglich ...

In jedem Fall musste sie sich beeilen. Raik wartete bestimmt schon in der Lobby auf sie.

Raik steuerte den Mini Cooper vergnügt und bog schließlich in eine Einfahrt ein, die auf einen Hof mündete. Langsam fuhren sie auf zwei große Stallgebäude mit grünen Toren zu, die in einer L-Form errichtet worden waren, und hielten neben einer Grube, in der sich Mist türmte.

»Da wären wir«, sagte Raik und zog die Handbremse an. »Das ist der Wilhelmshof.«

Anneke stieg aus und sah sich um. Neben den Ställen entdeckte sie eine Scheune und zwei weiße Friesenhäuschen, die mit Reet gedeckt und etwas versetzt voneinander erbaut worden waren. Ihr gefielen besonders die hübschen dunklen Sprossenfenster. Sie erinnerten sie an das Haus ihrer Eltern.

Ihre Mutter hatte früher beim Fensterputzen stets darüber geflucht, wie viel Arbeit es doch war, in alle Ritzen zu kommen, und dass es schier unmöglich zu sein schien, die Scheiben sauber und streifenfrei zu bekommen. Wie sie das wohl inzwischen bewältigte? Schlagartig wurde Anneke bewusst, dass sie ihr Elternhaus seit Jahren nicht gesehen hatte.

»Moin!« Ein älterer Mann führte einen stämmigen Friesen aus einem der Stallgebäude auf den Hof. Er trug eine dunkelblaue Mütze und ein kariertes Hemd zu einer dunklen Latzhose. Unter seiner Kopfbedeckung blitzte feuerrotes Haar hervor, das ihm etwas von einem Wikinger verlieh, wie Anneke amüsiert registrierte. Eine Hand hatte er am Halfter des Pferdes, in der anderen hielt er locker einen Führstrick.

»Moin!«, erwiderte Raik den Gruß. Sie gingen auf den Mann zu. »Ich bin Raik vom *Sea & Spa Resort*. Wir sind für einen Strandausritt angemeldet.«

»Ich bin Hauke«, sagte der Mann und musterte sie. »Für einen Ausritt seid ihr aber nicht optimal angezogen«, stellte er fest und zeigte auf ihre Schuhe. »Mit den flachen Sohlen rutscht ihr leicht durch die Steigbügel. Und im Fall eines Falls schleift euch das Pferd hinter sich her. Da habt ihr keine Chance rauszukommen.«

Anneke nickte und zuckte die Mundwinkel. »Ich weiß.« Sie warf Raik einen bedauernden Blick zu, war aber fast ein wenig erleichtert darüber, dass aus dem romantischen Ausflug wahrscheinlich nichts wurde. »Vielleicht sollten wir auf den Ausritt verzichten. Ohne Reitkappe und in Jeans zu reiten ist auch nicht das Gelbe vom Ei. Wir können ja ein anders Mal wiederkommen.«

»Verzichten müsst ihr nicht«, schaltete Hauke sich ein, als Anneke sich gerade zum Gehen wenden wollte. »Ihr könnt halt so nicht aufs Pferd. Das zahlt keine Versicherung, wenn euch was passiert. Aber keine Sorge, wir haben extra einen Fundus an Reitkleidung. Da findet ihr auch passende Kappen und Stiefel.«

»Siehst du! Es gibt für alles eine Lösung.« Raik lächelte sie strahlend an.

Hauke band den Strick des Friesen an einen Ring, der im Mauerwerk eingelassen war, sodass das Pferd stehen blieb. Dann bedeutete er ihnen, ihm zu folgen, und führte sie durch den Stall. Auf der Gasse striegelten vier Mädchen ihre Lieblinge. Anneke musste lächeln, als sie die Mädchen sah. Ihnen stand die Pferdeliebe förmlich ins Gesicht geschrieben.

Schließlich lotste Hauke sie in einen Raum neben der Sattelkammer. Dort öffnete er zwei Spinde und eine große Holztruhe, in denen Reitausrüstung in verschiedenen Größen aufbewahrt wurde.

»Da sollte was für euch bei sein«, sagte er. »Sucht euch einfach die passenden Sachen raus. Umziehen könnt ihr euch hier und in der Sattelkammer.« Er wies auf eine Tür, an der sie vorbeigegangen waren. »Kommt danach einfach zu mir auf den Hof.«

»Machen wir. Danke.« Anneke kniete sich schon vor die Truhe und suchte eine Reithose in ihrer Größe heraus. Nachdem sie die passende Ausrüstung für sich gefunden hatte, hob sie alles auf ihre Arme und wollte sich in die Sattelkammer zurückziehen.

»Wohin gehst du?«, fragte Raik verwundert, der sich ebenfalls Kleidung ausgesucht hatte und nun im Begriff war, seine Schuhe auszuziehen.

Sie sah ihn irritiert an. »In die Sattelkammer?«

»Wieso?«

»Um mich umzuziehen?« Was dachte er wohl, was sie sonst dort vorhatte?

»Kannst du das nicht hier?«, entgegnete er und zog die Augenbrauen hoch. »Ich gucke dir schon nichts weg.«

»Ich gehe in die Sattelkammer«, beharrte sie, obwohl sie wusste, dass ihr Verhalten eigentlich ein bisschen albern war. Denn natürlich kannte Raik ihren Körper fast so gut wie seinen eigenen. Trotzdem wollte sie sich nicht vor ihm ausziehen. Das hatte sie früher getan – und es war immer von Küssen und Zärtlichkeiten begleitet worden. Die Zeiten waren allerdings lange vorbei.

Raik schien weniger Schwierigkeiten damit zu haben, sich in ihrer Gegenwart auszuziehen, und knöpfte nun bereits seine Hose auf. »Dann bis gleich«, sagte er achselzuckend.

»Bis später.« Anneke drehte sich um und verließ den Raum.

Eine leichte Brise strich über ihre Haut, als Anneke im Schritttempo auf einem Pfad durch die Salzwiesen ritt. Sie war erleichtert. Nachdem Hauke ihnen geholfen hatte, die passenden Pferde auszusuchen, hatte sich herausgestellt, dass es sich tatsächlich um eine Gruppenveranstaltung handelte. Außer ihnen gehörten noch sechs weitere Teilnehmer zur Gruppe für diesen Strandausritt. Sie ritten in einer Abteilung hintereinander, angeführt von der jungen Reitlehrerin Merle, die eine waschechte St. Peteranerin war und das Reiten als kleines Mädchen auf dem Wilhelmshof gelernt hatte, wie sie ihnen bei einer kleinen Vorstellungsrunde erzählt hatte.

Anneke hatte ihren Platz mitten in der Abteilung, und Raik bildete das Schlusslicht. Darauf hatte er bestanden, weil Merle es nicht sehen konnte, falls hinter ihr etwas passierte. Anneke hatte es in gewisser Weise imponiert, dass Raik so selbstverständlich einen Teil der Verantwortung übernommen hatte. Sie mochte diesen Charakterzug an ihm und erinnerte sich daran, dass er früher genauso gehandelt hatte, eigentlich bei allem, was sie in der Gruppe unternommen hatten. Mit Freunden, aber auch mit Reisegästen.

Sie blickte über die Salzwiesen und atmete den Geruch von feuchten Gräsern ein. Ihr Friese schnaubte hin und wieder zufrieden und schaukelte sie im Sattel gemütlich durch die beschauliche Landschaft.

»Und jetzt Teeerab«, rief Merle, als sie an dem ausgewiesenen Reitgebiet zwischen den Ortsteilen Böhl und Dorf angekommen waren.

Die Pferde fielen auf ihr Kommando hin automatisch in die zweite Grundgangart, ohne dass ihre Reiter die dazugehörigen Hilfen geben mussten.

Anneke war nicht enttäuscht darüber, dass der Ausritt sie nun weniger herausforderte als gedacht. Im Gegenteil, sie genoss den Ausblick über die Weite der Halbinsel Eiderstedt und freute sich einfach darüber, nach so langer Zeit wieder im Sattel zu sitzen. Hin und wieder blickte sie sich nach Raik um und fing jedes Mal ein aufmunterndes Nicken von ihm auf.

Als sie die Flutkante der Nordsee erreichten, gab Merle den Befehl zum Galopp. Annekes Herz tat einen freudigen Hüpfer. Sie liebte das Brausen des Windes in ihren Ohren und hatte bald das Gefühl, über den langen Sandstrand zu fliegen.

Ein unglaubliches Gefühl der Freiheit machte sich in ihr breit, und sie spürte eine Woge absoluter Unbeschwertheit in sich aufkommen. In diesem Moment vergaß sie all ihre Sorgen und gab sich völlig ihrem Glücksmoment hin.

Bald tauchte Raik mit seinem Pferd neben ihr auf. Er strahlte über das ganze Gesicht und hatte offensichtlich genau so viel Spaß wie sie. Übermütig trieb Anneke ihr Pferd weiter an. Sie wollte Raik zeigen, dass sie immer noch die bessere Reiterin war, und galoppierte mit Leichtigkeit an ihm vorbei. Das Wasser aus einem Priel spritzte empor, und über ihr kreischte eine Möwe.

Kurz wollte sie nach hinten schauen, um zu sehen, ob sie Raik abgehängt hatte. Dabei verlor sie einen Augenblick lang die Konzentration. Und ehe sie es sich versah, verlor sie den Halt im Sattel. Bevor sie überhaupt reagieren konnte, stürzte sie schon und schlug in der flachen Brandung auf.

»Ah!«, rief sie und spürte den Schmerz des Aufpralls.

Wenige Sekunden später war Raik bei ihr und kniete sich neben sie. »Ist dir was passiert?«, fragte er besorgt.

Sie rappelte sich langsam in eine sitzende Position. »Ich weiß nicht. Mein rechter Fuß tut weh.«

»Glaubst du, er ist gebrochen?« Aus dunklen Augen sah er sie an. Sein Pferd hielt sich dicht neben ihm.

Anneke schaute auf ihren Reitstiefel. »Keine Ahnung. Ich hoffe nicht ...«

Merle hatte inzwischen Annekes Pferd eingefangen, und die restlichen Reiter waren abgestiegen. Sie führte den Friesen zu ihnen. »Bist du verletzt?«, fragte sie atemlos. »Ich kann mit dem Handy einen Krankenwagen rufen.«

»Nicht nötig«, winkte Anneke ab und wollte lässig aufstehen, um es zu beweisen. Doch sobald sie ihren Fuß belastete, verzog sie schmerzvoll das Gesicht. »Aua!«, entfuhr es ihr.

»Warte, ich helfe dir.« Mit Raiks Unterstützung gelang es ihr, auf den gesunden Fuß zu kommen.

Merle runzelte die Stirn und schaute auf Annekes Fuß. »Bist du dir sicher, dass ich keinen Krankenwagen rufen soll?«, fragte sie noch einmal.

»Nein.« Sie schüttelte energisch den Kopf, hielt das rechte Bein aber angewinkelt. »Kein Krankenwagen.«

»Kannst du auftreten?«, fragte Raik.

»Ich probiere es.« Vorsichtig setzte sie den Fuß auf den Wattboden, verzog aber augenblicklich wieder schmerzerfüllt das Gesicht. »Es tut ziemlich weh.«

»Ich bringe dich zum Arzt«, sagte Raik entschlossen.

»Wie willst du das denn anstellen? Willst du mich etwa den ganzen Weg bis zum Hof tragen?«, fragte Anneke ungläubig.

Er sah sie kurz schweigend an und schien das ernsthaft in Erwägung zu ziehen. Dann sagte er: »Quatsch! Wir hieven dich irgendwie wieder aufs Pferd, und dann geht es im Schritt zurück.«

»Ich weiß nicht, ob ich es noch mal aufs Pferd schaffe«, gab Anneke zu bedenken.

»Das wirst du«, erwiderte er voller Zuversicht.

Er sollte recht behalten. Anneke konnte hinterher nicht mehr sagen, wie sie es geschafft hatte, aber sie saß wieder im Sattel, und Raik führte ihr Pferd. Merle hatte seinen Friesen mitgenommen und war zusammen mit der restlichen Reitgruppe schon zum Hof zurückgeritten, nachdem Raik ihr glaubhaft versichert hatte, dass er Anneke ohne weitere Blessuren zum Wilhelmshof bringen würde.

Während Anneke darauf konzentriert war, sich im Sattel zu halten, blickte sie über die Salzwiesen. Dann platzte das Lachen förmlich aus ihr hervor. Sie hatte sich völlig unnötig Sorgen gemacht. Der Ausritt war mindestens so unromantisch wie ein Candle-Light-Dinner in einer Pommesbude.

9. Kapitel

Der Arzt hängte zwei Röntgenbilder an eine Lichtwand. »Alles halb so schlimm«, sagte er mit Blick auf die Aufnahmen. »Ist bloß eine harmlose Verstauchung. Nichts Gravierendes.«

»Dann bin ich froh.« Anneke saß in einem weichen Ledersessel. Eine Mitarbeiterin des Orthopäden hatte ihren Fuß mit einer kühlenden Kompresse verbunden.

»Stellen Sie den Fuß ruhig. Am besten lagern Sie ihn hoch und kühlen ihn. Dann wird es nicht lange dauern, bis die Schwellung und auch die Schmerzen zurückgehen. Können Sie auftreten, oder soll ich Ihnen eine Krücke mitgeben?«

»Nein, nicht nötig. Die paar Meter schaffe ich ohne Krücke.« Sie erhob sich aus dem Sessel.

»Warten Sie, ich bringe Sie noch bis zum Empfang.« Galant öffnete er die Tür und begleitete Anneke zur Rezeption, wo Raik wartete und ihr entgegensah.

»Und? Ist es sehr schlimm?«, fragte er mit bangem Unterton.

»Nichts Wildes. Kleine Verstauchung, mehr nicht«, beschwichtigte Anneke ihn.

Der Arzt hob einen Finger. »Trotzdem müssen Sie sich

schonen. Der Fuß muss gekühlt und ruhig gelagert werden, damit es sich nicht verschlimmert.«

»Ich werde darauf achten, dass sie sich daran hält«, versprach Raik, bevor Anneke etwas erwidern konnte. Dann bot Raik ihr seinen Arm an, sodass sie sich darauf stützte. Bevor sie sich von Raik aus der Praxis führen ließ, bedankte Anneke sich lächelnd und hob noch einmal lobend hervor, wie gut der Arzt ausgestattet war.

Anneke hatte es sich auf der Couch in ihrer Suite gemütlich gemacht und den Fuß auf ein Kissen gelagert. Nervös tippte sie mit den Fingern auf die Sofalehne. Ruhe halten lag ihr nicht besonders. Trotzdem hielt sie sich an die Anweisungen des Arztes.

Um sich auf andere Gedanken zu bringen, sichtete sie Fotos und schrieb endlich die ersten Berichte für ihre Firma. Dabei ertappte sie sich dabei, dass sie den Schnappschuss von Raik länger betrachtete als nötig.

Er hatte sich äußerst fürsorglich gezeigt, und sie zweifelte nicht daran, dass er sich wirklich um sie sorgte. Er konnte so nett sein, wenn er wollte. Und früher hatte sie es geliebt, sich an den Wochenenden von ihm verwöhnen zu lassen. Er hatte ihr das Frühstück gebracht, mit ihr gescherzt und immer wieder auch kleine sportliche Wettkämpfe geführt – nur um sie am Ende mit einem liebevollen Kuss zur Siegerin zu machen, egal wie schnell sie gerannt oder wie viele Punkte sie beim Tennis gesammelt hatte.

Anneke schüttelte den Kopf und schloss die Bilddatei. Das alles war Vergangenheit und hatte nichts mehr mit ihrer Gegenwart zu tun.

Als es plötzlich an der Tür klopfte, zuckte Anneke zusammen, als wäre sie auf frischer Tat bei etwas Verbotenem erwischt worden. Wer konnte das bloß sein?

»Moment! Ich komme!«, rief sie, stand mühsam auf und humpelte langsam zur Tür.

Nachdem sie geöffnet hatte, sah sie in das Gesicht einer jungen Mitarbeiterin des Zimmerservice, die offensichtlich ein voll bepacktes Wägelchen über den Flur geschoben hatte.

»Moin, Frau Schrögelmann. Ich soll das hier bei Ihnen abliefern«, sagte sie und schob den Wagen an ihr vorbei in den Wohnraum.

»Aber ich habe gar nichts bestellt«, wunderte sich Anneke.

»Das hat alles schon seine Richtigkeit. Der Chef schickt mich«, erwiderte die Frau lächelnd. »Ist es in Ordnung, wenn ich den Wagen vor den Tisch stelle?«

Wie aufmerksam von ihm! »Natürlich«, brachte Anneke freundlich hervor.

»Ich wünsche Ihnen guten Appetit und gute Besserung für Ihren Fuß. Sollten Sie noch einen Wunsch haben, rufen Sie bitte an der Rezeption an.«

Als sie wieder allein war, inspizierte Anneke den Wagen. Eine große braune Papiertüte stand neben einer Kanne, aus der es nach leckerem Kräutertee duftete.

Dankbar seufzte sie auf, als sie in der Tüte ein Kühlspray, Schmerzgel, Auflagen, Verbände und Kältebeutel fand. Raik musste jemanden zur Apotheke geschickt haben.

Neben der Kanne waren auf einem Teller köstliche Cupcakes arrangiert. Auf der unteren Ebene entdeckte Anneke auf einer Wärmeplatte überbackene Spaghetti Carbonara und daneben ein Dessertschälchen mit Mousse au Chocolat. Keine typischen Nordsee-Spezialitäten, aber tatsächlich immer noch ihre Lieblingsspeisen. Raik hatte es nicht vergessen.

Um ein Haar hätte sie die kleine Karte übersehen, die an einer Wasserkaraffe lehnte, in der Limonenscheiben schwammen. Lächelnd entfaltete Anneke sie und las.

Liebe Anne,

hoffentlich magst du etwas von den kleinen Köstlichkeiten. Die Cupcakes sind mit Liebe von den Kuchen-Omas aus St. Peter-Ording gebacken, die Nudeln von unserem italienischen Hotelkoch zubereitet worden. Er war übrigens sehr happy, mal ein italienisches Gericht aus seiner Heimat zaubern zu dürfen statt Fischspezialitäten und gehobene Küche.

Der Apotheker meinte, die Dinge in der braunen Tüte wären Wellness für deinen Fuß und damit würde es dir bald besser gehen.

Sollstest du noch etwas brauchen, dann sag bitte Bescheid.
Gute Besserung und schone dich!

Raik

Sie faltete die Karte wieder zusammen und legte sie neben das Dessertschälchen. Freudig griff sie als Nächstes zu dem Nudelteller und nahm das in eine Serviette eingewickelte Besteck. Damit humpelte sie vorsichtig auf die Dachterrasse und setzte sich an den kleinen Tisch, der unter einer blauweiß gestreiften Markise stand.

Den verletzten Fuß legte sie auf der Sitzfläche des zweiten Stuhls und genoss es, den Sommerwind im Gesicht zu spüren.

Die Nudeln schmeckten vorzüglich, wie aus Italien importiert. Sie aß den ganzen Teller leer und hatte dabei großen Gefallen an der Aussicht über die Salzwiesen, bis hin zum Meer. Später trank sie noch ein großes Glas Limonenwasser. Die Mousse au Chocolat oder gar einen der gut riechenden Cupcakes bekam sie beim besten Willen nicht mehr runter. Sie wollte sich beides für später aufheben. Die Nachspeise stellte sie in den kleinen Kühlschrank der Suite, den Teller mit den kleinen Törtchen platzierte sie auf den Couchtisch. Bestimmt hatte sie später noch Appetit auf etwas Süßes.

Anneke setzte sich wieder auf das Sofa, legte den Fuß hoch und wollte nun gesättigt ihren Bericht weiterschreiben. Aber es gelang ihr einfach nicht mehr, sich zu konzentrieren. Immer wieder blitzten Bilder aus der Vergangenheit in ihren Gedanken auf. Aaron, Raik und sie mit Zuckertüten bei der Einschulung. Sie selbst im Cocktailkleid mit vierzehn beim Tanztee. Raik war ihr ständig auf die Füße getreten. Ihrer Freundin Pamela, die mit Aaron das Vergnügen gehabt hatte, war es nicht besser ergangen.

Zu dieser Zeit hatte Raik sie das erste Mal geküsst. Auf einer Geburtstagsparty von einem Schulfreund war es passiert. Im Party-Keller spielte ein langsamer Song, und alle fielen in Stehblues. Eins war zum anderen gekommen, und nach der Party waren Raik und sie ein Paar gewesen.

Wenig später waren Aaron und Pamela zusammengekommen. Die Pärchenkonstellation hatte sich über die folgenden Jahre nicht geändert. Pamela hatte es gut in der Fernbeziehung mit Aaron ausgehalten. Während Aaron zusammen mit Anneke und Raik auf Kreuzfahrtschiffen gejobbt hatte, war sie im örtlichen Krankenhaus als OP-Schwester beschäftigt gewesen. Mit Pamela hätte Anneke damals nicht tauschen wollen und war oft heilfroh gewesen, dass Raik und sie Job und Privatleben verbinden und dabei zusammen die Welt entdecken konnten. Anneke hatte geglaubt, Aaron und Raik würden für den Rest ihres Lebens an ihrer Seite bleiben.

Anneke schluckte und schloss einen Moment die Augen.

Am Abend hatte sie drei Berichte fertig geschrieben. Ihr Fuß schmerzte kaum noch, wenn sie vorsichtig auftrat, und die Schwellung war ebenfalls zurückgegangen.

Eigentlich fühlte sie sich fit genug, um am nächsten Tag die Romantik-Recherche fortzuführen. Weiter auf der Couch liegen kam jedenfalls nicht infrage. Kurz entschlossen griff sie nach ihrem Handy und tippte auf Wenkes Nummer.

»Hallo?«, meldete Wenke sich nach dem vierten Klingeln.

»Hallo, Wenke, hier ist Anneke. Ich hatte ja versprochen, mich bei dir zu melden.« Sie hoffte nur, dass Wenke sich überhaupt an sie erinnerte.

»Moin! Toll, dass du anrufst«, erwiderte Wenke erfreut und zerstreute damit Annekes Sorgen.

»Ich wollte dich fragen, ob du morgen Zeit hast. Dann würde ich nämlich auf einen Kaffee vorbeikommen, wenn die Einladung noch steht …«

»Na klar!«, antwortete Wenke, ohne zu zögern. »Ich habe

Zeit und freue mich auf dich. Wann willst du kommen? Gegen drei vielleicht?«

»15 Uhr klingt gut«, stimmte sie zu.

»Ich backe dann für morgen einen Kuchen. Magst du Erdbeertorte?«

Anneke musste lachen. »Ich liebe Erdbeertorte! Aber du musst dir nicht solche Umstände machen für mich …«

»Papperlapapp! Das passt wunderbar!« Wenke gab ihr ihre Adresse durch, und Anneke versprach, pünktlich am nächsten Tag bei ihr in Ording zu sein.

Nach dem Telefonat behandelte sie ihren Fuß mit dem kühlenden Spray und verband ihn neu. Gerade als sie damit fertig war, klopfte es erneut an der Tür.

Schon wieder Zimmerservice? »Ich komme!«

Anneke erhob sich von der Couch und ging langsam zur Tür. Raik übertrieb mal wieder maßlos. Doch es hatte keinen Sinn, sich gegen seine Aufmerksamkeiten zu wehren. Raik ließ sich nicht beirren, das wusste sie. Außerdem war sie tatsächlich dankbar.

Dieses Mal öffnete sie die Tür nur halb und lugte heraus. »Raik?«, rief sie überrascht, als sie ihn vor sich stehen sah und sein charmantes Lächeln auffing. Unwillkürlich ließ Anneke die Tür los, sodass sie aufschwang.

Raik grinste. »Jetzt guck nicht so entgeistert. Ich wollte mich erkundigen, wie es dir geht.«

»Ganz gut. Der Fuß tut kaum noch weh.«

»Sehr schön.« Er zog die Augenbrauen hoch. »Darf ich reinkommen?«

»Äh … Klar, komm rein.« Sie wollte nicht unhöflich sein und ging mit ihm in den Wohnraum. »Danke übrigens für das Essen und die Sachen aus der Apotheke. Das wäre wirklich nicht nötig gewesen, war aber sehr aufmerksam von dir.«

»Und ob das nötig war!« Er blickte auf den Teller, auf dem die kleinen Törtchen thronten. »Ich dachte, du magst vielleicht Cupcakes.«

»Tu ich auch! Aber ich war vorhin von den Nudeln pappsatt, da war kein Platz mehr für Kuchen. Und der Tee ist mittlerweile vermutlich auch kalt.« Sie legte sich eine Hand auf den Bauch. »Großes Kompliment an deinen Koch übrigens. Die Pasta hat wirklich geschmeckt wie in Italien.«

»Werde ich ihm ausrichten.« Er lächelte sie an.

Anneke machte die Situation ein wenig nervös. Mit Raik allein in dieser Suite ... »Ich wollte gerade auf die Terrasse gehen. Etwas Luft schnappen.«

»Frische Luft ist immer gut. Da komme ich glatt mit.« Galant reichte er ihr seinen Arm.

»Oh, kannst du vielleicht die Cupcakes mitnehmen? Das wäre toll.« Sie ging langsam voraus und versuchte, so wenig wie möglich zu humpeln.

Als sie auf der Dachterrasse angekommen waren, bedeutete Anneke ihm, den Teller auf dem Tischchen abzustellen. »Welchen kannst du denn empfehlen?«

»Uneingeschränkt alle. Die Cupcakes schmecken original nach Kuchen wie bei Oma.« Er lachte. »Mein Favorit ist allerdings der Schokoladenkuchen.«

Seufzend lehnte sie sich gegen die Stuhllehne und legte den Fuß vorsichtshalber wieder hoch. »Ich habe immer am liebsten den Zitronenkuchen meiner Oma gegessen.«

»Dann solltest du den hier kosten.« Raik hatte sich einen

dritten Stuhl herangezogen und zeigte nun auf ein helles Törtchen mit Zuckergusshaube.

»Wir sollten beide unseren Lieblingscupcake essen«, schlug Anneke amüsiert vor. Sie griff zu dem hellen Cupcake und biss genüsslich ein Stück ab.

»Danke für die Einladung.« Raik lachte und tat es ihr gleich.

Überrascht von der Intensität des Geschmacks, seufzte Anneke zufrieden auf. »Hm, wie lecker! Schmeckt wirklich wie bei Oma.«

»Sag ich doch«, erwiderte er mit vollem Mund.

Sie aßen die kleinen Törtchen und genossen eine Weile still den Ausblick über die Salzwiesen, die im Schein der untergehenden Sonne schimmerten.

»Tut mir übrigens wirklich leid, dass der Ausritt für dich am Ende beim Arzt geendet hat«, sagte Raik, nachdem er seinen Cupcake aufgegessen und sich entspannt zurückgelehnt hatte.

Sie winkte ab. »Halb so wild. Bin eben lange nicht mehr geritten.«

Er versenkte seine Hände tief in den Hosentaschen, während er sie aufmerksam betrachtete. »Und ich bin wohl etwas aus der Übung, was Romantik angelangt«, bemerkte er und deutete auf ihren Fuß.

Verlegen schaute sie zur Seite. Natürlich wusste sie, dass es ihm nicht nur um ihren Fuß ging. »Geht mir ähnlich«, gab sie leise zu und fühlte sich in dem Moment zum ersten Mal Raik wieder so nah wie zuletzt, als sie miteinander glücklich waren.

10. Kapitel

Anneke bog in Ording rechts auf den *Strandweg* ein. Sie war froh, dass sie mit dem Fuß problemlos Auto fahren konnte, und lenkte ihren Wagen am *Café Köm* und dem Fahrradverleih *Ordinger Plüschbrummer* vorbei. Das Navigationssystem wies sie an, der Straßenbiegung rechts auf *Am Deich* zu folgen.

Wie der Straßenname vermuten ließ, fuhr sie direkt am Deich entlang, der linker Hand lag. Auf dem Damm wichen Fahrradfahrer einander aus, einige Leute saßen auf Bänken, und auf den Bürgersteigen flanierten Touristen in legerer Freizeitkleidung. Rechtsseitig reihte sich in der begehrten Lage ein Ferienhäuschen neben das nächste. Zwei Hotels, die von ihrem Baustil an Strandhäuser der US-Ostküste erinnerten, stachen Anneke besonders ins Auge. Dann machte die Straße einen Knick, und ein paar Sekunden später war sie an ihrem Ziel angekommen.

Sie parkte vor einem rot gemauerten Backsteinhaus, dessen Vorgarten von einem weißen Zaun umgrenzt war. An den weißen Sprossenfenstern prangten meergrüne Fensterläden. Die Haustür hatte die gleiche Farbe und im oberen Drittel ein rundes Fenster. Neben dem Eingang befand sich eine farblich passende Bank, an der eine Gießkanne lehnte und auf deren Sitzfläche ein mit Blumen bepflanzter Blecheimer stand. Das urige Reetdach sah aus, als hätte es schon viele Stürme überstanden, und verlieh dem Haus einen gemütlichen Charme. Anneke fühlte sich sofort zu diesem Haus hingezogen und konnte sich gut vorstellen, dass Wenke sich auf den ersten Blick darin verliebt hatte.

Ein Blick auf ihr Handy verriet ihr, dass sie überpünktlich war. Doch lieber zu früh als zu spät.

Anneke griff nach dem Blumenstrauß auf dem Beifahrersitz und stieg aus dem Wagen. Den bunten Strauß hatte sie zuvor bei *Crantz Floristik* im Ortsteil Dorf binden lassen. Den Laden hatte sie am selben Tag entdeckt, an dem sie Wenke kennengelernt hatte, und hielt das für einen gutes Zeichen.

Leise vor sich hin summend ging sie durch den blühenden Vorgarten den kleinpflastrigen Granitsteinweg entlang. Ihr Fuß machte tatsächlich keine Probleme mehr. Hatte sie Raik gegenüber behauptet, kaum noch Schmerzen zu haben, stimmte es an diesem Tag auch.

An der Tür angekommen, drückte Anneke auf die alte Messingklingel, die neben der Tür im Mauerwerk angebracht war. Ein angenehmer Ton erklang, der wie eine sanfte Welle durch die Luft getragen wurde. Hinter dem Haus ertönte sogleich Hundegebell, gefolgt von lautem Hühnergackern.

Da sich nach einer Weile immer noch nichts vor der Tür rührte, wollte Anneke fast noch einmal klingeln, zog dann aber den Finger zurück und ging um das Haus herum. Zu ihrer Überraschung kam sie auf einen großen Hof, an den eine Scheune, ein zweites Wohngebäude und ein großer

Garten grenzten. Von der Straße war nicht zu erahnen, dass das Grundstück so groß war. Ein Huhn lief laut gackernd und mit weit gespreizten Flügeln in die Scheune hinein. Hinter ihm folgte ein Chow-Chow, der Anneke bloß einen flüchtigen Blick im Vorbeilaufen zuwarf.

Hinter einem Kirschbaum auf der Wiese entdeckte sie schließlich Wenke, die dort einen Tisch deckte. Anneke winkte, als Wenke in ihre Richtung schaute.

»Komm rüber!«, rief Wenke ihr zu.

»Hallo«, sagte Anneke, als sie bei ihr angekommen war. »Ich habe geklingelt. Aber als niemand aufgemacht hat, dachte ich mir, ich gehe mal ums Haus.«

Wenke lächelte. »Gut, dass du das gemacht hast. Ich habe die Klingel nämlich nicht gehört, und auf Karel und Elfie ist auch kein Verlass.«

»Hast du Kinder?«, wollte Anneke wissen. Sie hatte alles Mögliche gesehen, aber nichts, das auf kleine Kinder hingedeutet hätte.

»Nein, nein«, antwortete Wenke lachend. »Keine Kinder. Karel ist mein Hund und Elfie mein Huhn.« Sie legte Kuchengabeln auf die Servietten neben den beiden Tellern. »Die zwei sind fast wie Kinder. Beide interessieren sich allerdings nicht besonders für Besuch, weil sie immer viel zu sehr mit anderen Dingen beschäftigt sind.«

»Verstehe.« Amüsiert beobachtete Anneke, wie der Hund hinter einem Schmetterling hersprang. »Ach, die sind übrigens für dich.« Sie reichte Wenke den Strauß.

»Ach, sind die schön. Das wäre aber echt nicht nötig gewesen.«

Anneke zuckte mit den Schultern und zeigte auf den gedeckten Tisch. »Du hast Erdbeerkuchen gebacken, und ich habe die passende Dekoration mitgebracht.«

Wenke lachte wieder. »Na gut. Das lasse ich gelten. Ich werde die Blumen gleich in eine Vase stellen. Setz dich doch schon mal, ich bin gleich wieder da.«

Während Wenke im Haus verschwand, nahm Anneke am Tisch Platz und ließ den Blick über das Grundstück schweifen. Schön war es hier. Der gepflegte Garten war von alten Mäuerchen umgeben, und es gab reichlich Platz zum Entspannen. Mit seinen blühenden Rosen, duftenden Hortensien, einem Kräutergarten und etlichen Kirsch- und Apfelbäumen bot er einen traumhaften Rahmen für ein Romantik-Hotel.

Als Wenke die Blumen in einer Vase zurück in ihren idyllischen Garten trug, fühlte Anneke sich bereits sehr wohl.

Wenke stellte die Vase auf den Tisch und platzierte daneben eine Glasschale mit frisch geschlagener Sahne. Sie schnitt ein großes Stück Erdbeerkuchen für Anneke ab und legte es auf einen Teller. »Sahne nimm dir bitte, so viel du magst. Möchtest du Tee oder Kaffee?«

»Kaffee, bitte.« Genüsslich nahm Anneke sich mit einem Löffel einen kräftigen Schlag Sahne aus der Schale.

»Bitte.« Wenke reichte ihr die volle Kaffeetasse und setzte sich ebenfalls. »Lass es dir schmecken.«

»Wohnst du hier ganz alleine?«, fragte Anneke interessiert, nachdem sie den ersten Bissen Kuchen gegessen hatte.

Wenke lächelte. »Nicht ganz. Zusammen mit Karel und Elfie.«

»Es sieht ziemlich groß aus.« Sie trank den letzten Schluck Kaffee aus ihrer Tasse und lehnte sich zurück.

»Ist es auch. Soll ich dich mal herumführen?«

»Gerne«, erwiderte sie lächelnd.

Nach dem Kaffee zeigte Wenke ihr das Anwesen und erzählte ihr dabei, wie sie und ihr verstorbener Mann sich alles vorgestellt hatten.

»Im Stallgebäude hatten wir ein kleines Café geplant, und in dem Haus wollten wir kleine Appartements für unsere Gäste herrichten«, sagte sie, bevor sie das Nebengebäude betraten.

»Das bietet sich dafür auch an«, fand Anneke.

»Ein Appartement haben Piet und ich ja noch vor seinem Tod geschafft zu renovieren und einzurichten.« Sie ging auf eine weiße Tür im Erdgeschoss zu und öffnete sie. »So ähnlich sollten die anderen Wohneinheiten auch aussehen. Was meinst du?«

»Wunderschön!«, brachte Anneke nur begeistert hervor.

Das Appartement war im skandinavischen Stil mit vielen Kissen eingerichtet. Es verfügte über getrennte Wohn- und Schlafbereiche mit einer vollwertig ausgestatteten Küche und einem hellen Bad mit einer ebenerdigen Dusche.

»Sogar eine kleine Terrasse gibt es!« Anneke war hingerissen.

Wenke öffnete lächelnd die Terrassentür und trat hinaus. »Ein kleines Paradies, oder?«

»Und ob! Darf ich ein paar Fotos machen?«, fragte Anneke spontan. »Ich bin sicher, dass ich nicht die Einzige bin, die hier liebend gern Ferien machen würde.«

»Selbstverständlich.«

Anneke knipste mit ihrem Handy förmlich drauflos. »Für mich ist dein Hof wirklich der perfekte Ort für ein kleines

Romantik-Hotel. Ich kann mir genau vorstellen, wie es mal aussieht, wenn es fertig ist.« Sie lachte. »Wer noch nicht verliebt ist, verliert spätestens hier sein Herz.«

»Ach, danke. Das ist so lieb von dir.« Wenke seufzte. »Ich fürchte aber, daraus wird nichts«, fügte sie bekümmert hinzu.

»Doch, Wenke. Du musst den Plan unbedingt in die Tat umsetzen, weil es einfach viel zu schade wäre, es nicht zu tun.«

Wenig überzeugt winkte Wenke ab. »Das wird nichts.«

Stirnrunzelnd sah Anneke sie an. »Warum denn? Liegt es etwa am Geld? Zur Not findest du bestimmt einen Investor. Das Romantik-Hotel wäre die reinste Goldgrube.«

Wenke schluckte sichtlich und lächelte traurig. »Nein, es liegt nicht am Geld.«

»Woran dann?«

Sie wandte den Blick ab. »Das Haus ist schon immer in Familienbesitz gewesen. Wenn ich es verkaufen wollen würde, würde ich wirklich viel Geld dafür bekommen, das ist mir klar. Diese Lage, direkt am Deich zum Nordstrand von St. Peter-Ording, ist fast unbezahlbar. Man muss nur ein paar Meter laufen, und schon steht man am Strand und schaut auf den Westerhever Leuchtturm. Aber an verkaufen denke ich nicht. Das ist gar nicht mein Plan.«

»Okay, das verstehe ich. Du hast allerdings immer noch nicht gesagt, warum aus deinem Vorhaben nichts wird.« Anneke sah, wie Wenke sich eine rote Strähne aus dem Gesicht strich.

»Du hast doch gesehen, wie groß das Anwesen ist. Die anfallende Arbeit könnte ich finanziell zwar stemmen …

Doch ganz allein ein Hotel zu leiten, das traue ich mir einfach nicht zu. Darin bin ich absolut unerfahren, und außerdem bedeutet das sehr viel Arbeit«, gab sie zu.

»Das verstehe ich.« Anneke sah sie an und wollte ihr so gern Hoffnung machen. »Vielleicht gibt es ja noch eine andere Möglichkeit, deinen und Piets Lebenstraum zu verwirklichen.« Sie folgte Wenke wieder zurück ins Appartement.

Als sie drinnen waren, schloss Wenke die Terrassentür. »Wenn ich wenigstens vom Fach wäre, hätte ich eine gewisse Routine und wichtige Grundkenntnisse. Aber ich habe weder eine Ausbildung im Hotel noch eine andere kaufmännische Lehre gemacht.« Sie zuckte die Schultern. »Das war immer Piets Bereich. Als selbstständiger Buchhalter hätte er einfach das Hotel in einem Rutsch mitbuchen können. Er war derjenige, der immer den Überblick bei den Finanzen hatte. Aber ich habe von der Materie gar keine Ahnung. Noch nicht einmal ansatzweise.«

»Was hast du denn gelernt?«, erkundigte sich Anneke.

Fast verlegen sah Wenke sie an. »Ich habe Kunst studiert. Schöne Bilder könnte ich malen, dir etwas über Kunstepochen erzählen oder Ausstellungen organisieren. Das hilft mir nur leider bei der Leitung eines Hotels nicht weiter.«

»Das stimmt wohl.«

Nachdenklich folgte sie ihrer neuen Freundin hinaus auf den Hof, wo Elfie auf Karels Rücken thronte. Bei dem Anblick musste Anneke lachen. »Verrücktes Huhn.«

»Und noch verrückterer Hund. Sie ergänzen sich gut«, meinte Wenke.

Wieder blickte Anneke zu dem Haus, in dem die Romantik-Appartements geplant gewesen waren. »Es ist wirklich jammerschade.« Sie sah Wenke an. »Ich würde mich tatsächlich sofort bei dir einmieten, wenn du es dir doch noch anders überlegen solltest.«

»Schwierig.« Wenke kratzte sich am Hinterkopf. »Fürs Erste habe ich mir vorgenommen, meine Bilder wieder auszustellen. Vor Piets Tod habe ich das regelmäßig getan und meine Werke gut verkauft.«

»Genügend Platz für eine Ausstellung hättest du hier jedenfalls.«

Wenke nickte und stemmte die Hände in die Hüften. »Es hilft ja alles nichts. Ich muss mir was einfallen lassen und akzeptieren, dass mit Piets Tod auch der Traum vom Romantik-Hotel gestorben ist.«

Anneke legte eine Hand auf Wenkes Schulter. »Kopf hoch. Manchmal wendet sich das Blatt unverhofft, und es ergeben sich Möglichkeiten, mit denen man nicht im Entferntesten gerechnet hat«, sprach sie ihr Mut zu. »Du hast mich vorhin übrigens neugierig gemacht. Wie komme ich denn zu dem Strand, wo man den Leuchtturm sehen kann? Wenn der Weg nicht zu lang ist, macht mein Fuß das bestimmt gut mit.«

»Das ist ganz einfach. Du musst nur …«, wollte Wenke zu einer Erklärung ausholen. »Weißt du was? Ich zeige dir den Strand und den Leuchtturm, wenn du willst. Karel war heute noch nicht im Sand spielen.«

»Dürfen Hunde etwa an den Strand?«, fragte Anneke erstaunt.

Wenke lachte. »Hier in St. Peter schon. Wie sind eben

nicht nur ein Romantik-Ort, sondern auch ein Hunde-Paradies.«

Anneke und Wenke stiegen die Treppen zum Deich hinauf. Karel lief vor. Er kannte den Weg offensichtlich sehr gut.

Sie folgten einem Pfad, der durch Dünen führte, und kamen schließlich über einen Holzsteg zum Nordstrand, von wo aus sie wie versprochen einen herrlichen Blick auf den Westerhever Leuchtturm und seine beiden baugleichen Häuser genossen. Karel tobte wie ein Irrer durch den Sand und fand schnell in einem Labrador einen Spielgefährten, der von einer älteren Dame geführt wurde.

Anneke versuchte vergeblich, den Leuchtturm mit ihrem Handy zu fotografieren. »Schade, die Zoomfunktion reicht nicht aus. Man kann den Leuchtturm auf den Fotos kaum erkennen. Dabei sieht er so nah aus.«

»Das täuscht. Viele glauben, dass es bloß ein Katzensprung bis Westerhever ist, und lassen sich dazu verleiten, mal eben hinlaufen zu wollen. Das endet meistens mit dem Einsatz der Küstenwache«, warnte Wenke sie.

»Wir müssen leider für heute aufbrechen«, rief die Besitzerin des Labradors Wenke in diesem Moment zu.

»Okay. Ich komme«, antwortete sie laut und sagte zu Anneke: »Wenn Karel einen Spielgefährten ins Herz geschlossen hat, kann er sich höchst selten freiwillig trennen.«

»Gut, ich warte hier auf euch.«

Sie schaute Wenke hinterher und sah sich dann ihre neuen Aufnahmen an, als ihr klar wurde, dass Karel sich nicht so schnell überzeugen lassen würde. Nein, sie konnte Wenke mit ihrem unerfüllten Traum nicht einfach so stehen lassen.

Es fühlte sich einfach nicht richtig an, zumal sie ja immerhin vom Fach war. Anneke fasste den Entschluss, Wenke bei der Umsetzung ihres ursprünglichen Plans zu helfen. Bis sie eine Idee hatte, wie sie das anstellen sollte, würde sie es allerdings für sich behalten.

11. Kapitel

Anneke saß auf der Dachterrasse ihrer Suite. Sie hatte die Markise schon vor dem Frühstück komplett ausgefahren, um die Suite gegen die Hitze, die für den Tag angekündigt war, einigermaßen abzuschirmen. Vor ihr auf dem Tisch lagen ihr Notebook und ihr Handy, daneben hatte sie ein Glas Zitronenwasser mit Eiswürfeln gestellt. Es ging kaum ein Lüftchen, und nicht ein Wölkchen hatte sich am blauen Firmament verirrt. Es versprach wahrlich ein herrlicher Sommertag zu werden.

Sie betrachtete versonnen ein Foto des alten Stalls, das sie während ihres Besuchs bei Wenke gemacht hatte. Wie urig es wohl sein würde, dort ein leckeres Stück Torte zu essen und dazu einen Milchkaffee zu trinken. Anneke konnte es sich schon genau vorstellen! *Geplant: Romantik-Café*, tippte sie unter die Aufnahme.

Natürlich wusste sie, dass es sich nicht sonderlich schickte, die Nase in fremde Angelegenheiten zu stecken. Wahrscheinlich war es sogar höchst verwerflich, was sie tat. Trotzdem konnte sie nicht anders. Es fühlte sich für sie nach einer wichtigen Mission an, für die sie allein verantwortlich war. Deswegen konnte sie nichts dagegen tun, als das Projekt gedanklich weiter voranzutreiben – ohne Wenkes Wissen.

Zuerst hatte sie in Erwägung gezogen, Wenke einfach anzurufen und ihr von ihrem grandiosen Einfall zu berichten. Doch dann hätte sie in Kauf nehmen müssen, dass Wenke ihr Vorhaben gar nicht so großartig fand und es ihr am Ende ausreden oder gar gänzlich untersagen würde, sich weiter damit zu befassen. Was natürlich ihr gutes Recht gewesen wäre.

Anneke tüftelte lieber erst mal weiter und wollte Wenke dann am Ende überraschen, wenn alles in trockenen Tüchern war. Ihrer Erfahrung nach fiel es Menschen schwerer, zu einer perfekt durchdachten Sache Nein zu sagen. Und ihr Plan war wirklich gut! Die Lösung war nämlich kein Romantik-Hotel, sondern eine Romantik-Pension. Das Angebot musste dadurch weniger vielfältig sein, es brauchte kein Restaurant, das für alle offenstand, und man musste auch nicht rund um die Uhr Speisen anbieten. Trotzdem konnte Wenke ein Café planen und es verpachten. Um das leibliche Wohl der Gäste brauchte sie sich dann gar nicht selbst zu kümmern. Reinigungskräfte waren in St. Peter-Ording ebenfalls keine Mangelware. Die Buchhaltung konnte sie auch jemand machen lassen, den sie nicht extra einstellen musste, wenn ihr gezeigt wurde, was sie vorbereiten musste. So blieb dann hauptsächlich die Organisation des Pensionsbetriebs in Wenkes Aufgabenbereich. Und organisieren konnte sie ja, wie Anneke bei ihrem letzten Gespräch erfahren hatte.

Vorfreudig blickte Anneke auf die Zeitanzeige ihres Handys. Kurz nach eins. Das könnte passen. Sie stützte die Ellenbogen auf den Tisch, tippte lächelnd auf die Telefonnummer ihrer Vorgesetzten und schaltete den Lautsprecher des Telefons ein.

Nach viermaligem Klingeln meldete sich Frau Büscher.

»Hallo, Frau Schrögelmann! Gibt es schon Neuigkeiten?«

»Hallo, Frau Büscher. Ich hoffe, ich störe Sie nicht?«

»Sie stören nie.« Frau Büscher lachte. »Erst recht nicht, wenn Sie mir jetzt von Ihrem Heiratsantrag erzählen wollen! Ich freue mich!«

»Heiratsantrag?« Anneke musste kurz überlegen, bis ihr wieder einfiel, worauf ihre Vorgesetzte anspielte. »Da muss ich Sie leider enttäuschen. Bisher ist weit und breit kein Heiratswilliger in Sicht«, antwortete sie amüsiert.

»Wie schade! Bei dem platten Land an der Küste, wo man doch schon Tage vorher sehen kann, wer zu Besuch kommt, müssen Sie dann ja noch eine Woche warten, nicht wahr?«

»Tja, so ist das wohl. Aber dafür habe ich eine andere spannende Sache, über die ich Ihnen gern berichten möchte.«

»Ich bin ganz Ohr.«

Voller Energie und Enthusiasmus erzählte Anneke nun von Wenke, dem Potenzial des Hofs, von Wenkes verstorbenem Mann und weihte sie auch in ihren geheimen Plan ein.

»Ich bin mir nicht ganz sicher, ob ich es noch richtig im Kopf habe, aber hatten Sie mir nicht einmal erzählt, dass Ihre Schwester auch ein Romantik-Hotel betreibt?«, fragte sie irgendwann.

»Das stimmt. Sogar ziemlich erfolgreich. Vor ein paar Jahren hat sie das Haus in Heiligenhafen an der Ostsee eröffnet und ist seitdem durchgehend ausgebucht. Wegen ihr bin ich übrigens auch auf die Idee mit der Romantik-Schiene für unser Unternehmen gekommen.« Frau Büscher klang wieder sehr professionell und sachlich.

»Ah, jetzt geht mir ein Licht auf.«

»Der Hof Ihrer Bekannten hört sich ja wirklich ideal für romantische Aufenthalte an«, pflichtete Frau Büscher ihr bei.

»Das ist er wirklich. Meinen Sie, Ihre Schwester würde Wenke eventuell ein paar Tipps geben?« Je mehr Unterstützung Wenke bekommen würde, desto besser. Anneke freute sich über die spontane Verbindung.

»Das macht sie bestimmt. Ich kann gern den Kontakt zu Ute herstellen«, bot Frau Büscher an.

»Das wäre wirklich toll. Zuerst würde ich natürlich gern mit Ihrer Schwester reden, bevor ich Wenke – hoffentlich – später mit ins Boot holen kann.«

»Selbstverständlich. Haben Sie denn die grobe Planung schon so weit fertig, dass ich sie meiner Schwester mailen kann? Natürlich möchte ich sie auch sehen.«

Jetzt war Anneke froh, schon etwas vorbereitet zu haben. »Tatsächlich kann ich Ihnen schon etwas zeigen. Einen Moment bitte.« Schon fügte sie die Fotos und ein Strategiepapier an eine E-Mail an und klickte auf *senden*.

Kurz darauf hörte sie, wie Frau Büscher die Maustaste wiederholt drückte.

»Das ist ja wirklich ein Traum, Frau Schrögelmann! Jetzt, wo ich den Hof sehe, helfe ich Ihnen noch lieber dabei, die Inhaberin von dem Plan zu überzeugen. Ich kann schon alles vor mir sehen, es kann wirklich wunderbar funktionieren«, sagte Frau Büscher begeistert. »Mit vereinten Kräften sollten wir die Dame doch umstimmen können. Und dann haben wir am Ende den Hof als Romantik-Highlight für unser Programm. Eine sehr gute Arbeit, Frau Schrögelmann.«

»Vielleicht klappt es wirklich über diesen Weg, das wäre für alle gut.« Sie seufzte. »Ich kann es nicht erklären, aber mir widerstrebt der Gedanke, dass Wenke ihren und den Traum ihres verstorbenen Mannes nicht umsetzen wird, obwohl sie es könnte.«

»Manchmal ist es so, dass wir nicht alles erklären können. Doch es ist immer richtig, seiner Intuition zu folgen, denken Sie nicht? Und in diesem Fall sind Sie vermutlich genau die Richtige, die den nötigen Schubs geben kann, sodass Frau Hansen wieder auf Kurs kommt«, meinte ihre Vorgesetzte.

»Das wäre schön.«

»Ich habe jedenfalls dabei ein gutes Gefühl und rufe gleich bei meiner Schwester in Heiligenhafen an. Darf ich ihr Ihre Handynummer durchgeben?«

»Aber sicher«, sagte Anneke. »Vielen Dank, Frau Büscher.«

Sie lachte fröhlich. »Da nicht für.«

Nach dem Gespräch packte Anneke ihre Sachen zusammen und verlagerte ihre Arbeit in den Wohnraum. Mittlerweile war es ihr auf der Dachterrasse trotz Markise viel zu heiß. Durch die spontane Planung für Wenkes Hof war sie noch nicht dazu gekommen, einen Bericht über ihren Ausflug zum Nordstrand und den fantastischen Ausblick auf den Westerhever Leuchtturm zu schreiben, der zweifelsfrei zu den romantischen Hot Spots von St. Peter-Ording zählte. Es amüsierte sie ein wenig, dass Frau Büscher gar nicht mehr nach neuen Berichten gefragt hatte. Ihre Chefin war wirklich ein liebenswerter Mensch.

Sie hatte gerade die ersten fünf Sätze geschrieben, als sie bereits von Frau Werth, der Schwester ihrer Vorgesetzten, angerufen wurde.

»Auf den ersten Blick scheint der Hof für das Vorhaben optimal geeignet zu sein«, befand Frau Werth. Sie hatte eine etwas tiefere Stimme als ihre Schwester, aber die Betonung und Wortwahl bewiesen die Verwandtschaft. »Und wie der Zufall es will, befinden sich die Firmen, die mein Hotel in Heiligenhafen hergerichtet haben, alle in der näheren Umgebung von St. Peter-Ording.«

»Das ist ja praktisch.« Anneke war sowohl verblüfft als auch hocherfreut darüber, dass sich alles so gut zu fügen schien.

»Äußerst praktisch sogar, denn ich habe nach wie vor guten Kontakt zu einigen Handwerkern und kann bestimmt dabei helfen, die richtigen Fachleute für das Projekt auszusuchen. Heiligenhafen liegt ja genau gegenüber von St. Peter-Ording, bloß an der anderen Küste. Wir liegen beide im Radius der Firmen.«

Sie besprachen noch einige Details, und nach einer Viertelstunde beendete Anneke zufrieden das Telefonat mit Frau Büschers Schwester. Nun war sie zuversichtlich, dass Wenke die nötige Hilfe bekam. Es war ein gutes Gefühl, gemeinsam mit den anderen Frauen dabei zu helfen, dass Wenke ihren beruflichen Traum verwirklichen konnte. Wenn sie es denn dann noch wollte …

Nachdem sie den letzten Punkt unter den Text gesetzt hatte, nahm Anneke das Notebook von ihrem Schoß und stellte es auf den Couchtisch. Die erste Fassung des Berichts über den Romantik-Hot-Spot Nordstrand mit Blick auf den Westerhever Leuchtturm war fertig. Beim Schreiben war die Zeit wie im Nu verflogen. Erst als ihr Magen lautstark Meldung gegeben und sie auf die Uhr geschaut hatte, hatte Anneke bemerkt, wie spät es bereits war. Das Mittagessen hatte sie ausfallen lassen, was ihr bei den hohen Temperaturen nicht sonderlich schwergefallen war. Mittlerweile stand die Sonne schon tiefer, und durch die geöffnete Terrassentür zog eine angenehme Brise. Anneke stand auf, um sich ausgiebig zu recken und zu strecken.

Sie ging ins Schlafzimmer und schlüpfte in ein knöchellanges Sommerkleid mit einem fröhlichen Hawaii-Muster, dazu zog sie hellblaue Sandaletten an. Anschließend schnappte sie sich ihre Tasche und steckte sich die Sonnenbrille ins Haar.

Als sie mit dem Aufzug nach unten fuhr, dachte Anneke an das Fischrestaurant mit dem schönen Außenbereich, das direkt an der Seebrücke lag. Vielleicht sollte sie das mal ausprobieren? Oder sie ging die belebte Straße mit den vielen Geschäften und Lokalen entlang und ließ sich einfach treiben. Gedankenverloren setzte Anneke sich die Sonnenbrille auf, durchquerte die Lobby und wäre fast in jemanden hineingelaufen.

»Na, hoppla!« Raik grinste sie frech an, als ihre Hände plötzlich auf seiner Brust lagen.

Betreten machte Anneke einen Schritt rückwärts. »Oh, entschuldige. Ich war gerade irgendwie in Gedanken.« Sie nahm die Sonnenbrille ab.

»Das habe ich gemerkt.« Er grinste immer noch und schüttelte den Kopf. »Woran hast du denn gedacht? Oder sollte ich besser fragen, an wen?« Provokant zog er die Augenbrauen hoch.

»An dich jedenfalls nicht«, konterte sie und hielt seinem Blick stand.

Übertrieben verzog er das Gesicht und fasste sich mit

der Hand an die linke Brust. »Autsch! Das hat gesessen.«

Sie musste lachen. »Ich dachte eher an leckeren Fisch mit Bratkartoffeln und Remoulade, dazu einen kleinen Salat und ein Glas Weißweinschorle.«

»Was für ein Zufall!« Auf seinem Gesicht erschien wieder ein Grinsen. »Das muss Gedankenübertragung sein. Exakt daran musste ich vorhin auch denken.«

Lächelnd setzte sie sich wieder die Sonnenbrille auf. »Dann wünsche ich dir guten Appetit«, sagte sie und wollte zum Ausgang gehen.

»Moment.« Raik berührte sie mit einer Hand an der Schulter. »Wohin willst du denn?«

»Abendbrot essen. Ich weiß nur noch nicht genau, wo.«

»Da kann ich doch behilflich sein!«

»Ach ja?«

Er zuckte die Schultern und schenkte ihr ein charmantes Lächeln. »Zum einen habe ich Feierabend, und zum anderen kenne ich zufällig ein megaromantisches Restaurant, wo es superleckeren Fisch gibt.«

Wieder brachte er sie zum Lachen. »Was habe ich doch für ein Glück!«

»In der Tat!«, stimmte er ihr zu und hakte sich bei ihr wie selbstverständlich unter. »Ich aber auch, denn du hast keine Chance, mein Angebot abzulehnen.«

»Ach! Und warum nicht?«, wollte sie wissen.

»Weil ich der beste Fremdenführer bin, den du kriegen kannst«, flüsterte er ihr mit tiefer Stimme ins Ohr.

Anneke ignorierte das warme Gefühl, das sie durchflutete. »Na dann ... Was tut man nicht alles für die berufliche Recherche!«

Raik tat, als hätte er ihren Kommentar überhört. Stattdessen führte er sie lächelnd zu seinem Auto. »Ich weiß, dass du begeistert sein wirst!«

»Wohin entführst du mich eigentlich?«, fragte Anneke, als sie durch den Ortsteil *Bad* gefahren waren und danach quer durch St. Peter-Dorf zu kurven schienen. Zuerst hatte Anneke geglaubt, dass Raik sie in ein Restaurant in der Nähe der Kirche ausführen würde, was zweifelsohne malerisch und bestimmt auch für romantische Momente geeignet gewesen wäre. Doch er war einfach vorbeigefahren, und bald hatten sie den Ortsteil *Dorf* hinter sich gelassen.

»Nach Böhl«, verkündete er vergnügt.

Anneke runzelte die Stirn. »Da waren wir doch letztens schon. Allerdings kann ich mich nicht daran erinnern, in der Nähe des Leuchtturms ein Restaurant gesehen zu haben.«

»Oh, dort gibt es tatsächlich ein Lokal.« Er warf ihr ein Lächeln zu. »Aber dahin fahren wir nicht.«

»Hm, schade. Das wäre bestimmt schön gewesen.«

»Bestimmt.« Raik lenkte den Wagen auf eine Straße, die an einem Strandwärterhäuschen vorbeiführte, über dessen Eingang *Übergang Böhl* zu lesen war.

»Aber schön kann ja jeder«, sagte er geheimnisvoll.

»Ja, und Leute neugierig machen, das kannst du besonders gut!« Die Straße mündete auf dem Deich und führte zu einem Strandparkplatz. Anneke entdeckte einen Pfahlbau, der vor ihnen auf einer Sandbank errichtet worden war.

Raik parkte und zog die Handbremse an. »Perfekt! Wir haben sogar Glück mit dem Wasserstand.«

Verwundert sah Anneke sich um und löste ihren Gurt. »Was wäre denn gewesen, wenn wir Pech gehabt hätten?«

Er öffnete die Fahrertür und warf Anneke einen unbekümmerten Blick zu. »Dann hätten wir zumindest ganz schön nasse Füße bekommen.« Er zeigte zum Pfahlbau. »Die *Seekiste* passt ihre Öffnungszeiten an die Naturgewalten an. Bei Sturm oder Hochwasser bleibt die Küche kalt.«

Anneke war beeindruckt und machte ein Foto von dem Restaurant im Licht der Abendsonne, als sie beide ausgestiegen waren. »Dann lass uns mal die *Seekiste* entern, solange die Küche noch warm ist.«

Sie hatten einen Tisch auf der großen Außenterrasse ergattert. Nachdem sie die Speisekarte studiert hatte, bestellte Anneke Seezungenfilets auf Blattspinat mit Sauce hollandaise und Bratkartoffeln.

»Könnte ich bitte dazu noch einen kleinen Salat und eine Weißweinschorle bekommen?«, bat sie die Bedienung.

»Selbstverständlich.« Die junge Frau notierte ihre Bestellung. »Und für den Herren?«

»Einmal die Böhler Krabben auf gebuttertem Schwarzbrot mit Rührei, Drillingen und einem kleinen Salat. Als Getränk hätte ich gerne eine Spezi.«

»Vielen Dank.« Nachdem sie sich alles notiert hatte, nahm sie die Speisekarten entgegen und verschwand.

Versonnen lächelnd sah Anneke Raik an. »Dass du immer noch Spezi trinkst.« Solange sie denken konnte, hatte Raik dieses zuckrige Getränk geliebt.

Er grinste. »Aber natürlich.«

»Dieses süße Zeug.« Sie verzog das Gesicht.

»Ich mag süße Sachen«, stellte er in ernsterem Tonfall fest.

Anneke überging die Doppeldeutigkeit seiner Bemerkung. »Ich würde davon nur noch mehr Durst bekommen.«

Schon wurden ihnen die bestellten Getränke serviert.

»Der eindeutige Vorteil von Spezi ist: Auch nach dem vierten Glas kann man noch problemlos Auto fahren.« Er prostete ihr zu und trank das Glas halb leer.

»Das stimmt wohl.« Anneke nippte an ihrer Weinschorle.

»Und jetzt gib es zu, es ist doch megaromantisch hier, oder nicht?« Er machte eine ausholende Armbewegung.

»Es ist ein Traum!«, musste sie zugeben.

Von der Außenterrasse bot sich ihr ein spektakulärer Ausblick auf die langsam untergehende Sonne über dem Meer und die schier unendliche Weite des Böhler Strandes. Es war der perfekte Ort für einen romantischen Abend. Doch Anneke wollte unter keinen Umständen eine intime Stimmung zwischen sich und Raik aufkommen lassen. Deswegen holte sie schnell ihr Handy hervor, stand auf und hielt den beeindruckenden Blick aufs Meer mit ihrer Telefonkamera fest. »Das kommt sicher gut bei *Feelgood Tours* an«, sagte sie über die Schulter gewandt zu Raik.

»Dann bin ja ich beruhigt.« Er trank den Rest von seiner Spezi.

Als kurz darauf das Essen kam, bestellte er ein weiteres Glas.

Erst als die Teller auf dem Tisch standen, setzte Anneke sich wieder auf ihren Platz.

Sie griff nach ihrem Besteck und fragte: »Habe ich eigentlich schon Wenke erwähnt?«

»Welche Wenke?« Raik spießte eine Krabbe mit seiner Gabel auf und ließ sie in seinem Mund verschwinden.

Während sie aßen, erzählte Anneke von ihrer Begegnung mit Wenke an der St. Peter-Kirche, von dem hübschen Friesenhof und dem ursprünglichen Vorhaben, daraus ein Romantik-Hotel zu machen. Raik zeigte sich interessiert, und sie weihte ihn in ihren Plan ein und berichtete auch von dem Telefonat mit Frau Büscher und ihrer Schwester Ute.

»Das klingt super«, sagte er. »Und ich glaube, ich weiß auch, welchen Hof du meinst.«

»Der Hof liegt direkt am Deich«, erwiderte sie und schnitt ein Stück vom Fischfilet ab. Das Essen schmeckte vorzüglich, da hatte er nicht zu viel versprochen.

»Dann ist das der Hof, den ich meine. Ich kann übrigens auch helfen. Ich kenne durch das Hotel so viele Handwerker aus der Umgebung und weiß, wo Wenke die besten Preise bekommen kann«, bot er an.

Erfreut sah sie ihn an. »Ja, das klingt toll!«

»Du musst mir deinen Plan unbedingt zeigen.«

»Das mache ich gerne.« Sie hatte gar nicht daran gedacht, ihn um seine Mithilfe zu bitten, aber je mehr Leute das Vorhaben unterstützten, desto besser. »Von mir aus gern morgen«, schlug sie vor und zuckte die Schultern.

»Na, dann ist das abgemacht.« Raik hob sein zweites Glas Spezi. »Auf die guten Beziehungen.«

Anneke zögerte einen Moment, griff dann nach ihrer Weißweinschorle und stieß mit ihm an. »Auf die guten Beziehungen.«

12. Kapitel

Sand rieselte von der Matte, und der Wind pustete ihn geradewegs in ihr Gesicht.

»So ein Mist!« Anneke kniff die Augen zu und versuchte, mit einer Hand ihr Gesicht von Sandkörnern zu befreien.

»Beim nächsten Mal nicht zum Wind stellen, wenn du die Matte ausschüttelst«, riet Jogi ihr und nahm ihr die Matte ab. »Siehst du, wenn der Wind in deinem Rücken ist, kann gar nichts passieren.« Er säuberte die Matte, rollte sie zusammen und reichte sie Anneke.

»Danke. Ist wahrscheinlich ein typischer Anfängerfehler von einem Nicht-Küstenkind, oder?« Die Yoga-Stunde war nach ihrem Empfinden deutlich besser gelaufen. Eine blutige Anfängerin war sie zwar nach wie vor, darin bestand kein Zweifel, jedoch hatte sie Jogis Anweisungen schon wesentlich besser folgen können und war dabei trotz Nordseebrise gehörig ins Schwitzen geraten. Das lag dieses Mal auch garantiert nicht an dem Wetter, denn an diesem Tag hatten sich die Temperaturen ein wenig abgekühlt, und dichte Wolken zogen am Himmel vorbei.

Die anderen Kursteilnehmer verließen bereits den Strand, sodass Anneke und Jogi sich noch kurz allein in der Nähe eines Pfahlbaus unterhalten konnten.

»Ich wollte mich bei dir erkundigen, was deine Spaziergänge und die Atemübungen machen«, sagte Jogi und schenkte ihr wieder einmal sein offenes Lächeln.

»Das klappt ganz gut.« Sie blickte zum Himmel empor. »Falls das Wetter mitspielt, steht heute noch ein Spaziergang auf dem Programm.«

»Spazieren gehen kann man bei jedem Wetter. Mit Gummistiefeln und Friesennerz ist man ja auch bei Regen bestens gerüstet. Oder bist du aus Zucker?« Er lachte.

Anneke hielt die zusammengerollte Matte gegen ihre Brust gepresst und verzog keine Miene. »Aus Zucker nicht, aber manchmal etwas wasserscheu.«

»Dann trifft es sich gut, dass du nicht an der Küste wohnst.« Jogi lächelte versöhnlich. »Ich wollte dich eigentlich auch nur an die Übungen erinnern. Mach weiter so, heute lief es ja schon etwas besser.«

»Ja, den Eindruck hatte ich auch.« Sie freute sich darüber, dass Jogi ihr Fortschritt aufgefallen war.

»Bleib einfach am Ball, damit die Blockaden sich nach und nach lösen können. Vielleicht bist du dann ja bald auch gar nicht mehr wasserscheu.«

»Ich werde mich bemühen«, versprach Anneke und fragte sich, ob Jogi ahnte, was sie mit wasserscheu wirklich meinte. Nachfragen wollte sie jedoch nicht. Sie lächelte zum Abschied und sagte schlicht: »Bis zum nächsten Mal.«

In aufrechter Haltung ging sie über den Strand zurück und stieg dann die Holztreppen zur Seebrücke hinauf. Ihre erste Yoga-Stunde war noch nicht lange her, und doch, wenn sie an den ersten Tag zurückdachte, fühlte sie sich heute tatsächlich um einiges besser. Wenn sie darüber nachdachte, war es schon erstaunlich: In ihrer kurzen Zeit in St. Peter-Ording war bereits viel passiert, was sich positiv auf ihr Gemüt niederschlug. Das merkte sie vor allem daran, dass sie deutlich besser schlief und weniger grübelte. Es gab inzwischen auch Momente, in denen sie nicht voller Wehmut an Aaron dachte und gleichzeitig ein ungeheuer schlechtes Gewissen ihren Eltern gegenüber hatte. Die Begegnungen mit Lilo, der Inhaberin der *Strandperle*, und Wenke hatten ihr gutgetan. Was sie von dem unverhofften Wiedersehen mit Raik halten sollte, konnte sie nicht eindeutig sagen. Anneke ging zum Brückengeländer, stützte sich mit einem Arm auf die Brüstung und schaute hinunter. Im Wasser eines vollgelaufenen Priels spiegelten sich die Wolken.

Eine Weile beobachtete sie so das gespiegelte Vorüberziehen der Wolken und lauschte dem leisen Rascheln der Gräser, die der Wind hin und her wiegte. Sie würde lügen, wenn sie behauptete, dass sie den vergangenen Abend mit Raik nicht genossen hat. Obwohl sie das gar nicht gewollt hatte. Im Grunde genommen gab es sogar nichts, was sie weniger wollte.

Natürlich war es äußerst nett von ihm, seine Hilfe anzubieten. Und ein Außenstehender hätte vielleicht geglaubt, dass er sich um sie persönlich bemühte. Aber das mit Raik war im Grunde genommen kalter Kaffee, und den wärmte man nicht auf. Schon gar nicht nach allem, was passiert war.

Und trotzdem machte sie sich darüber Gedanken und konnte es nicht verhindern, dass Raik immer wieder in ihren Gedanken herumspukte. Jedes Mal, wenn sie mit ihm zusammen war, spürte sie diese große Vertrautheit zwischen ihnen; manchmal vergaß sie sogar, dass sie gar kein Paar mehr waren, obwohl sie so lange vor der Erinnerung davongelaufen war. Oder genau deswegen? Es war verrückt.

Entschlossen stieß sie sich von der Brüstung ab und setzte ihren Weg fort. Was immer das mit Raik war, eines stand fest: St. Peter-Ording tat ihr unfassbar gut. Und das wollte sie auskosten.

Als Anneke ihre Suite betrat, um sich umzuziehen, lag ihr Handy blinkend auf dem Bett. Verwundert hob sie es hoch und sah, dass sie eine neue Nachricht erhalten hatte.

> Moin Anne, eigentlich wollte ich dich zum Frühstück einladen, damit du mir deinen Plan für den Hof zeigen kannst. Ein Vöglein hat mir aber gezwitschert, dass du ganz früh das Hotel mit einer Yoga-Matte verlassen hast. Fleißig, fleißig! Meld dich doch einfach, wenn du wieder da bist. Meine Einladung gilt übrigens auch fürs Brunch. Bis dann!
> Raik

Anneke ließ das Handy sinken, warf sich rücklings aufs Bett und legte einen Arm über ihre Augen. Es schien unmöglich, Raik zu entkommen. Dabei nahm er sie bloß beim Wort, denn sie hatte ja selbst vorgeschlagen, ihm ihre Ausarbeitung an diesem Tag zu zeigen. Schnell hob sie das Telefon und tippte eine Antwort.

> Hi Raik, ich bin in einer Dreiviertelstunde beim Brunch. Yoga macht hungrig. Bis gleich! Anne

Sie sprang vom Bett auf. Völlig verschwitzt und voller Sand wollte sie nicht zum Brunch erscheinen.

Vierzig Minuten später hatte Anneke ausgiebig geduscht und fühlte sich entspannt, aber hungrig.

Vorfreudig bediente sie sich am reichhaltigen Büfett des Hotelrestaurants. Das hausgemachte Bircher Müsli hatte es ihr angetan. Während sie eine Schale mit dem Müsli befüllte, saß Raik an einem Tisch und studierte ihr Konzept auf dem Laptop. Wie immer hatte er bereits auf sie gewartet.

»Und? Was meinst du?«, fragte Anneke, als sie sich mit der gefüllten Schale zu ihm an den Tisch setzte.

Lächelnd sah er auf. »Gefällt mir gut. Besonders die kleinen Terrassen vor den Appartements im Erdgeschoss sind ein echtes Highlight.«

»Eine Terrasse gibt es ja schon«, erwiderte sie mit halb vollem Mund. »Die gehört zu dem Appartement, das Wenke und ihr Mann schon bezugsfertig gemacht hatten.«

Nachdenklich strich er sich über das Kinn. »Passt da ein Strandkorb drauf?«

Anneke überlegte einen Moment. »Müsste hinhauen. Für einen kleinen Tisch wäre auch noch Platz.«

Raik grinste. »Das wäre das Tüpfelchen auf dem i. Zufällig kenne ich nämlich den Auktionator recht gut, der für die jährliche Strandkorbversteigerung in St. Peter den großen Gummihammer schwingt. Ich könnte mit ihm bestimmt außer der Reihe Sonderkonditionen für Wenke aushandeln.«

»Klasse Idee! Das ergänze ich gleich als Extrapunkt.« Anneke legte den Löffel neben die Schale, zog das Notebook über den Tisch zu sich heran und tippte schon drauflos.

»Es wird allerdings gewisse Zeit in Anspruch nehmen, bis sich der Hof in eine Romantik-Pension verwandelt haben wird. Da sind ja schon einige Umbauarbeiten notwendig«, überlegte Raik laut.

Ernst schaute sie ihn an. »Was glaubst du, wie lange so was dauert?«

Raik wiegte den Kopf hin und her. »Mit einer guten Planung schätzungsweise vier bis sechs Monate.«

Anneke verzog den Mund. »Das ist ganz schön lang.« Sie stützte den Ellenbogen auf. »Wenn ich andererseits bedenke, was alles umgebaut werden müsste, sind vier bis sechs Monate schon recht flott.«

Er lächelte ihr zu. »Es ist eben kein kleines Projekt! Falls du Wenke mit deinem Konzept überzeugen kannst und sie schnell mit dem Umbau beginnt, könnte sie direkt mit der Ostersaison starten. Das wäre doch toll!«

»Ostern …«, murmelte sie und blickte durch die große Glasfront auf die Terrasse des Hotels. »Wir haben gerade Juli, und du sprichst schon von Ostern.«

Er zuckte die Achseln. »Die Zeit vergeht schneller, als man glaubt. Besonders wenn man viel zu tun hat. Und in dem Geschäft denkt man halt von Saison zu Saison.«

Früher hatte sie von Reise zu Reise gedacht, das waren sogar oft noch viel kürzere Zeiträume. Doch das sagte sie nicht. »Für mich ist Ostern eben noch eine halbe Ewigkeit entfernt«, erwiderte sie und lachte. »Ich denke im Moment noch nicht einmal bis Weihnachten!«

Raik legte eine Hand flach auf den Tisch und warf Anneke einen ernsten Blick zu. »Falls ich es übrigens noch nicht gesagt haben sollte: Du kannst natürlich so lange in der Suite bleiben, wie du willst.«

Sie spürte, wie ihr die Hitze in die Wangen stieg, und wollte am liebsten aufspringen. »Danke für dein Angebot, das weiß ich wirklich zu schätzen«, erwiderte sie höflich. »Bis Ostern werde ich die Suite vermutlich nicht brauchen.«

Sie klappte das Notebook zu und rührte ihr Müsli mit dem Löffel um. »So lange wird mich *Feelgood Tours* sicherlich nicht entbehren können. Es sei denn, Frau Büscher will mich unverhofft zu einem halben Jahr bezahlten Sonderurlaub überreden.«

»In dem Fall sag mir unbedingt Bescheid. Ich wechsle dann auch zu deiner Firma.« Raik grinste sie an. »Wann willst du Wenke das Konzept denn zeigen?«

»Heute. Ich fahre nachmittags bei ihr vorbei.«

»Ich würde dich ja unheimlich gern begleiten und moralisch unterstützen, aber ich habe heute Nachmittag leider eine Telefonkonferenz.« Ehrliches Bedauern spiegelte sich auf seiner Miene.

Anneke winkte ab. »Nett von dir, aber das kriege ich hin«, sagte sie selbstbewusst, wenngleich sie sich dessen nur halb so sicher war, wie sie klang. »Sie würde nur irritiert sein, wenn ich plötzlich mit Verstärkung auftauche. Und du hast ja ehrlich gesagt auch schon genug Zeit mit mir vertrödelt.«

»Gästebetreuung gehört zu meinem Job«, widersprach er mit einem breiten Grinsen. »Außerdem möchte ich das *Sea & Spa* prominent in eurem Romantik-Programm unterbringen. Dafür bin ich gern bereit, kleine Opfer zu bringen.« Scherzhaft wackelte er mit den Augenbrauen.

Anneke verdrehte die Augen. »Holzkopf!«

Amüsiert lehnte er sich auf dem Stuhl zurück und faltete die Hände hinter dem Kopf. »Was habe ich deine Komplimente vermisst.«

Prompt streckte sie ihm die Zunge raus und lehnte sich ebenfalls zurück. »Ich werde dafür sorgen, dass du damit bis zu meiner Abreise gut versorgt wirst.«

Raik musste lachen. »Ich kann es kaum erwarten.«

»Noch lachst du.« Noch während sie das sagte, wurde ihr klar, dass sie kaum verbergen konnte, dass sie selbst kurz davor war loszuprusten.

»Wir lachen beide. Aber was machen wir, wenn Wenke sich nicht überzeugen lässt? Sollten wir für den Fall der Fälle nicht einen Plan B haben?«, fragte er lächelnd.

»Das Konzept ist so gut, da kann Wenke gar nicht Nein sagen«, erklärte sie und fragte sich im Stillen, warum er bei dem Thema in der Wir-Form redete.

13. Kapitel

Als Anneke ihr Auto an der Straße vor Wenkes Hof parkte, war sie ziemlich nervös. Sie blieb noch einen Moment im Wagen sitzen und überlegte, wie sie das Gespräch am besten beginnen sollte. »Hallo, Wenke, ich habe übrigens dein Leben durchgeplant und wollte dir das kurz mal zeigen. Du hast doch sicherlich nichts dagegen?« Das wäre vermutlich nicht der optimale Einstieg.

Eigentlich sollte es ihr nicht sonderlich schwerfallen, ein Konzept überzeugend zu präsentieren. Immerhin hatte sie dies schon unzählige Male in ihrer Firma gemacht. Doch genau da lag auch der Hase im Pfeffer. Das hier war nicht rein geschäftlich, sondern höchst persönlich. Wahrscheinlich sollte sie deshalb lieber auf Spontaneität setzen.

Nachdem sie sich etwas Mut zugesprochen hatte, löste Anneke den Sicherheitsgurt und stieg aus. Sie schloss den Wagen ab, strich ihre Bluse über der Caprihose glatt, legte den Kopf in den Nacken und musste blinzeln. Die Quellwolken hatten sich verzogen, jetzt strahlte die Sonne vom Himmel, als wäre es der schönste Sommertag, den es je in St. Peter-Ording gegeben hätte. Ein durchaus positives Vorzeichen für ihr Vorhaben. Sie klemmte sich das Notebook unter einen Arm und ging los. Dieses Mal sparte sie sich das

Klingeln an der Tür und nahm gleich den Weg, der in den Hof führte.

Elfie das Huhn hockte mit halb geschlossenen Augen auf einem kleinen Mäuerchen. Das Tier döste friedlich im Sonnenschein, sprang aber wie von der Tarantel gestochen herunter, als es Anneke bemerkte. Mit lautem Gackern rannte das Huhn quer über den Hof und verschwand schließlich in der Scheune. Kopfschüttelnd blickte Anneke dem Federvieh nach. Elfie war wirklich ein verrücktes Huhn, daran bestand kein Zweifel.

War Wenke gar nicht da?

Sie ließ ihren Blick über das Grundstück schweifen. Fast war sie ein wenig erleichtert, als sie sie nirgendwo entdeckte. Sie hätte nicht unangemeldet vorbeikommen sollen. Warum hatte sie bloß nicht vorher angerufen?

Etwas Kaltes, Nasses streifte plötzlich ihre Wade. Anneke machte einen erschrockenen Satz zur Seite. Neben ihr saß Karel und blickte sie treu mit seinen dunklen Knopfaugen an. Die Zunge hing ihm aus dem Maul.

Anneke ging in die Hocke und kraulte ihn hinter den Ohren. »Na, du kleiner Teddybär. Hast du mich vielleicht erschreckt. Wo ist denn dein Frauchen?«

Der Hund antwortete ihr zwar nicht, aber aus der Scheune ertönte in diesem Moment das schrille Kreischen einer Kreissäge. Karel bellte einmal laut und rannte voraus in den Schober, in den zuvor auch Elfie geflüchtet war. Nanu? Wenke an einer Kreissäge? Das konnte sie sich kaum vorstellen. Wobei … Sie war ja Künstlerin. Wer sagte denn, dass sie nur Bilder malte?

Anneke straffte die Schultern und ging auf die Scheune

zu, das spitze Geräusch schien mit jedem ihrer Schritte lauter zu werden. Als sie schließlich eintrat, hätte sie sich am liebsten die Ohren zugehalten, so laut war das Kreischen der Säge. Zu ihrer Überraschung stand gar nicht Wenke an dem Gerät, sondern ein Mann. Seine Haltung war leicht nach vorne gebeugt, während er konzentriert ein dickes Holzstück durchsägte. Die Ärmel seines karierten Hemdes waren hochgekrempelt und gaben den Blick auf braun gebrannte Unterarme frei. Auf dem Boden lag Sägemehl, und einige Holzspäne hatten sich in seinem kurz gelockten Haar verfangen. Als er Anneke sah, stellte er die Maschine aus und nahm den Ohrenschutz ab.

»Moin!«, rief er über das Kreisen des Sägeblatts hinweg, das immer noch laut war.

»Moin!« Anneke ging auf ihn zu. »Ich wollte eigentlich zu Wenke. Ist sie da?«

»Einen Moment bitte. Ich hole sie.« Er ging durch eine Tür.

Wenig später tauchte Wenke mit Karel im Schlepptau auf. Sie trug einen mit Farbtupfen übersäten Kittel. In einer Hand hielt sie einen Pinsel. »Moin, Anneke«, sagte sie überrascht. »Mit dir habe ich gar nicht gerechnet. Waren wir etwa verabredet? Ich habe gar keinen Kuchen gebacken.«

»Nein, nein. Das ist ein spontaner Überfall, tut mir leid. Ich dachte schon, du bist gar nicht da. Und jetzt habe ich dich bei der Arbeit gestört.« Sie deutete auf den Pinsel, an dem blaue Farbe klebte.

»Du hast mich ganz und gar nicht gestört. Ich male jeden Tag.«

Der Mann kam mit einem neuen großen Holzklotz auf den Armen zurück.

»Das ist übrigens mein Cousin Bas«, stellte Wenke ihn ihr vor. »Bas, das ist Anneke. Meine neue Freundin, von der ich dir erzählt habe.«

Er putzte eine Hand notdürftig an seiner Jeans ab und streckte sie ihr entgegen. »Freut mich, dich kennenzulernen.«

»Freut mich auch.« Besonders erfreut war Anneke darüber, dass Wenke sie als ihre neue Freundin vorgestellt hatte. Das war ihr schon sehr lange nicht mehr passiert. Augenblicklich ließ ihre Nervosität ein wenig nach. Dann erinnerte Anneke sich daran, dass es nun umso wichtiger war, Wenke nicht zu stoßen. Sie sollte nicht das Gefühl bekommen, sie würde ihr etwas andrehen wollen.

»Was schleppst du da eigentlich mit dir rum?«, fragte Wenke auch schon und zeigte auf das Notebook, das Anneke nach wie vor unter ihrem Arm trug.

»Ach, das.« Sie lächelte verlegen. »Ich wollte dir gern etwas auf dem Laptop zeigen, aber wenn es gerade unpassend ist ... Ich kann auch ein anderes Mal wiederkommen.«

»Bleib bloß hier. Jetzt hast du mich neugierig gemacht. Warte!« Wenke räumte Werkzeug von einem Tisch und wischte mit einem Tuch über die staubige Holzplatte. »So, jetzt müsste es gehen. Oder brauchen wir eine Steckdose?«

»Nein, nein, der Akku ist geladen ...« Anneke klappte das Notebook auf und hatte die Datei mit einigen Klicks geöffnet. »Es ist nämlich so«, begann sie. »Mir hat unser letztes Gespräch keine Ruhe gelassen, und dein Hof ist so schön.« Mit einem Mal fehlten ihr die passenden Worte.

»Ja?«, fragte Wenke und warf ihr einen erwartungsvollen Blick zu. Ihr Cousin hatte sich neben sie gestellt und sah ebenfalls neugierig auf den Bildschirm. Sogar Elfie spazierte aufgeregt um Wenkes Füße herum, als wollte sie nichts verpassen. Dafür war Karel nach draußen verschwunden. Ihn schien das alles nicht die Bohne zu interessieren.

»Also«, setzte Anneke neu an. »Meine Fantasie hat mir einfach keine Ruhe gelassen. Ich konnte den umgebauten Hof bildlich vor mir sehen und habe dann angefangen, herumzuprobieren, und am Ende ist ein Konzept für eine Romantik-Pension herausgekommen. Das wollte ich dir zeigen.«

»Okay.« Wenke warf Bas einen unsicheren Blick zu. »Damit habe ich überhaupt nicht gerechnet.«

»Das hört sich spannend an«, fand Bas. »Zeig mal!«

Während Anneke ihr Konzept vorführte, wurden Wenkes Augen immer größer.

»Wow!«, sagte Bas schließlich und brach damit das kurze Schweigen, das entstanden war, nachdem Anneke geschlossen hatte. »Sieht wirklich klasse aus.«

Wenke fuhr sich mit einer Hand über die Stirn. »Ich weiß nicht...«

»Ich finde die Idee grandios«, meinte Bas begeistert.

»Das schon, aber ob ich das schaffe?« Wenke legte den Pinsel aus der Hand.

Er umfasste die Schultern seiner Cousine. »Wie Anneke schon gesagt hat: Mit einer Pension hast du weniger Arbeit als mit einem Hotel, und für das Café kriegst du mit Kusshand einen Pächter. Überlege doch mal! Die ganzen Leute, die hier tagtäglich mit ihren Hunden zum Strand gehen. Die freuen sich doch, wenn sie danach einen Kaffee und ein Stück Kuchen bekommen können. Mal ganz von all den Liebespaaren abgesehen, die in St. Peter Urlaub machen.«

»Ja, aber …«, wollte Wenke protestieren.

»Nimm Annekes Hilfe an«, ermutigte er sie mit einem gewissen Nachdruck und sah sie ernst an. »Ich bin sicher, es wäre in Piets Sinn, wenn du euren gemeinsamen Plan verwirklichst.«

Wenke schluckte, und ihre Augen schimmerten im Tageslicht, das durch ein Fenster fiel. »Also gut. Wenn ihr meint …«, stimmte sie schließlich mit belegter Stimme zu. Nachdem ihr Cousin sie losgelassen hatte, ging sie zu Anneke. »Es ist verrückt. Aber mir kommt es fast so vor, als hätte Piet dich mir geschickt«, sagte sie sichtlich bewegt.

»Tatsächlich fühlt es sich für mich auch so an«, gab Anneke zu und musste blinzeln, als sie Tränen aufsteigen fühlte. »Ich konnte mich einfach nicht damit abfinden, dass du deinen großen Traum aufgegeben hast.«

»Danke.« Wenke umarmte sie. »Danke für deine Hartnäckigkeit. Ich bin meistens zu ängstlich. So einen Plan hätte ich nie allein hinbekommen.«

»Da nicht für!«, winkte Anneke glücklich lächelnd ab.

»Super ist auch, dass du sofort die richtigen Fachleute an der Hand hast«, mischte sich Bas ein. »Das ist für so ein Projekt die halbe Miete.«

Wenke wollte nun mit ihnen beiden feiern und deckte spontan den Tisch im Garten. Bei Kaffee und Plätzchen schmiedeten sie weitere Pläne für die Romantik-Pension. Anneke war so froh. Ihr fiel auf, wie sehr Wenkes Augen leuchteten, während sie sprach. Ihre Wangen hatten vor lauter Eifer einen rosigen Ton angenommen, und nun ergänzte sie das Konzept um eigene Ideen.

Es war wirklich richtig gewesen, auf ihr Gefühl zu vertrauen und ihre Vorbehalte zu überwinden. Zufrieden seufzend lehnte sie sich zurück und genoss die warmen Sonnenstrahlen auf dem Gesicht.

Irgendwann wandte sie sich an Bas: »Arbeitest du eigentlich als Handwerker?«, fragte sie ihn.

Er grinste. »Du meinst wegen der Kreissäge?«

»Genau. Das sah irgendwie professionell aus.« Anneke nahm sich noch einen Keks.

Amüsiert winkte er ab. »Das Werkeln mit Holz ist nur ein Hobby von mir. Ich baue gerne Dinge, und bei Wenke ist dafür genügend Platz. Gerade arbeite ich an einem Regal.«

Sie sah ihn erstaunt an. »Ich hätte wirklich darauf wetten können, dass du das beruflich machst.«

»Na ja, eigentlich gehört mir die *Drachenbude* in *St. Peter-Bad*«, erklärte Bas.

»*Drachenbude*? Was ist denn das?«

»Das ist mein Drachenladen.«

Anneke verstand nur Bahnhof. »Ich fürchte, ich steh gerade auf dem Schlauch.«

»Das ist ein Laden, in dem man Winddrachen kaufen kann«, half Wenke ihr auf die Sprünge und schenkte allen Kaffee nach. »Die sind hier sehr gefragt.«

»Ach so!« Bei Anneke war der Groschen gefallen. »Als Kind ist mein Vater mit mir und ...« Erschrocken unterbrach sie sich. »Wir sind im Herbst oft auf eine Wiese gegangen, und dann haben wir Drachen steigen lassen«, erzählte sie und drückte dabei die schmerzlichen Erinnerungen an ihren Bruder so gut es ging weg. Aaron hatte das Drachensteigen geliebt. Meistens hatte er dabei mehr als zwei Drachen in irgendwelche Bäume fliegen lassen, die niemand mehr aus den Ästen hatte befreien können. Anneke hatte jedes Mal herzhaft darüber gelacht.

»Dank der Nordseebrise kann man in St. Peter-Ording sogar im Sommer Drachen steigen lassen. Hier geht immer genügend Wind.«

»Ich wette, du hast viele kleine Kunden«, vermutete Anneke.

»Mitunter.« Er lachte auf. »Drachen sind aber nicht nur was für kleine Kinder. Es gibt mindestens genauso viele Erwachsene, die Spaß an ihnen haben. Das ist ein richtiger Sport.«

»Wirklich?« Anneke konnte sich das kaum vorstellen. »Meine Drachenphase hat sich offen gestanden auf meine Grundschuljahre beschränkt.«

»In St. Peter-Ording gibt es sogar ein Drachenfestival. Das findet jedes Jahr am Ordinger Strand statt, und es kommen nationale und internationale Drachenflieger, um ihre außergewöhnlichen und meistens selbst gefertigten Modelle zu präsentieren«, erzählte Wenke. »Da kannst du die verrücktesten Drachen sehen.«

»Weißt du was? Ich lade dich ein, mal mit mir Drachen am Strand steigen zu lassen«, sagte Bas spontan. »Ich habe gehört, die nächsten Tage sollen schön windig werden. Wie wär's?«

»Warum nicht?« Sie fand Wenkes Cousin ungemein sympathisch. Er schien herrlich unkompliziert zu sein, noch dazu kannte er genauso wenig wie Wenke ihre Vergangenheit und würde keine unbequemen Fragen stellen. Sie musste nicht mehr preisgeben, als sie wollte.

»Ich freue mich!«, fügte sie fröhlich hinzu. Ein bisschen

Abwechslung konnte schließlich nicht schaden, und dann noch mit einem attraktiven Mann ... Es gab Schlimmeres. Vielleicht half die Verabredung ihr auch, nicht mehr so oft an Raik zu denken.

Nach dem Besuch bei Wenke sprühte Anneke innerlich vor Energie und Tatendrang. So gut hatte sie sich lange nicht mehr gefühlt und konnte es kaum erwarten, dass die Umbauarbeiten losgingen. Mit ein bisschen Glück würden schon bald die ersten Handwerker mit der Arbeit auf dem Hof beginnen. In dem Konzept hatte sie eine vorläufige Liste mit den Fachbetrieben eingearbeitet, deren Kontaktdaten sie von Frau Büschers Schwester und Raik genannt bekommen hatte. Bas hatte versprochen, zusammen mit Wenke die Firmen zu kontaktieren – und sich bei ihr zu melden, damit sie gemeinsam Drachen steigen lassen konnten.

In der Vergangenheit hatte sie vieles einfach erledigt, ohne besondere Emotionen damit zu verbinden. Jetzt war es so, dass die Gefühle wie ein Wasserfall geradezu in ihr tosten.

Fröhlich summte Anneke vor sich hin, als sie ohne bestimmtes Ziel vor Augen durch St. Peter-Ording fuhr. Das Seitenfenster hatte sie heruntergefahren, und der Fahrtwind wirbelte durch ihr Haar. Es roch nach einer Mischung aus Gräsern, Schafen und einer Portion Unbeschwertheit. Als sie das Radio einschaltete, lief das Lied *Dancing Queen* von *ABBA*. Anneke machte die Musik lauter und sang laut den Refrain mit.

Sie ließ ihre Gedanken von dem Lied davontragen und fühlte sich in dem Augenblick leicht und frei. Auf der *Wit-*

tendüner Allee in St. Peter-Böhl entdeckte sie zufällig ein etwas versteckt liegendes Hof-Café am Straßenrand. Spontan fuhr sie auf den Parkplatz und stieg aus. *Galerie Café Richardshof* stand auf einem Schild. Das klang vielversprechend.

Das alte friesische Bauernhaus lag umgeben von einem wunderhübschen Garten, in dem es nach Strauchrosen duftete. Fast alle Tische waren mit Gästen belegt, das Café war sicherlich alles andere als unbekannt. Lächelnd setzte Anneke sich in einen der Strandkörbe, die auf der Wiese bereitstanden. Sie bestellte ein Glas Zitronensaft und ein Stück selbst gemachten Nusskuchen.

Eine Weile genoss sie einfach das Glück, das beschauliche Plätzchen gefunden zu haben, und freute sich still. Irgendwann schmiegte sich ein Kätzchen an ihre Beine, das sie lächelnd streichelte. Unweit von ihr bestaunten Kinder süße Mini-Schweine in einem Gehege. Es gab sogar einen Esel und ein Pony zum Streicheln. Anneke beobachtete außerdem eine Biene, die an ihr vorbeiflog, und sah weiter entfernt einen Schmetterling, der auf einer Blume landete.

»Entschuldigung, dürften wir uns Ihren Zucker ausborgen?«, fragte eine Frau mittleren Alters, die mit einem Mann am Nachbartisch saß.

»Selbstverständlich.« Anneke stand auf und brachte ihnen den Zucker, der zuvor auf dem Tisch vor ihrem Strandkorb gestanden hatte.

»Das ist aber nett. Danke schön.« Die Frau kippte ein wenig Zucker aus dem Streuer in ihren Kaffee.

»Den hat der junge Mann im Eifer des Gefechts vergessen. Wenigstens haben wir Kaffeesahne bekommen«, erklärte der Mann. »Ist aber auch viel los«, fügte er verständnisvoll hinzu.

»Und trotzdem herrscht hier eine unglaublich friedliche Atmosphäre. Hat ein bisschen was von Bullerbü«, fand Anneke.

»Bullerbü? Muss man das kennen?«, fragte er und sah seine Begleiterin fragend an.

»Na, und ob!«, antwortete sie. »Hätte ich gewusst, dass du noch nicht einmal Bullerbü kennst, hätte ich dich damals nicht geheiratet.«

Gleichmütig zuckte er die Achseln. »Da bist du wohl sieben Jahre zu spät dran.«

»Dabei war unsere Hochzeit so romantisch.« Sie rührte mit einem Löffel ihren Kaffee um und erzählte Anneke: »Wir haben damals nämlich auf dem Westerhever Leuchtturm geheiratet, wissen Sie? Seitdem kommen wir mindestens einmal im Jahr nach St. Peter-Ording. Das ist jedes Mal wie Flitterwochen.«

»*Zurück an den Tatort* könnte man es auch nennen.« Der Mann zwinkerte Anneke zu.

»Kann man denn auf dem Leuchtturm tatsächlich heiraten?«, fragte Anneke interessiert.

»Oh ja! Es gibt sogar ein eigens dafür hergerichtetes Zimmer auf der vierten Plattform des Leuchtturms. Es ist wirklich wunderschön.« Schwärmerisch lächelte die Frau.

»Das klingt traumhaft. Von Weitem habe ich den Westerhever Leuchtturm schon bewundert.«

»Fünfundsechzig Treppenstufen müssen Sie bis zum Trauungsraum hochsteigen.« Der Mann schüttelte den Kopf. »Aber um überhaupt in den Genuss dieser romantischen Erfahrung zu kommen, müssen Sie vorher erst einmal zu Fuß bis zum Leuchtturm laufen, weil dort keine Autos hinfahren dürfen. Am besten nehmen Sie Gummistiefel mit. Wir hatten damals ein ziemlich feuchtes Vergnügen.« Er zwinkerte seiner Frau zu.

»Mensch, Lothar! Jetzt hör aber mal auf zu meckern, sonst könnte man noch denken, dir hätte unsere Hochzeit nicht gefallen«, entgegnete seine Frau.

»Es war die schönste Hochzeit, die ich mir hätte wünschen können.« Lächelnd griff er nach der Hand seiner Frau und küsste sie.

»Dann bin ich ja beruhigt«, erwiderte sie versöhnlich. »Haben Sie vor, demnächst zu heiraten?«, wandte sie sich wieder an Anneke, die den Wortwechsel amüsiert verfolgt hatte.

»Nein, auf keinen Fall«, sagte Anneke einen Hauch zu energisch. »Aber man kann ja nie wissen, was noch kommt«, fügte sie schnell freundlich hinzu.

»Ach, ich dachte nur: Falls Sie im Leuchtturm heiraten wollen, sollten Sie sich schleunigst anmelden. Die Termine sind nämlich ein Jahr im Voraus ausgebucht.«

»Gut zu wissen. Die Trauungen auf dem Leuchtturm scheinen wirklich sehr beliebt zu sein.«

»Sollten Sie dort mal heiraten wollen, laden Sie aber lieber niemanden mit einem kaputten Knie ein«, merkte der Mann an. »Ich komme jetzt noch ins Schwitzen, wenn ich daran denke.«

»Vielen Dank für den Tipp. Das werde ich mir merken.« Sie lächelte. »Ich werde mir den Leuchtturm mal aus der Nähe angucken und dann vorsichtshalber auch ein Paar Gummistiefel einpacken.«

Nachdem sie sich von dem Paar verabschiedet hatte, genoss Anneke den Rest ihres Kuchens in ihrem Strandkorb. Sie setzte den Leuchtturm gedanklich auf die Liste der Orte, die sie unbedingt noch besuchen wollte. Er schien definitiv zu den romantischen Highlights der Gegend zu gehören.

Unwillkürlich dachte sie wieder an Raik. Er würde sie bestimmt liebend gern dorthin begleiten, wenn sie ihn fragte. Sogleich vertrieb sie den Gedanken und trank den Rest ihres Zitronensafts. Zum Glück ahnte Raik nicht, wie sehr er wieder ihre Gedanken beherrschte. Irgendwann würde sie St. Peter-Ording verlassen. Die Wahrscheinlichkeit, dass sie ihn nach ihrer Abreise wiedersah, war sehr gering. Es war also alles in bester Ordnung.

Warum nur fühlte es sich jetzt nicht mehr so an?

14. Kapitel

Anneke zog ihre Sandalen aus und ging bis zum Meeressaum. Nachdem sie wieder zum Hotel gefahren war, hatte sie an Jogi und den Spaziergang gedacht, den sie sich für diesen Tag eigentlich vorgenommen hatte. Die Sonne strahlte weiterhin vom Himmel, und Regen schien für die kommenden Tage nicht in Sicht zu sein. Es gab also keine Ausreden, weswegen sie sich nicht an der frischen Luft bewegen konnte.

Das kühle Meerwasser brandete über ihre Füße und vergrub sie im nassen Sand. Weit draußen auf dem Meer entdeckte sie einen Fischkutter, der gemächlich über die See glitt. Möwenschreie gellten durch die Luft und übertönten das sanfte Geräusch der Brandung.

Kinder schleppten Wasser in Eimern zu ihren Sandburgen, um damit die Gräben zu füllen. Ein Mann fotografierte eine Frau, die ein kleines Mädchen auf ihren Arm gehoben hatte, das eine viel zu große Sonnenbrille trug.

Anneke schlenderte am Spülsaum entlang und achtete darauf, mit ihren nackten Füßen auf keine der kleinen Muscheln zu treten, die überall herumlagen. Dabei ließ sie die Ereignisse des Tages in sich nachwirken.

Voller Erleichterung dachte sie an Wenke, die ihren

Traum nun doch wahr machen würde – und war dabei auch ein bisschen stolz auf sich. In einiger Entfernung zogen ein Mann und ein Junge zwei große Winddrachen in luftige Höhen. Die bunten Lenkdrachen zogen ihre Bahnen hoch über dem Strand und knatterten dabei im Wind. Unwillkürlich musste Anneke an Bas und seinen Drachenladen denken. Sie lächelte und freute sich auf ein Wiedersehen mit ihm.

Über dem Rauschen der Wellen hörte sie plötzlich den Klingelton ihres Handys, das sie in der Gesäßtasche ihrer Caprihose trug. Es war ihre Mutter. Sogleich meldete sich ihr schlechtes Gewissen. Bestimmt rief sie wegen Papas Geburtstag an. Unentschlossen schaute Anneke auf das Display, auf dem der Name Mama wie eine Mahnung aufblinkte. Sie musste den Anruf annehmen. »Hallo, Mama.«

»Ach, gut, dass ich dich erreiche, Anne!« Ihre Mutter klang aufgeregt.

»Was ist denn los?«, fragte Anneke besorgt. »Du hörst dich irgendwie gestresst an.«

»Ach, das bin ich auch! Ich stecke mitten in der Planung für Papas Geburtstag und müsste mich eigentlich dreiteilen, um noch alles zu schaffen.«

»Mach dich doch nicht so verrückt. Es ist doch bloß ein Geburtstag«, erwiderte sie unbedarft und hätte sich im gleichen Augenblick am liebsten auf die Zunge gebissen.

»Was soll das denn heißen? Bloß ein Geburtstag? Ich bitte dich! Das ist Papas Jubiläum!«

»Ich weiß. So war es auch gar nicht gemeint. Aber du solltest dich nicht so unter Druck setzen. Am Ende hast du doch immer alles perfekt organisiert.«

Ihre Mutter seufzte schwer. »Deswegen rufe ich ja an. Mir ist gerade aufgefallen, dass du noch nicht gesagt hast, wann du kommst und wie lange du bleibst.«

Anneke schloss kurz die Augen. Die Frage hatte sie befürchtet. Sie holte tief Luft und sagte dann wahrheitsgemäß: »Ich kann dazu noch nichts sagen.«

»Wie bitte? Was hast du gesagt?«, rief ihre Mutter ins Telefon. »Bei dir scheint es gerade windig zu sein.«

Um besser zu verstehen zu sein, drehte sie sich gegen die Windrichtung und erklärte: »Ich sagte, dass ich es nicht weiß.«

»Was soll das denn bedeuten?«, fragte ihre Mutter entrüstet.

»Es tut mir wirklich schrecklich leid. Aber es ist was völlig Unerwartetes dazwischengekommen. Ich betreue den Umbau eines Hauses, das ins Programm der Firma aufgenommen werden soll, und die Arbeiten werden demnächst erst anlaufen.«

»Aber du kommst doch?« Jetzt klang ihrer Mutter erst recht alarmiert.

»Ich weiß es nicht. Es kann sein, dass ich es zeitlich nicht schaffe.« Sie spürte, wie es sie fast innerlich zerriss, ihre Eltern so enttäuschen zu müssen.

»Also, nein! Wirklich, Anne! Das kannst du doch nicht machen!« Ihre Mutter schien kaum Luft zu holen. »Der Umbau dieses Hauses ist mir herzlich egal! Ich erwarte von dir, dass du zu Papas Geburtstag geschniegelt und gestriegelt auf der Matte stehst. Man muss auch mal Prioritäten setzen, Tochter!«

»Ich weiß«, erwiderte Anneke zerknirscht.

»Also, überleg dir, wann du kommen willst.« Ihre Mutter duldete keine Widerrede. Sie schien mächtig sauer zu sein.

»Ich melde mich«, versprach Anneke vage.

»Ist gut. Ich muss hier weitermachen. Bis dann!«

»Bis dann«, verabschiedete Anneke sich. Doch ihre Mutter hatte bereits aufgelegt.

Der Wortwechsel hatte sie innerlich aufgewühlt. Sie konnte Wenke mit dem Projekt doch nicht hängen lassen. Genauso wenig konnte sie allerdings dem Geburtstag ihres Vaters fernbleiben, ob sie sich zum Hinfahren überwinden konnte oder nicht. Je weiter sie von Herten entfernt war, umso besser fühlte sie sich. Oder wurde dadurch das Problem etwa größer, weil sie ständig auf der Flucht war? Hatte sie sich mit der Erstellung von Wenkes Konzept unbewusst das perfekte Alibi geschaffen, um nicht nach Hause fahren zu müssen?

Anneke wusste keine Antwort auf ihre Fragen. Ratlos spazierte sie am Strand entlang, bis sie an eine Schaukel kam, die mitten im Watt stand. Sie blickte sich um. Sie war auf dem Strandabschnitt ganz allein. Kurz überlegte sie, ob sie es wagen sollte. War es nicht unpassend für eine Erwachsene zu schaukeln? Ach, was sollte es! Sie warf ihre Bedenken einfach über Bord und schwang sich immer höher gen Himmel, bis die Schwere von ihrem Herzen gewichen war.

Auf dem Rückweg nach St. Peter-Bad klingelte Annekes Handy wieder. Erleichtert stellte sie fest, dass der Anrufer weder ihre Mutter noch ihr Vater war. Es war Raik.

Ohne zu zögern, tippte sie auf *annehmen*. »Hallo, Raik.«

»Hi, Anne. Wo bist du gerade?«

»Unterwegs«, antwortete sie knapp.

Er lachte. »Ach, nee. Geht es noch etwas ungenauer?«

»Stalkst du mich etwa?«

»Natürlich! Was denkst du denn?!« Raik lachte jetzt noch herzhafter.

»Na gut, ich bin am Strand«, gab sie zu.

»Das trifft sich gut. Wo auf den zwölf Kilometern bist du denn genau?«

»Ich laufe gerade auf die Seebrücke zu. Sind vielleicht noch fünfhundert Meter. Ich kann die Lichter von *Gosch* sehen.«

»Prima! Ich warte an den Treppenstufen auf dich.«

»Aber wieso ... Hallo?« Anneke hatte keine Chance zu protestieren. Genau wie ihre Mutter hatte Raik das Gespräch einfach beendet. Damit sie es sich nicht mehr anders überlegte, das war ihr schon klar. Er kannte sie zu gut!

Als sie ihn eine Weile später an der Treppe erspähte, die zur Seebrücke führte, stand die Sonne schon tief über dem Meer. Anneke fühlte sich noch immer hundsmiserabel wegen des Telefonats mit ihrer Mutter und war nun fast ein wenig erleichtert, ihn zu sehen.

Verwundert schaute sie auf seine Mitbringsel: Er hatte eine Flasche Champagner, zwei Gläser und eine Decke dabei. Lächelnd schaute er sie an. »Moin!«

»Hi.« Anneke blieb vor den Treppenstufen stehen und sah zu ihm auf. »Ich fühle mich geehrt, dass du mein Empfangskomitee bist.«

Raik verzog seinen Mund zu einem schiefen Lächeln. »So bin ich eben.«

Sie stellte ihre Sandalen auf den Sand und schlüpfte hinein. »Du scheinst ja heute noch etwas vorzuhaben«, bemerkte sie und wies auf die Champagnerflasche in seiner Hand.

»Stimmt.« Er nickte.

»Dann wünsche ich dir viel Spaß und einen schönen Abend.« Lächelnd stieg sie zwei Stufen hoch und wollte an ihm vorbeigehen.

»Hey.« Er hielt sie an der Hand fest und warf ihr einen tiefen Blick aus seinen grünen Augen zu.

Anneke zog die Augenbrauen hoch. »Was …?«

»Eigentlich wollte ich den Champagner mit dir zusammen trinken.«

Sie holte bereits Luft, um sein Angebot abzulehnen, doch Raik ließ sie nicht zu Wort kommen. »Sag jetzt nicht, dass du keine Zeit hast … Ich möchte den missglückten Ausritt wiedergutmachen, zu dem ich dich quasi genötigt und weswegen ich immer noch ein schlechtes Gewissen habe.«

»Das ist doch längst vergessen. Mein Fuß tut überhaupt nicht mehr weh.«

»Trotzdem. Ich bestehe darauf«, sagte er leise.

»Na gut! Du gibst ja eh keine Ruhe, bevor du deinen Willen bekommen hast«, stimmte sie letztendlich zu.

»So ist es!« Lächelnd führte er sie über den Sand zu einem weiter entfernten Strandkorb, der in Richtung Meer aufgestellt war. »Voilà. Darf ich bitten, Madame?«

»Oh, ein Strandkorb. Wie nett.« Sie setzte sich auf die äußerste rechte Seite und achtete penibel darauf, dass genügend Platz für Raik blieb.

Geschickt entfernte er die Folie von der Flasche und drehte den Draht der Agraffe über dem Korken. »Ich dachte mir, dass ein Strandkorb auch romantisch sein kann und die

Gefahr minimal ist, sich hier den Knöchel zu verknacksen.« Er drehte die Flasche und ließ dabei den Korken sanft herausgleiten.

Anneke griff nach den beiden Gläsern und hielt sie ihm hin, damit er etwas von dem französischen Schaumwein hineingießen konnte. »Damit könntest du recht haben.«

Nachdem er ihnen eingeschenkt hatte, stellte er die Flasche in den Sand und legte die Decke fürsorglich über Annekes Beine. »Damit du nicht frierst. An der Nordsee wird es schnell schattig, wenn die Sonne sich verabschiedet.«

»Danke.« Amüsiert nippte sie an ihrem Getränk. »Schmeckt richtig gut.«

»Ist auch ein besonderer Tropfen.« Er trank ebenfalls einen Schluck.

Schweigend blickten sie eine Weile auf das Meer und die orange leuchtende Sonne, die langsam ins Meer einzutauchen schien.

»Ich muss zugeben, hier gefällt es mir richtig gut«, bemerkte sie.

»Dann hatte ich ja den richtigen Riecher.«

»Hattest du.« Sie erhob sich aus dem Strandkorb und machte mit ihrem Handy ein paar Fotos vom Strand und dem Sonnenuntergang über dem Meer. »Das nehme ich gern als Tipp in die Romantik-Kategorie auf.«

»Apropos Romantik. Warst du heute eigentlich bei Wenke?«

Anneke wandte sich wieder um und setzte sich wieder. »Ja.«

»Und? Was hat sie zu dem Konzept gesagt?« Aufmerksam betrachtete er ihr Gesicht.

»Zuerst war sie unsicher, und ich dachte schon, sie würde es ablehnen. Aber zum Glück war ihr Cousin da. Er war sofort von der Idee begeistert und hat mich unterstützt. Ich habe innerlich Blut und Wasser geschwitzt, das kannst du mir glauben! Keine Ahnung, wie es ausgegangen wäre, wenn Bas nicht zufällig da gewesen wäre. Aber Wenke will das Konzept umsetzen.« Sie lächelte.

»Den Namen Bas habe ich schon mal gehört. Ist das nicht der Typ aus dem Drachenladen?«, fragte Raik.

»Stimmt genau. Ihm gehört die *Drachenbude*.«

»Bevor ich es vergesse ... Ich habe da noch etwas für dich.« Er zog einen zusammengefalteten Zettel aus einer Hosentasche. »Ich habe noch weitere Telefonnummern von verschiedenen Firmen rausgesucht, die Wenke für ihren Hof beauftragen kann.«

»Klasse.« Sie überflog die Liste. »Vielen Dank!«

»Hab ich gern gemacht.«

Sicherlich um auf den Erfolg anzustoßen, schenkte er ihr ungefragt Champagner nach.

Eigentlich hatte Anneke nicht vorgehabt, länger als nötig mit Raik in dem Strandkorb zu sitzen. Geschweige denn mit ihm Alkohol zu trinken. Doch der herrliche Sonnenuntergang, der Champagner und seine charmante Art führten dazu, dass sie blieb und dabei völlig die Zeit vergaß. Erst als die ersten Sterne am Firmament erschienen, brachen sie auf zum Hotel.

»Das war echt ... schön«, sagte Anneke und drückte auf den Knopf am Fahrstuhl. »Vielen Dank für den tollen Abend.«

Die leere Champagnerflasche und die Gläser hatte Raik an der Rezeption abgestellt, sodass er jetzt nur noch die Decke über dem Arm trug. »Damit habe ich mein schlechtes Gewissen beruhigt«, sagte er und grinste frech.

»Natürlich.« Als sich die Fahrstuhltür öffnete, ging Anneke in die Kabine.

»Dann bis morgen.« Zum Abschied hob er die Hand.

Anneke nickte. »Gute Nacht.« Dann schloss sich die Tür.

In ihrer Suite angekommen, zog sie die Sandalen aus, ging auf die Dachterrasse und schaute hoch zu den Sternen. Wieder einmal ärgerte sie sich darüber, dass es ihr in Raiks Gesellschaft so gut gefallen hatte. Richtig wohlgefühlt hatte sie sich neben ihm im Strandkorb – und würde wahrscheinlich immer noch mit ihm dort sitzen, hätte er nicht zum Aufbruch geblasen. Aber wie konnte das sein?

Anneke schlang sich die Arme um den Oberkörper. Sie verstand es einfach nicht. Wie konnte er immer so freundlich und gut gelaunt sein? Machte ihm Aarons Tod etwa gar nichts aus? Hatte er die Vergangenheit vielleicht einfach so abgehakt?

Ihr war kalt. Deshalb ging sie zurück in die Suite und zog ein Schlafshirt über. Dann krabbelte sie ins Bett und zog die Decke bis zum Kinn hoch.

Unruhig und wach lag sie im Bett. Nach einer Weile wurde ihr klar, dass sie sich in endlose Grübeleien verstrickte, die sie zu keinem Ergebnis führten. Und zum unzähligen Mal durchlebte sie den Abend der Tragödie. Raik hatte ihren Bruder auf dem Gewissen, er hatte ihn nicht gerettet. Daran änderte sich gar nichts.

Sie rollte sich zur Seite und schaute gegen die Wand. Es

war besser, wenn sie mehr Abstand zu Raik hielt. Er hatte schon genug Unglück über ihre Familie gebracht. Das konnte er mit nichts wiedergutmachen.

15. Kapitel

Am nächsten Morgen fühlte Anneke sich wie gerädert. Bedrückende Gedanken hatten sie in unruhige Träume fallen lassen und einen erholsamen Schlaf verhindert.

Ihr Magen knurrte erbärmlich, doch ihr war nicht nach Gesellschaft zumute. Deswegen bestellte sie sich das Frühstück aufs Zimmer. Bevor sie jemandem unter die Augen trat, musste sie sich erst einmal sammeln und von der Nacht erholen.

Nachdem sie Jogis Atemübungen absolviert und die erste Tasse Kaffee auf der Dachterrasse bei herrlichem Sonnenschein getrunken hatte, ging es ihr schon etwas besser. Sie schickte Frau Büscher ihre bisherigen Berichte per E-Mail und tippte danach *Strandperle St. Peter-Ording* in eine Suchmaschine ein. Auf der Homepage des Campingplatzes las sie noch einmal die Details zum Sommerfest.

Sommerfest des Campingplatzes Strandperle
Wir laden Sie herzlich zu unserem alljährlichen
Sommerfest ein. Neben Kaffee, selbst gemachten Kuchen, Waffeln und Spezialitäten aus
unserem Imbiss Miesmuschel stehen auch Musik
und Spiele für Kinder auf dem Programm.

Wann? Am 25. Juli ab mittags
Wo? Auf dem Zeltplatz der Strandperle
Wir freuen uns auf Ihren Besuch in Ording!
Herzlichst! Ihre Lilo Ampütte und das gesamte
Team vom Campingplatz Strandperle

Sie hatte es sich völlig richtig notiert. Das Sommerfest, zu dem Lilo sie eingeladen hatte, fand an diesem Tag statt. Und weil sie so lange im Bett gelegen hatte, blieben ihr jetzt nur noch eineinhalb Stunden bis zum Mittag.

Anneke freute sich schon darauf, die alte Dame wiederzusehen. Die Schrecken der Nacht verblassten zusehends, während sie nun zu Ende frühstückte und danach duschte.

Mit leeren Händen wollte sie nicht auf dem Campingplatz erscheinen. Obwohl es ein öffentliches Fest war, hatte Lilo sie persönlich eingeladen – Grund genug, wenigstens eine kleine Aufmerksamkeit mitzubringen. Vorfreudig cremte Anneke sich das Gesicht ein und schlang sich ihre Tasche über die Schulter, bevor sie die Suite verließ.

Als sich die Fahrstuhltür im Erdgeschoss öffnete, warf sie einen verstohlenen Blick über den Rand ihrer Sonnenbrille in die Lobby. Auf keinen Fall wollte sie Raik in die Arme laufen. Die Nähe zu ihm stürzte sie doch jedes Mal nur in ein emotionales Chaos, das konnte nicht gut enden. Zum Glück war er nicht zu sehen. Zügig durchquerte sie die Empfangshalle und verließ das Hotel.

Sie fuhr mit dem Auto zum Blumenladen *Crantz* nach St. Peter-Dorf, wo sie den hübschen Strauß für Wenke gekauft hatte. Dort würde sie bestimmt passende Blumen für Lilo finden.

Die *Strandperle* befand sich direkt am Nordseedeich in Ording. Unweit von Wenkes Hof, wie Anneke feststellte. Da der Parkplatz des Campingplatzes bereits hoffnungslos überfüllt war, folgte sie der Wegbeschreibung eines Mitarbeiters der *Strandperle* zu einer öffentlichen Parkfläche, die ein Stück weiter entfernt lag.

Nach einem kurzen Fußmarsch betrat sie das Gelände des Campingplatzes. Vor dem Imbiss *Miesmuschel* standen Tische und Stühle, die alle bis auf den letzten Platz besetzt waren. Einige Besucher aßen ihre Fischbrötchen oder Pommes aus Schalen im Stehen. Über dem Zeltplatz schallte fröhliche Musik, zu der die Leute im Takt mitwippten oder sogar ein kleines Tänzchen wagten.

Es gab einen Getränkewagen und einen Stand, an dem selbst gemachter Kuchen und frisch gebackene Waffeln verkauft wurden, die köstlich nach einem Hauch Vanille dufteten. Anneke entdeckte Lilo inmitten eines Frauen-Grüppchens, das neben dem Kuchenstand plauderte und lachte. Die alte Dame trug abermals ein farbenfrohes Kleid und dazu einen großen Schlapphut mit einer großen Schleife. Lächelnd ging Anneke auf die Damen zu.

»Hallo«, sprach sie Lilo an. »Da bin ich, wie versprochen.«

»Moin, Anneke!«, rief Lilo und freute sich sichtlich. »Das ist ja toll, dass du da bist. Und noch besser, dass du mich in dem Gewusel überhaupt gefunden hast.«

»Hier ist wirklich eine Menge los.«

Lilo lachte. »Bei unserem Sommerfest rennen uns die Leute regelmäßig die Bude ein. Das ist jedes Jahr so.«

»Die habe ich für dich mitgebracht.« Anneke streckte ihr den Strauß entgegen.

»Oh, das ist aber überaus lieb von dir. Vielen Dank!« Lilo nahm sich Zeit, um an den Blüten zu riechen, und betrachtete den Strauß. »Rosen, Gerbera und Mini Santini in Gelb und Orange. Wie schön sie leuchten. Schaut mal her, Mädels, was Anneke mir geschenkt hat!« Sie zeigte den anderen Frauen stolz den Strauß.

»Wirklich wunderschön«, kommentierte eine Dame, die ihr graues Haar zu einem Dutt hochgesteckt trug.

»Nicht schlecht«, befand eine andere, die mit ihrem leuchtend roten Haar und in einem eleganten Etuikleid aus der Frauengruppe heraustach. »So einen ähnlichen Strauß hatte Edda Tolksdorf auch. Bei ihrer Beerdigung auf dem Sarg.«

»Gertrud!«, riefen die Frauen entrüstet im Chor.

»Was habt ihr denn? Der Strauß sah wirklich so aus«, sagte sie mit Unschuldsmiene.

»Du bist unverbesserlich, Gertrud.« Lilo schüttelte lachend den Kopf und schaute dann Anneke an. »Mit meiner Beerdigung wollte ich mir eigentlich noch ein Weilchen Zeit lassen. Na komm, ich lade dich auf ein Stück Kuchen und ein Tässchen Kaffee ein.«

Anneke lächelte dankbar. »Die Einladung nehme ich gerne an.«

Sie gingen zwei Schritte zum Kuchenstand, hinter dem teilweise schon recht betagte Damen und Herren Backwaren verkauften, und reihten sich in die Warteschlange ein. *Original Oma-Kuchen mit Liebe gebacken* war auf einem Schild zu lesen. Sogleich kamen Anneke die leckeren Cupcakes in den Sinn, die Raik ihr nach dem Reitausflug hatte bringen lassen. Ärgerlich verzog sie den Mund. Mit Raik wollte sie sich im Moment nicht beschäftigen.

»Hier gibt's die besten Kuchen von ganz St. Peter-Ording und bestimmt auch im Umkreis von mindestens fünfundzwanzig Kilometern«, erklärte Lilo.

»Das scheinen die Leute zu wissen.«

»Ja, das Warten lohnt sich«, versprach Lilo.

»Welchen Kuchen kannst du denn besonders empfehlen?«, fragte Anneke und reckte sich, um einen Blick auf die Auslage zu werfen.

Lilo schmunzelte. »Alle.«

»Das schaffe ich nicht«, erwiderte Anneke lachend. Als sie an der Reihe war, wählte sie ein Stück Karottenkuchen aus und bestellte dazu eine kalte Rhabarberschorle. Lilos Wahl fiel auf ein Stück Apfeltorte. Sie stellte den Teller mit dem Kuchen auf dem Bistrotisch ab, an dem sie standen.

»Entschuldige mich, ich bringe eben deine schönen Blumen ins Haus und stelle sie ins Wasser, bevor sie bei der Hitze die Köpfe hängen lassen. Bin gleich wieder da!«

»Ist gut.« Anneke schaute ihr nach und sah, wie Lilo sich an den Leuten vorbeischlängelte. Mit so einem starken Andrang auf das Sommerfest hatte sie nicht gerechnet. Natürlich, es war Hochsaison, und der Küstenort war voller Touristen. Trotzdem wunderte sie sich über das große Interesse an dem Fest, zumal bestes Strandwetter herrschte.

Sie probierte die Rhabarberschorle und danach ein Stück vom Karottenkuchen. Er schmeckte wirklich köstlich und rief ein wehmütiges Gefühl in ihr hervor. Der Geschmack des Kuchens erinnerte sie an früher ... an glückliche Kindertage, als noch alles gut gewesen war und sie zusammen mit ihrem Bruder Aaron ihrer Mutter und Oma Herta beim Kuchenbacken geholfen hatte. Anneke wusste noch genau, wie sie und Aaron in der gemütlichen Küche ihres Elternhauses Eier getrennt, mit einem Rührgerät den Teig geknetet und gemeinsam vor dem Ofen gekniet hatten, um zu sehen, wie der Kuchen aufging. Seit sie in St. Peter-Ording war, dachte sie so oft an ihr Zuhause wie während all der Jahre zuvor nicht. Es schien, als würde sie hier an jeder Ecke mit ihrer Heimat und ihrer Familie konfrontiert.

»Hallo! Bist du Anneke?«, riss eine Frau, die einen quirligen Jack Russell Terrier im Schlepptau hatte, sie aus ihren schwermütigen Gedanken.

»Äh ... ja.« Überrascht sah sie der Frau ins Gesicht, konnte sich jedoch nicht erinnern, sie schon einmal getroffen zu haben.

»Meine Tante Lilo schickt mich. Ich bin Insa.«

»Hallo.« Anneke beugte sich zu dem Hund hinunter, der wild kläffend an ihr hochsprang. Sie kraulte seinen Kopf. »Und wer bist du?«

Insa strich ihm über den Rücken. »Das ist Berlusconi. Ein kleiner Aufreißer, oder? Die meisten weiblichen Herzen erobert er im Sturm.«

»Niedlicher kleiner Kerl.«

»Meine Tante hat ein wichtiges Telefonat bekommen. Deswegen soll ich sie bei dir entschuldigen und auch auf ihren Kuchen aufpassen.« Insa lachte sie fröhlich an.

Anneke konnte nicht anders, als sich von ihrer Heiterkeit anstecken zu lassen. »Der Kuchen schmeckt wirklich superlecker.«

»Oh, ja! Viele Leute sind auch extra wegen der Oma-Kuchen gekommen. Die Torten sind wahre Publikumsmagneten.«

»Schade, dass ich nicht kulinarisch in St. Peter-Ording unterwegs bin. Die Kuchen würden auf jeden Fall auf meiner Liste ganz oben stehen«, erwiderte Anneke, stand auf und aß noch ein Stück von ihrem Karottenkuchen.

»Jetzt hast du mich aber neugierig gemacht. Wie bist du denn in St. Peter-Ording unterwegs?«, fragte Insa geradeheraus. Sie tätschelte den Bauch ihres Hundes, der sich rücklings vor ihr ins Gras gelegt hatte.

Anneke lächelte. »Eher romantisch. Ich soll für ein Reiseunternehmen die romantischsten Orte in St. Peter-Ording aufspüren.«

»Oh, da gibt es einige.« Insas Augen funkelten.

»Das habe ich auch schon gemerkt. Als Nächstes möchte ich den Westerhever Leuchtturm erkunden.«

»Also, wenn das so ist, dann komm doch mit mir nach Westerhever. Ich will demnächst frischen Käse am Leuchtturm besorgen. Da kann ich dich gerne mitnehmen, und wenn du magst, begleite ich dich auch zum Turm. Dorthin kann man nämlich nicht mit dem Auto fahren.«

»Das habe ich schon gehört. Und auch, dass auf dem Weg dahin manchmal die Füße nass werden können.«

Insa lächelte. »Das stimmt, da bist du bestens informiert.«

»Ein bisschen. Und ich nehme dein Angebot selbstverständlich liebend gerne an«, sagte Anneke begeistert. »Was kann mir Besseres passieren als eine ortskundige Begleitung?«

Sie tauschten Handynummern aus. Und Insa versprach, sich bei Anneke zu melden. Wenig später kam Lilo noch einmal zu Anneke und führte sie etwas herum. Anneke plauderte vergnügt mit allen und fühlte sich sehr willkommen.

Eine gute Stunde später saß Anneke wieder in ihrem Auto. Da sie Raiks Telefonliste eingesteckt hatte und die *Strandperle* bloß einen Katzensprung von Wenkes Hof entfernt war, beschloss sie, einen Abstecher dorthin zu machen.

Und dieses Mal hatte sie auch Glück. Als sie um das Haus herum in den Hof ging, entdeckte sie Wenke sofort. Sie kehrte gerade einige Sägespäne vor der Scheune zusammen, vor der etliche Möbelstücke und Kisten in verschiedenen Größen standen. Das Huhn Elfie pickte auf dem Rasen und ließ sich nicht aus der Ruhe bringen. Karel hatte sich in den Schatten eines Baumes gelegt und öffnete bloß kurz ein Auge, um dann sein Nickerchen fortzusetzen.

»Hallo«, rief Anneke schon von Weitem, um Wenke nicht zu erschrecken.

Sie blickte auf und stützte sich lächelnd auf den Besen. »Anneke! Was für eine schöne Überraschung.«

»Ich weiß, ich hätte vorher Bescheid sagen sollen«, entschuldigte sie sich und blieb vor Wenke stehen.

»Nein, gar nicht. Ich mag Überraschungen.«

»Ich war beim Sommerfest der *Strandperle*, und da dachte ich mir, wenn ich schon mal in der Ecke bin, schaue ich einfach bei dir vorbei.« Sie öffnete ihre Tasche und zog die Liste hervor. »Hier, das soll ich dir von Raik geben. Er hat noch ein paar Adressen und Telefonnummern von Firmen für dich rausgesucht.«

Wenke nahm den Zettel entgegen und warf einen Blick darauf. »Das ist ja nett. Vielen Dank!«

»Was machst du gerade?« Anneke deutete auf einen Rattanstuhl, dessen Sitzfläche kaputt war.

»Ich miste für den Sperrmüll aus. Die ganze Scheune muss leer geräumt werden.«

»Da hast du dir aber viel vorgenommen. Schaffst du das überhaupt allein?«

Wenke zuckte mit den Achseln. »Mit Geduld und Spucke bestimmt.«

Voller Tatendrang klatschte Anneke in die Hände. »Komm, ich helfe dir.«

»Bist du sicher? Das ist eine Menge Zeug, was da noch drinnen steht.«

»Ich habe heute nichts mehr vor.« Sie hängte ihre Tasche über die Stuhllehne. »Schließlich habe ich dich dazu überredet. Ich finde, da kann ich ruhig bei der Vorarbeit ein bisschen mithelfen, damit bald Handwerker das Kommando übernehmen können.«

Wenke zuckte die Schultern und blies sich eine rote Haarsträhne aus dem Gesicht. »Also, gut. Ich freue mich über deine Hilfe.«

Gemeinsam schafften sie eine Menge. Nach drei Stunden hatten sie ungefähr die Hälfte der angesammelten Möbel, Gartenutensilien, alte Rasenmäher und sogar ein marodes Holzfass auf den Hof geschleppt. Wenke holte Erfrischungen aus dem Haus, und sie setzten sich an den Gartentisch.

»Was sich da alles angesammelt hat im Laufe der Jahre. Wahnsinn! Ursprünglich wollte Piet die Scheune zusammen mit zwei Freunden ausräumen.« Wenke trank einen großen Schluck Wasser.

»Das wäre bestimmt schnell gegangen«, sagte Anneke, nachdem sie sich den Schweiß von der Stirn gewischt und ebenfalls etwas getrunken hatte.

»Vermutlich.« Wenke blickte abwesend vor sich hin.

»Aber ich finde, wir haben auch schon eine Menge geschafft.«

»Das stimmt.« Wenke blickte sie traurig an. »Weißt du, manchmal frage ich mich, warum gerade mein Mann sterben musste.«

»Wie ist das eigentlich passiert?«, wagte Anneke einen vorsichtigen Vorstoß. »Oder willst du lieber nicht darüber reden?«

»Doch, doch.« Wenke stellte das Glas auf dem Tisch ab. »Piet war auf dem Rückweg nach Hause, als der Vorderreifen seines Motorrads geplatzt ist. Er hatte keine Chance und war wohl sofort tot. Jedenfalls hat der Arzt es so gesagt.«

»Oh, nein!«, flüsterte Anneke und schlug sich die Hand vor den Mund.

»Kurz vorher waren die Räder in einer Werkstatt ausgewechselt worden«, erzählte Wenke weiter.

»Das ist ja schrecklich.« Sie stellte sich vor, wie sie sich fühlen würde, wenn ihr Zwillingsbruder so ums Leben gekommen wäre. Vermutlich hätte sie die Werkstatt verklagt.

Wenke schüttelte den Kopf und sah sie wieder an. »Das Allerschlimmste kommt ja noch. Ein Freund von Piet hatte in der Werkstatt die Reifen ausgewechselt.« Sie senkte den Blick. »Bis heute mache ich ihn für das Unglück verantwortlich. Obwohl ich weiß, dass es Quatsch ist. Aber wahrscheinlich fällt es mir leichter, mit Piets Tod klarzukommen, wenn ich jemanden die Schuld daran geben kann.«

»Ach, Wenke. Das kann ich so gut verstehen.« Anneke war von dem Geständnis ihrer Freundin tief berührt. Wenn sie wüsste, wie gut sie ihre Gedanken und Gefühle nachempfinden konnte!

Unglücklich fuhr Wenke fort: »Oft denke ich auch, der Unfall war meine Schuld ... Wären die Reifen nicht gewechselt worden, würde mein Mann wahrscheinlich noch leben. Ich mache mir solche Vorwürfe, dass ich das Unglück nicht verhindert habe«, schloss sie mit tränenerstickter Stimme.

Anneke ging zu ihr und legte ihr einen Arm tröstend um die Schultern. »Du kannst nichts für den Unfall. Alles, was du getan hast, war richtig. Ich bin mir sicher, dass das Piet auch so sieht«, sprach sie ihr Mut zu.

»Meinst du?«, fragte sie schniefend und wischte sich über die Augen.

»Ganz bestimmt sogar.« Anneke strich mit einer Hand über Wenkes Haar. »Dich trifft gar keine Schuld an dem, was passiert ist. Vermutlich ist es noch nicht mal die Schuld des Freundes, sondern es war einfach ein schrecklicher Unfall«, fuhr sie leiser fort. »Ein Schicksal, das niemand hätte verhindern können ...«

Wenke widersprach ihr nicht. »Weißt du, ich suche nach wie vor nach Erklärungen dafür, warum dieser Unfall passieren musste. Ich habe bis heute keine Antwort darauf gefunden. Aber es lässt mich nicht los, und an manchen Tagen frage ich mich, ob das mein Leben lang so bleiben wird.«

Es kam ihr vor, als hätte Wenke in sie hineingeblickt und aus ihrem Herzen gesprochen. Denn sie selbst wälzte die Schuld an Aarons Tod ja auch auf Raik ab. Und in schwachen Momenten fragte sie sich, genau wie Wenke, ob nicht eventuell sie an allem schuld war. Bei ihrer ersten Begegnung auf dem Friedhof hatte Anneke gleich eine starke Verbindung gespürt, sie hatte sich nicht getäuscht.

Von Weitem erklang leise der Klingelton ihres Handys und durchdrang das nachdenkliche Schweigen. »Oh, entschuldige bitte. Das ist meins.«

»Kein Problem.« Wenke fuhr sich noch einmal mit dem Handrücken über ihre Augen.

Anneke lief zu ihrer Tasche, die noch immer über der Stuhllehne vor der Scheune hing, und nahm das Handy heraus.

»Hallo?«, fragte sie atemlos.

»Anneke?«, entgegnete eine Männerstimme.

»Ja? Wer ist denn da?«

»Jetzt bin fast ein bisschen beleidigt, weil du meine Handynummer nicht gespeichert hast«, lachte der Anrufer. »Hier ist Bas.«

»Hi, Bas«, grüßte Anneke erfreut. »Ja, tut mir leid, das stimmt. Ich habe deine Nummer tatsächlich noch nicht zu den Kontakten hinzugefügt«, gab sie zu.

»Okay, ich verzeihe dir.« Er lachte.

»Da habe ich ja noch einmal Glück gehabt.«

»Das hast du!«

Anneke hob den Blick und sah Elfie an sich vorbeistolzieren. Das Huhn flatterte mit den Flügeln, blieb dann stehen und pickte ein paar Körner auf. »Ich bin übrigens gerade bei Wenke.«

»Schöne Grüße von mir.«

»Werde ich ausrichten.«

»Weswegen ich anrufe …«, sagte Bas dann in ernsterem Ton. »Hast du morgen zufällig Zeit, um mit mir Drachen steigen zu lassen?«

»Zufällig ja.« Anneke fand es schön, dass Bas ihre Verabredung nicht vergessen hatte.

»Prima! Kommst du morgen gegen halb eins in meinen Laden?«

»Ich werde da sein.«

»Bis dann!«

»Bis morgen.« Anneke drückte auf das Symbol, mit dem sie das Gespräch beendete. Dann lächelte sie und ging zurück zu Wenke.

16. Kapitel

»Anne?«

Anneke blieb auf halben Weg zum Hotelausgang stehen und drehte sich zu der Stimme um.

»Hey, Anne!« Raik eilte auf sie zu. Er trug einen Anzug mit einer Krawatte und hatte eine Laptoptasche geschultert.

Sie musterte ihn. »So schick heute ... Was hast du denn vor?«, lenkte sie das Thema auf sein Outfit, bevor Raik mit etwas anderem anfangen konnte. Wenkes Geschichte war ihr gehörig an die Nieren gegangen und hatte sie direkt mit ihrer eigenen konfrontiert. Seitdem nagten Selbstzweifel an ihr, und sie wusste nicht, wo sie gerade in ihrem Leben stand. Small Talk war deshalb das sichere Fahrwasser für sie.

Er fummelte an seinem Krawattenknoten herum. »Ich habe nachher ein Meeting in Hamburg. Strategiebesprechung für die nächste Saison.«

Lächelnd erwiderte sie: »Hatte mich schon über den feinen Zwirn gewundert. Ist ja sonst nicht deine Art.« Wie früher rückte sie seinen Krawattenknoten gerade und wunderte sich erst danach darüber.

»Danke dir.« Er lächelte sie an. »Hätte ich die Wahl, würde ich auch lieber in Jeans und Flip-Flops durch die Gegend laufen. Das würde die anderen Konferenzteilnehmer vermutlich etwas irritieren.«

»Gut, dass ich mich bei dem Job hier keinem Dresscode unterwerfen muss.« Anneke trug kurze Shorts, darüber ein T-Shirt mit Fledermausärmeln und ihre bequemen Espadrilles.

»Was steht denn heute auf deiner Romantik-Liste?«, fragte er interessiert.

»Drachensteigen am Strand. Ich treffe mich gleich mit Bas in der *Drachenbude*.«

Augenblicklich verfinsterte sich Raiks Miene, jede Fröhlichkeit wich von ihm. »Dann mal viel Spaß«, sagte er betont gleichmütig.

Doch er konnte sie nicht täuschen. Die Verabredung missfiel ihm gewaltig. Wenn er gekonnt hätte, wäre er mitgekommen, da war Anneke sich sicher.

»Danke! Den werde ich bestimmt haben.« Sie warf einen Blick auf ihr Handy. »Ich muss jetzt auch los. Viel Spaß in Hamburg!«

Damit ließ sie Raik stehen. Sie sah auch nicht zu ihm zurück, weil sie befürchtete, sonst ein schlechtes Gewissen zu bekommen.

»Wie wäre es mit dem hier?«

Bas zeigte auf einen mittelgroßen Lenkdrachen, der von der Decke seines Ladens hing. »Von mir aus. Du bist der Experte und ich bloß ein blutiger Laie.« Anneke betrachtete den Drachen. »Schön bunt ist er ja. Fast wie ein Regenbogen.«

»Dürfte neben den Regenbogenfarben auch die passende Größe für dich haben.« Bas warf einen prüfenden Blick auf den Drachen.

»Ist die Größe denn so entscheidend?«, hakte Anneke überrascht nach.

»Auf jeden Fall. Das Modell verkaufe ich meistens Einsteigern, weil es eine hohe Flugstabilität und einen riesen Windbereich hat. Außerdem fliegt er sehr präzise mit hohem Grunddruck. Damit müsstest du klarkommen.«

Anneke sah ihn verständnislos an. »Ich habe zwar nicht die geringste Ahnung von dem, was du mir gerade erzählt hast, aber wenn du das sagst, wird es so sein.«

Bas lachte. »Dann lass uns den Drachen nehmen.«

Lächelnd zuckte sie die Schultern. »Einverstanden.«

Sie luden die Drachen in einen Bulli und fuhren dann nach Ording. Dort steuerte Bas den Bus über den Deich und fuhr direkt bis auf den Strand.

Anneke staunte. »Ist das eigentlich offiziell erlaubt?«, fragte sie.

»Was meinst du?«

»Das Parken auf dem Strand.«

»Na klar! Ist zwar ungewöhnlich, aber du befindest dich auf Deutschlands einzigem Autostrand. Der Parkplatz ist ungefähr so groß wie fünfzehn Fußballfelder.« Er lächelte. »Und wären Markierungen für Parkboxen vorhanden, wäre hier bestimmt Platz für fünftausend Autos.«

»Das ist aber eine Menge.« Sie war beeindruckt.

Nachdem Bas den Bulli vor einer Düne geparkt hatte, stiegen sie aus.

»Fühlt sich nach Windstärke drei an«, sagte er fachmännisch und öffnete die Seitentür.

»Aha. Was heißt das?« Anneke nahm ihren Drachen entgegen.

»Das heißt, dass wir den richtigen Drachen für dich ausgesucht haben. Er ist schön leicht und fliegt auch bei mittleren Windstärken.« Zufrieden lächelte er ihr zu.

Anneke und Bas liefen mit den Drachen in Richtung Meer, blieben aber auf dem Strand.

»Wir haben übrigens Westwind. Der kommt von der See.« Er stellte sich mit dem Rücken zum Meer und legte seinen Drachen vor sich hin. »Beim Drachensteigen muss der Wind immer hinter dir sein. Das ist ganz wichtig.«

Anneke stellte sich neben ihn und legte ihren Drachen auch vor sich ab. »Und jetzt?«

»Die zwei Leinen des Drachens müssen immer nach oben zeigen. Erst wenn das so ist, gehst du ein paar Schritte zurück und wickelst dabei vorsichtig die Leine von der Spule ab. So, schau!« Er machte es ihr einmal mit seinem Drachen vor und stellte sich dann breitbeinig hin. »Und jetzt ... Aufgepasst!«

Erst zog er leicht an der Leine und dann einmal kräftig. Der Drache neigte sich, wurde vom Wind erfasst und hoch in die Luft getragen. »Wichtig ist, dass du darauf achtest, die Leinen immer abwechselnd auf Spannung zu halten«, erklärte er. »Dann sinkt der Drache nicht.«

»Ich hatte Drachensteigen irgendwie einfacher in Erinnerung«, rief Anneke ihm zu.

»Ach, was! Das ist alles eine Frage der Übung. Komm, probiere es mal aus«, forderte er sie auf.

»Na gut!« Anneke rief sich seine Anweisungen ins Gedächtnis und begann. Doch so einfach, wie sie es sich vorgestellt und es bei Bas ausgesehen hatte, war das Drachensteigen gar nicht. Ihr Kite machte eine Bruchlandung nach der nächsten. Erst als Bas ihr unter die Arme griff, stieg auch ihr Drache in die Lüfte.

»Das ist aber ganz schön anstrengend!« Es kostete sie einige Kraft, den Drachen unter Kontrolle zu halten.

»Dann weißt du jetzt, warum ich nicht nur kleine Kunden habe.« Bas zwinkerte ihr zu.

»Absolut.« Auch wenn es wirklich nicht ohne war, hatte sie großen Spaß am Drachenfliegen – und mit Bas. Sie fühlte sich pudelwohl in seiner Nähe und genoss seine unbeschwerte Art. Sie merkte gar nicht, wie die Zeit verging. Viel zu bald schaute Bas auf seine Uhr und holte seinen Drachen auf den Boden.

»Ich werde morgen bestimmt Muskelkater in den Armen und Schultern haben«, vermutete sie, als ihr Drachen ebenfalls wieder gelandet war. »Hätte ich nicht für möglich gehalten, dass das wirklich ein richtiger Sport ist. Aber jetzt merke ich es!«

»Sag ich doch!« Bas lachte.

Wenig später lud er die Drachen wieder in den Bulli. »Bevor wir zurückfahren, möchte ich dir gern noch etwas zeigen«, kündigte er geheimnisvoll an.

Anneke zog die Augenbrauen hoch. »Aha? Was denn?«

»Das verrate ich noch nicht.« Er schob die Tür des Bullis zu.

»Einen echten Drachen etwa?«, fragte sie scherzhaft.

Er zwinkerte ihr zu. »Komm mit, dann wirst du es sehen.«

»Du machst es aber spannend.«

Bas führte sie zunächst am Strand entlang, dann an Kiefern vorbei und durch ein kleines Wäldchen.

»Das ist ja ein Ding. So nah am Strand hätte ich keinen Wald vermutet«, wunderte sie sich. »Schleswig-Holstein gilt doch als waldärmstes Bundesland, wenn ich mich nicht täusche.«

»Das stimmt«, bestätigte Bas. »Brandung, Dünen und Salzwiesen und der Wald. Das sind die drei Zonen, die das besondere Reizklima ausmachen. Einzigartig in St. Peter-Ording übrigens, dank der Dänen.«

Interessiert sah sie ihn an. »Was haben denn die Dänen mit dem Reizklima zu tun?«

»Bis 1864 dauerte die dänische Zeit an, und währenddessen wurde der Ordinger Kiefernwald angelegt. Früher hatten die St. Peteraner große Probleme mit Sandflug. Doch den Dänen sei Dank, konnte dieser durch das Pflanzen von Dünengras aufgehalten werden.«

Anneke schaute Bas von der Seite an. »Was du alles weißt.«

»Hättest du von einem Drachenflieger nicht gedacht, was?« Er grinste sie an.

»Nicht unbedingt«, räumte sie ein.

»Ich könnte dir noch viel mehr erzählen. Mein Vater ist Geschichtslehrer und aktives Mitglied der AG Orts-Chronik. Schon als kleiner Junge habe ich von ihm alles Mögliche über St. Peter-Ording gelernt. Aber entschuldige, wenn ich angefangen habe zu dozieren. Mir fällt es meistens gar nicht auf, wenn ich Vorträge halte.«

Lächelnd winkte sie ab. »Das macht gar nichts. Ich kann das ja vielleicht für meinen Bericht verwenden und freue mich über solche Informationen … Apropos, willst du jetzt verraten, wohin du mich führst?«

»Wir sind gleich da.«

Sie liefen durch eine Dünenlandschaft und erklommen dann Treppen, die zu einer Aussichtsplattform führten.

»Da wären wir«, verkündete Bas schließlich, als sie oben waren. »Das ist Maleens Knoll, die höchste Düne von St. Peter.«

»Wow! Das ist ja mal ein Ausblick.« Anneke nutzte die Gelegenheit, zog ihr Handy aus der Hosentasche und machte Fotos. »Maleens Knoll ist irgendwie ein ulkiger Name für eine Düne. Oder nicht?«

»Könnte man meinen«, räumte Bas ein. »Dazu gibt es natürlich auch wieder eine Geschichte. Möchtest du sie hören?«

»Unbedingt!«

Lächelnd begann er zu erzählen: »Die Düne ist fast ein magischer Ort. Um sie rankt sich nämlich die Sage um ein Mädchen aus St. Peter, das den Namen Maleen trug. Der Legende zufolge soll sie hier jeden Tag Ausschau nach ihrem Verlobten gehalten haben, der Seemann gewesen ist. Er hatte ihr versprochen, nur noch ein letztes Mal zur See zu fahren, bevor sie heiraten würden.«

Wie gebannt hörte Anneke zu.

Er lehnte sich an die Brüstung. »So wartete Maleen auf ihren Verlobten. Sie saß jeden Tag auf der Düne, vertrieb sich die Zeit an ihrem Spinnrad und zündete abends ein Licht in einer Laterne an, damit ihr Zukünftiger sie in den Dünen finden könnte. Die Leute in St. Peter-Ording gewöhnten sich an ihr Licht. Als es nach Jahren dann plötzlich dunkel blieb, schauten sie nach und fanden Maleen tot auf der Düne.«

Bas sah sie an. »Wochen nach ihrem Tod, heißt es, wurde ein Toter am Strand angespült, der den gleichen Ring wie Maleen trug. Ihr Verlobter war zurückgekehrt, und die Menschen von St. Peter-Ording legten ihn zu ihr ins Grab. Seitdem heißt die Düne Maleens Knoll.«

»Oje.« Anneke seufzte. »Was für eine schöne, traurige und doch sehr romantische Geschichte.«

»Nach dem Mädchen wurde sogar die Straße an der Dünen-Therme benannt«, ergänzte Bas.

»Das hat sie auch verdient.« Anneke hob den Blick. »Ich kann verstehen, dass sie gewartet hat. Das hätte ich auch getan.«

Bas schaute sie länger als nötig an, dann nickte er. »Ich hätte auch gewartet.«

Sie blieben noch eine Weile auf der Aussichtsplattform stehen, genossen die stille Harmonie und den Blick über die weite Küstenlandschaft, über die Dünen und das Meer, wo der Horizont sich langsam dunkelblau färbte.

Anneke fühlte sich mit Bas fast wie ein Teenager, so leicht war ihr Herz. Und doch schlich sich Raik wieder in ihre Gedanken, und sie dachte bedauernd daran, wie sie ihn am Morgen einfach hatte stehen lassen.

Eine halbe Stunde später zog Anneke die Tür vom Bulli zu und schnallte sich an.

Bas hatte sein Smartphone in der Hand. »Ich versuche mal eben, Wenke zu erreichen. Hinten liegt noch allerhand Werkzeug für sie. Das könnte ich ihr schnell vorbeibringen. Oder macht es dir was aus, wenn wir einen kurzen Abstecher machen?«

»Nein, nein. Natürlich nicht. Ich freue mich immer, Wenke zu sehen.«

Bas wählte die Nummer und wartete. »Sie geht nicht dran«, sagte er stirnrunzelnd und beendete den Anruf. »Vielleicht liegt ihr Handy im Haus und sie ist auf dem Grundstück unterwegs.«

»Lass uns doch einfach vorbeifahren und nachsehen«, schlug Anneke vor.

»Das machen wir.« Bas startete den Motor. »Und falls sie nicht da ist, stelle ich das Werkzeug einfach hinten auf die Terrasse. Dann muss ich es nicht länger spazieren fahren.«

Kurze Zeit später hielten sie vor Wenkes Haus. Bas griff nach dem Werkzeugkoffer, und Anneke begleitete ihn in den Hof.

»Ich kann sie nirgendwo entdecken«, sagte Anneke und fragte sich, wo denn Elfie und Karel steckten. Normalerweise traf sie mindestens einen der beiden. »Du?«

»Nö.« Bas stellte den Koffer auf dem Boden ab und rief laut: »Wenke!«

Aus der Scheune erklang daraufhin zunächst lautes Hundegebell und aufgeregtes Gackern. Dann hörten sie ein leises Rufen.

Anneke horchte angestrengt und eilte schon auf die Scheunentür zu. »Da ruft doch jemand um Hilfe.«

Anneke und Bas rannten. In der Scheune angekommen, fanden sie Wenke im hinteren Bereich auf dem Boden liegend. Um sie herum stolzierte die aufgeregte Elfie umher und schlug mit den Flügeln. Karel saß neben ihr in bester Wachhundstellung.

»Um Himmels willen, Wenke!«, rief Anneke voll Sorge.

»Was ist passiert? Bist du verletzt?« Bas kniete sich neben sie.

»Ich bin von der Leiter gestürzt und kann nicht allein aufstehen«, brachte Wenke schmerzerfüllt hervor. Sie war ganz blass.

»Kein Wunder! Dein Bein ist auch ganz verdreht. Hast du Beinschmerzen?«, fragte Anneke mitfühlend.

Wenke nickte nur.

Bas zog sein Handy hervor. »Ich rufe einen Krankenwagen.«

Die Ambulanz war wenig später da, sodass Wenke auf eine Trage gehoben und ins Krankenhaus gefahren werden konnte. Anneke und Bas fuhren mit dem Bulli hinterher. Sie hatten Karel mitgenommen, um den sich Bas falls nötig kümmern wollte. Elfie hatten sie mit einer Schale Futter in ihrem Stall zurückgelassen.

Anneke wartete mit Karel vor dem Krankenhaus. Als Angehöriger war Bas hineingegangen.

Es dauerte fast zwei Stunden, bis er wieder zu ihnen kam.

»Was haben die Ärzte gesagt?«, empfing Anneke ihn.

Er seufzte schwer. »Wenke hat sich das Bein mehrfach gebrochen.«

»Oh nein!«

»Sie wird gleich operiert und muss danach eine Weile im Krankenhaus bleiben.«

»Hast du mit ihr gesprochen?«

Er nickte. »Sie hat mich darum gebeten, eine Tasche für sie zusammenzupacken und mich auch um Elfie zu kümmern. Das Huhn ist daran gewöhnt, tagsüber frei herumzulaufen, aber da bin ich im Laden. Karel kann ich mitnehmen, das ist kein Problem. Aber was mache ich mit Elfie?«

»Um Elfie kann ich mich doch kümmern«, bot Anneke an. »Es ist doch klar, dass Wenke nun Hilfe auf dem Hof braucht. Ich kann täglich vorbeischauen und auch die Scheune weiter ausräumen. Dann verlieren wir keine Zeit. Durch die gemeinsame Räumungsaktion mit Wenke weiß ich genau, was sie mit dem Kram vorhat. Und Elfie kann weiterhin ihre Freiheit genießen.«

»Ist das denn nicht zu viel für dich?«, fragte Bas besorgt.

»Überhaupt nicht.« Anneke lächelte. »Ich bin froh, wenn ich für meine Freundin etwas tun kann.«

Er hob den Zeigefinger. »Aber nur unter einer Bedingung.«

»Die wäre?«

»Nach Feierabend helfe ich dir.«

»Einverstanden. So werden wir schneller fertig.« Außerdem hätte sie mit Bas eine äußerst attraktive Gesellschaft und würde sich nicht allein fühlen. Das behielt sie allerdings für sich.

17. Kapitel

Anneke schlug die Augen auf und wunderte sich, warum es so dunkel in ihrem Schlafzimmer war. Durch die Vorhänge fiel kaum Licht. War es etwa noch so früh? Nein, ein Blick auf ihr Handy verriet, dass es schon fast acht Uhr war. Um diese Zeit stand sie meistens auf.

Merkwürdig. Sonst war es doch viel heller. Sie schwang sich aus dem Bett, ging zur großen Fensterfront der Dachterrasse und blickte hinaus. Über Nacht war das Wetter umgeschlagen. Der Himmel war mit dicken Wolken verhangen, und ein böiger Wind pustete Regentropfen gegen die Fensterscheiben. Das Meer hatte die graue Farbe der Wolken angenommen, und am Horizont flackerten vereinzelt Blitze auf.

Anneke rümpfte die Nase. Das war Nordseewetter für Gummistiefel und Friesennerz. Zu schade, dass sie weder das eine noch das andere dabeihatte.

In diesem Moment meldete ihr Handy den Eingang einer neuen Textnachricht.

> Moin, Anneke! Wenke hat die Operation gestern gut überstanden und ist von der Intensivstation runter. Du kannst sie nachher besuchen, wenn du willst. Ich habe

letzte Nacht in Wenkes Ferienapartment geschlafen und Elfie vorhin versorgt. Jetzt gehe ich mit Karel eine Runde Gassi, danach sperre ich den Laden auf. Melde mich später noch mal bei dir! Lass dir fürs Erste ruhig Zeit. LG Bas

Nachdem er sie am vergangenen Abend am Hotel abgesetzt hatte, war er zu Wenkes Hof gefahren, um die Tasche für sie zu packen und sie ihr ins Krankenhaus zu bringen. Dass er danach auf Wenkes Hof übernachtet hatte, war sicher praktisch. So gab es keine große Umstellung für die Tiere, und das Anwesen war während Wenkes Krankenhausaufenthalt nicht verlassen. Das konnte nicht schaden. Sie tippte eine Antwort.

Hi, Bas! Danke für die Infos. Ich will Wenke bald besuchen und danach zum Hof fahren. Dann kann Elfie herumlaufen, während ich in der Scheune weiter klar Schiff mache. Vielleicht werde ich mit dem Entrümpeln heute noch fertig. Bis nachher! Anneke

Eine halbe Stunde später war Anneke bereits auf dem Weg zu Wenke ins Krankenhaus. Unterwegs machte sie kurz bei einem Floristen und einer Bäckerei halt. Sie kaufte für Wenke einen bunten Blumenstrauß und für sich ein Franzbrötchen und einen Kaffee. Das musste an diesem Morgen reichen. Für ein ausgiebiges Frühstück im Hotel fehlte ihr die nötige Ruhe.

Anneke stellte ihr Auto im Parkhaus des Krankenhauses ab und klopfte wenig später an die Tür mit der Nummer acht. In dem hellen Zimmer war nur eines der beiden Betten belegt. Anneke schloss die Tür und ging zu dem Bett am Fenster.

»Hallo, Wenke. Wie geht es dir?«, fragte sie und musterte ihre Freundin besorgt. Sie sah blass und erschöpft aus. Ihr rechtes Bein war dick eingegipst.

»Moin, Anneke.« Wenke lächelte leicht. »Was soll ich sagen? Der nächste Marathonlauf muss ohne mich stattfinden.«

»Den übernächsten läufst du wieder mit.« Sie überreichte ihr den Strauß. »Ich hoffe, du magst die Farben.«

Wenke betrachtete den Strauß. »Die Blumen sind wunderschön. Danke.« Seufzend legte sie sie auf einem Schränkchen neben dem Bett ab und sah Anneke an. »Wie konnte mir das nur passieren?«

Sie zuckte die Schultern. »Die meisten Unfälle passieren zu Hause.«

»Das hat der Arzt auch gesagt.«

»Ein Glück, dass wir dich gefunden haben.«

Wenke schob sich das Kissen im Rücken zurecht. »Das kannst du laut sagen! Elfie und Karel hätten keine Hilfe holen können, und mein Handy lag auf dem Küchentisch. Bis dahin hätte ich es kaum geschafft.«

»Soll ich die Blumen ins Wasser stellen?«, fragte Anneke.

»Das wäre toll. In dem Schrank neben dem Waschbecken ist eine Vase, glaub ich.«

»Hab sie.« Anneke füllte die Vase mit Wasser und stellte die Blumen hinein. »Möchtest du die Blumen hier auf dem Nachttisch haben?«

»Ja, gerne. Sie sind wirklich sehr schön.«

Sie stellte die Vase auf die Fensterbank. »Weißt du denn schon, wie lange du hierbleiben musst?«

Bedauernd schüttelte Wenke den Kopf. »Noch nicht. Aber ich bleibe nicht länger als nötig.« Sie zeigte auf ihr Gipsbein. »Das hier wirft mich zeitlich natürlich völlig zurück. Mein Plan war eigentlich, sobald wie möglich mit dem Umbau der Scheune zu beginnen.«

»Keine Sorge. Ich helfe dir. Und Bas auch.« Anneke nahm einen Stuhl und setzte sich neben Wenkes Bett darauf. »Ich fahre nachher zu dir nach Hause, lasse Elfie aus dem Ställchen und räume die Scheune weiter aus.« Sie lächelte. »Bas kommt später dazu. Mach dir keine Sorgen. Wir lassen dich nicht hängen.«

Wenke griff nach Annekes Hand und drückte sie. »Ich bin sehr froh, dass ihr mir so zur Seite steht. Ohne euch wäre ich wirklich aufgeschmissen. Danke!«

Unter einem Fenster entdeckte Anneke eine alte Holztruhe. Sie pustete die Staubschicht weg, die sich im Laufe der Zeit auf dem Deckel gebildet hatte, und bekam dabei einen spontanen Hustenanfall. Mit einer Hand wedelte sie die aufgewirbelten Staubpartikel weg und stand auf.

Als sie nicht mehr husten musste, griff sie nach den Metallhenkeln an den Seiten und versuchte, die Kiste hochzuheben. Die Truhe war bleischwer und ließ sich keinen Zentimeter bewegen. Ein erneuter Versuch brachte wie zu erwarten auch keinen Erfolg.

Wenke hatte gesagt, alles in der Scheune sei bloß Plunder und könne weg. Sie wollte die Sachen ja gern forträumen … Mit einer Hand rieb sie sich das Kreuz und überlegte, was zu tun sei. Die Truhe war nicht verschlossen, und der Deckel ließ sich hochklappen. Sehr gut, vielleicht konnte sie sie zuerst leer räumen.

Anneke kniete sich auf den staubigen Boden und schaute in die Kiste. Es war überhaupt kein Wunder, dass der Kasten sich nicht bewegen ließ. Er war bis oben hin mit Büchern vollgestopft. Buch um Buch nahm sie aus der Truhe heraus und legte sie in einen Karton, bis ihr eins in die Hände fiel, bei dem sie innehielt. Es war ein Buch von der englischen Schriftstellerin Enid Blyton, das Anneke erkannte. Sie hatte es als junges Mädchen besessen und viele Male gelesen.

Gerührt betrachtete sie es und erinnerte sich daran, wie sehr sie die Geschichte geliebt hatte. In dem Buch ging es um Geschwister und eine Freundin. Der Vater der Geschwister war Kapitän auf einem großen Kreuzfahrtdampfer und lud alle drei zu einer Seereise ein. Wie oft hatte Anneke sich vorgestellt, wie es wohl wäre, wenn ihr Vater Schiffskapitän wäre und Aaron, Raik und sie mit auf hohe See und in fremde Länder nehmen würde! In Gedanken war sie mit ihnen nach Spanien und Portugal gereist, wobei sie viele Abenteuer erlebt hatten. Schwer seufzend presste sie das Buch an ihre Brust und schloss die Augen. Nie und nimmer könnte sie es mit dem Müll entsorgen. Deswegen steckte sie es in ihre Tasche. Wenke hatte sicherlich nichts dagegen.

Am Nachmittag kam Anneke reichlich verstaubt im Hotel an und stellte sich als Erstes unter die Dusche. Bis auf ein paar Kleinigkeiten hatte sie tatsächlich alles aus der Scheune geräumt, sodass die Handwerker tatsächlich bald mit ihrer Arbeit beginnen konnten.

Nachdem sie geduscht, eine saubere Jeans, ein Poloshirt und eine Windbreakerjacke angezogen hatte, schaute Anneke bei Bas im Laden vorbei. Sie erzählte von ihrem Besuch bei Wenke und informierte ihn stolz darüber, dass sie mit ihrer Arbeit in der Scheune schon fertig war. Nebenbei kraulte sie Karel hinter den Ohren.

»Wann kommt eigentlich der Sperrmüll?«, fragte sie nachdenklich.

»Wenn ich ihn bestellt habe.« Bas lachte. »Konnte ja keiner ahnen, dass du die Scheune in Lichtgeschwindigkeit ausräumst.« Er schüttelte ungläubig den Kopf. »Hast du das wirklich alles allein gemacht, oder hattest du einen heimlichen Helfer?«

»Och, so viel war das gar nicht mehr. Ging eigentlich ziemlich schnell«, behauptete sie grinsend.

»Ich rufe nachher mal beim Amt an und frage, wann sie einen Wagen für den Kram schicken können«, versprach er. »Vielleicht haben wir Glück und bekommen schnell einen Termin.«

»Wäre jedenfalls toll, wenn das Zeug weg wäre, bevor Wenke aus dem Krankenhaus kommt.« Sie schaute zum Eingang, da die Türglocke einen Kunden ankündigte. Es war ein Mann mit einem kleinen Jungen, der die Drachen mit glänzenden Augen bewunderte. »Ich werde dann mal«, verabschiedete sich Anneke.

»Was hast du denn noch vor?«, wollte Bas wissen.

»Nichts Bestimmtes. Mal sehen.« Sie lächelte.

»Okay, ich melde mich später bei dir!« Er ging auf die Kunden zu.

»Alles klar. Bis dann!«

Nachdem Anneke den Laden verlassen hatte, nutzte sie die Gelegenheit für einen ausgiebigen Schaufensterbummel. Sie brauchte nichts – außer vielleicht noch ein Geschenk für ihren Vater. Das musste sie ja wirklich noch besorgen! Unabhängig davon, ob sie am Tag seines Jubiläums anwesend sein würde oder nicht. Der Gedanke daran, dass er in jedem Fall ein schönes Geschenk von ihr bekommen würde, beruhigte ihr aufkeimendes schlechtes Gewissen ein wenig.

Was sie ihm schenken würde, wusste sie leider noch nicht. Ob ihr beim Essen etwas einfallen würde? Neben dem Hotel *Strandgut* ging Anneke in das dazugehörige Restaurant *Deichkind*.

In der Lounge setzte sie sich auf ein bequemes Sofa und bestellte ein großes Stück Friesentorte und eine Tasse Kakao mit Sahne. Das hatte sie sich nach der Arbeit in der Scheune redlich verdient, befand sie.

Nachdem sie gegessen hatte, zog sie das alte Kinderbuch aus ihrer Tasche, blätterte, betrachtete die bekannten Illustrationen und las einzelne Abschnitte. Sofort war wieder das heimelige Gefühl von damals da.

Ihre Lesezeit hatte sie fast ausschließlich auf ihrem Bett verbracht. Meistens hatte sie dabei ihren Kopf auf ein weiches Kissen gebettet und abends oft gelesen, bis ihr die Augen zugefallen waren. Für besonders spannende Bücher hatte Anneke als Jugendliche eine Taschenlampe in der Schublade ihres Nachttischchens aufbewahrt, mit der sie heimlich unter der Bettdecke hatte schmökern können. Aaron hat sie kein einziges Mal verraten. Er hatte es aber auch nicht oft mitbekommen, weil sie beide ein eigenes Kinderzimmer gehabt hatten.

Ihre Zimmer hatten in der ersten Etage des Einfamilienhauses nebeneinandergelegen und waren durch einen großen Balkon verbunden gewesen, auf dem Anneke allerhand Blumenkästen bepflanzt hatte. Im Frühling und im Sommer hatte sie gern die Balkontür offen gelassen, weil dann der Blumenduft in ihr Zimmer gezogen war. Aaron war das egal gewesen. Seine Seite des Balkons hatte er zur pflanzenfreien Zone erklärt.

Ihn hatten zu der Zeit eigentlich nur die Fußballergebnisse interessiert. Besonders die von Schalke und dem BVB. In der Fußballbegeisterung hatte Raik ihm nicht nachgestanden, und deswegen hatten sie sich sicherlich auch so gut verstanden. Währenddessen war Anneke lieber mit ihrer Freundin Pamela bei den Pferden gewesen, wenn die Jungs sich blutige Knie auf dem Sportplatz geholt hatten.

Nachdem Anneke Kakao und Kuchen bezahlt hatte, machte sie sich trotz des unbeständigen Nordseewetters zu einem Strandspaziergang auf. Es war ideal, dass der Wind tüchtig pustete und ihre Gedanken durchlüftete. Selbst ein paar Regentropfen würden ihr schon nichts ausmachen. Und Jogi wäre bestimmt stolz auf sie.

Auf der Seebrücke schlug sie den Kragen ihrer Windbreakerjacke hoch und ging mit leicht gesenktem Kopf Richtung Strand. Der Wind wehte ihr kräftig vom Meer entgegen. Den Möwen schien das nichts auszumachen. Sie schienen mit ausgebreiteten Flügeln auf den Windböen zu schweben.

Als Anneke den Strand erreicht hatte, blieb sie unschlüssig stehen. Sollte sie links nach Böhl oder rechts nach Ording laufen? Sie entschied sich für nordwärts, Richtung Ording.

Vielleicht konnte sie sogar noch mal auf Wenkes Hof vorbeischauen und dem Huhn etwas Gesellschaft leisten.

Am Meeressaum wehte der Wind noch um einiges stärker. Die Wellen der Nordsee trugen weiße Kämme und brachen geräuschvoll, bevor sie an den Strand brandeten. Trotz des starken Wellengangs, oder gerade deswegen, herrschte viel Betrieb auf dem Wasser. Windsurfer und Kiter ritten auf den Wellen, sprangen über sie hinweg oder legten rasante Wendungen hin. Anneke beobachtete ihre Manöver mit einer gewissen Bewunderung. Es gehörte bestimmt eine gehörige Portion Mut dazu, sich so unerschrocken den Naturgewalten auszusetzen.

Eigentlich war sie eine gute Schwimmerin. Aber die Vorstellung, von einer Windböe erfasst und in die aufgewühlte Nordsee zu fallen, flößte ihr Respekt ein. Sie hätte nicht darauf gewettet, unter diesen Bedingungen aus eigener Kraft zurück an den Strand zu gelangen.

Langsam ging sie weiter und sammelte hier und da ein paar Muscheln auf, die durch den verstärkten Seegang an den Strand gespült wurden. Sie hätte nicht sagen können, wie lange sie gelaufen war, doch in Sichtweite der *Strandbar 54° Nord* meinte sie, jemanden über das Brausen des Windes rufen zu hören. Sie drehte sich mit dem Rücken zum Wind und horchte.

»Anne!«, rief da wieder jemand.

Sie schaute sich um und entdeckte schließlich einen Surfer, der gerade sein Windsurfbrett samt Segel auf den Strand schleppte. Mit einer Hand hielt sie sich die Haarsträhnen aus dem Gesicht, um besser sehen zu können, wer ihr da zuwinkte. Erst als er näher gekommen war, erkannte sie ihn.

»Raik?«

Er schüttelte sich, und Wassertropfen perlten von seinem Haar und seinem Gesicht. »Hab ich doch richtig gesehen.«

»Was machst du denn hier?«, fragte sie, obwohl es offensichtlich war.

»Na, wonach sieht es denn aus?«, fragte er lachend. »Surfen natürlich!«

»Ist das denn bei dem Wellengang nicht gefährlich?« Sie schlang beide Arme um ihren Oberkörper.

»Nicht wirklich«, erwiderte er. »Jedenfalls nicht viel gefährlicher als andere Sportarten. Im Grunde braucht man gerade solche Wellen, um überhaupt surfen zu können. Das Wetter ist ideal. Deswegen habe ich heute auch spontan früher Feierabend gemacht. Damit ich noch die eine oder andere Welle mitbekomme.« Lächelnd sah er sie an.

Anneke schüttelte den Kopf. »Du bist echt leichtsinnig.«

»Ach, es hält sich in Grenzen«, widersprach er. »Alles eine Frage der Übung und der Einstellung. Außerdem bin ich für heute fertig.«

»Ich dachte, die Wellen sind so gut?«

»Schon.« Er blickte zum Himmel. »Aber so wie es aussieht, scheint sich noch was anderes zusammenzubrauen. Wie sieht es aus? Kommst du mit mir zurück zum *Sea & Spa*? Der Hotel-Bulli steht auf dem Strandparkplatz, ich kann dich mitnehmen.«

»Das ist wirklich nett von dir, aber ich möchte gern noch etwas spazieren gehen.«

»Dann sei aber vorsichtig«, ermahnte er sie. »Das Wetter kann an der Nordsee schnell umschlagen, und es sieht mir fast danach aus.«

Anneke lächelte ihn an. »Keine Sorge. Ich werde gut auf mich aufpassen.«

»Na gut. Melde dich bitte trotzdem kurz bei mir, wenn du wieder im Hotel bist«, bat er sie.

»Versprochen.« Sie winkte ihm zum Abschied und setzte dann ihren Weg fort.

Voller Energie setzte Anneke einen Fuß vor den anderen und dachte nach. Raiks Fürsorglichkeit in allen Ehren, doch sie fand seine Bedenken etwas überzogen. Schließlich konnte sie sehr gut auf sich aufpassen – und so dramatisch sah der Himmel nun wirklich nicht aus. Sie nahm ihr Handy und machte ein paar Aufnahmen von den Pfahlbauten, den bewachsenen Dünen und dem Wolkenspiel über ihr.

Auch wenn sie das Sommerwetter an der Küste sehr genossen hatte, fand sie, dass auch so ein dramatisch dunkler Himmel mit spürbarem Wind einen ganz eigenen Charme hatte. Sie fühlte sich mit der Natur fast verbundener, wenn ihr der Wind derart entgegenschlug und die Wolken ihr beeindruckendes Schauspiel am Himmel vollführten.

So fiel es ihr auch viel leichter, einfach abzuschalten und Schritt um Schritt weiterzugehen. Die Bewegung beruhigte sie wieder herrlich, und dieses Mal freute sie sich darüber, dass sie kaum ins Grübeln geriet.

Als sie am nördlichen Strand von St. Peter-Ording ankam, nahm der Wind plötzlich spürbar zu und die Sichtweite ab. Anneke konnte nur staunen. Denn wie aus dem Nichts war dichter Seenebel aufgezogen, der sich im Handumdrehen zu einer grauen Front verdichtete. Bald konnte sie kaum die eigene Hand mehr vor Augen sehen und entschied, dass sie zurück zum Deich gehen würde. Doch den Weg dorthin müsste sie erst einmal finden.

Sie ermahnte sich, ruhig zu bleiben und unter keinen Umständen in Panik zu geraten. Aber sie verlor immer mehr die Orientierung im dichter werdenden Nebel. Angestrengt versuchte sie, Lichter durch den Dunst zu erkennen, die ihr den Weg hätten weisen können. Doch sie konnte kein einziges ausmachen.

Hastig nahm sie das Handy aus der Tasche. Sie musste Hilfe holen. Mit dem GPS-Signal ihres Smartphones sollte es kein Problem sein, ihren genauen Standort zu bestimmten. Ob ihr der Online-Kartendienst weiterhelfen würde? Anneke probierte es, aber das Programm stürzte immer wieder ab.

Am besten rief sie bei der Polizei an, war ihr nächster Gedanke. Sie wählte auch schon die 110, doch das Handy blieb stumm. Sie ging ein paar Schritte und versuchte es noch einmal. Wieder ohne Erfolg. Ein Blick auf das Display offenbarte ihr Dilemma. Sie hatte keinen ausreichenden Empfang, und ihr Akku war fast leer.

Angst stieg in ihr hoch. Sie konnte nicht einschätzen, wie weit sie ins Watt gelaufen war, und wusste nicht, in welche Richtung sie sich bewegen sollte.

Erneut probierte sie, einen Notruf abzusetzen, doch nun wurde das Display ganz schwarz. Der Akku war leer.

Zu allem Überfluss bemerkte sie, dass sie nasse Füße hatte. Die Flut hatte eingesetzt. Hätte ich bloß auf Raik gehört und seine Warnung nicht so leicht abgetan, dachte sie verzweifelt. Sie musste etwas tun. Blieb sie einfach an Ort und Stelle stehen, war sie der Flut ausgeliefert.

Anneke nahm all ihren Mut zusammen und marschierte los, ohne zu wissen, ob sie noch tiefer ins Watt lief. Bald reichte ihr das Wasser bis zu den Knien, und sie kam kaum mehr vorwärts. Sie fragte sich matt, ob ein Schicksal vererbbar war und sie wie ihr Bruder im Meer umkommen würde.

Fast war sie so weit, die Hoffnung aufzugeben. Das Wasser stieg, und es konnte ganz realistisch sein, dass sie den Weg zurück an Land nicht fand. Anneke dachte voll Bedauern an ihre Eltern und an Raik.

Doch mit einem Mal brachen Lichter durch den Nebel. Dann hörte sie, wie ihr Name gerufen wurde.

»Ich bin hier!«, rief sie, kopflos vor Angst über den Wind hinweg. »Hallo! Hier bin ich! Hilfe!«

Nach einer gefühlten Ewigkeit traf der Suchtrupp der Küstenwache bei ihr ein.

»Meine Güte, Mädchen. Hättest du dir kein besseres Wetter zum Spazierengehen aussuchen können?«, fragte ein Mann mit grauem Rauschebart, nachdem sie Anneke mit vereinten Kräften in ihr Boot gezogen hatten.

»Beim nächsten Mal achte ich darauf.« Sie bibberte vor Kälte, war aber gleichzeitig überglücklich, dass sie gefunden worden war.

Der ältere Mann legte ihr eine Decke um die Schultern. »Ich bitte darum. Unser Job ist so schon spannend genug.«

»Wie haben Sie mich eigentlich gefunden?«, fragte Anneke.

»Wir haben einen Anruf bekommen.« Er drehte sich zu seinem Kollegen um. »Magnus, wer hat wegen der Deern angerufen?«

»Jemand von irgendeinem Hotel. Den Namen hab ich vergessen. Der Anrufer hieß Raik oder so. Er hat sich gemeldet, als das Wetter schlechter wurde, und hat uns gesagt, dass eine Anneke vermisst wird, die zum Nordstrand unterwegs war.«

Magnus, der Mitarbeiter der Küstenwache, brachte sie mit einem Auto zurück zum Hotel. »Falls wir uns noch mal begegnen sollten, hoffe ich, dass es schönere Umstände sind«, sagte er zum Abschied und lächelte ihr aufmunternd zu.

»Das hoffe ich auch.« Anneke wickelte sich aus der Decke. »Vielen Dank, dass Sie nach mir gesucht und mir das Leben gerettet haben.«

Er grinste. »Da nicht für. Das ist unser Job. Wir sind nur einem Hinweis gefolgt.«

Anneke stieg aus dem Wagen und ging auf das Hotel zu. Sie war kladdernass, ihre Tasche durchweicht, und bei jedem Schritt spürte sie, dass Wasser in ihren Schuhen war. Ihr Handy konnte sie wahrscheinlich nur noch in den Müll werfen – und das schöne Kinderbuch bestenfalls zum Trocknen auf die Leine hängen.

Am Eingang stand Raik und sah ihr entgegen. Zweifellos hatte er auf sie gewartet. Sein Gesicht war vor Sorge gezeichnet.

»Bin ich froh, dich zu sehen!«, brachte er heiser hervor und ging auf sie zu.

Anneke schüttelte den Kopf. Sie war nicht in der Lage, irgendetwas zu sagen. Sie hatte mit einem Mal einen Kloß im Hals und spürte, wie Tränen in ihre Augen schossen.

Wortlos nahm Raik sie in den Arm und drückte sie so fest an sich, als wollte er sie nie wieder loslassen. Sie hatte keine Worte dafür, aber nach langer Zeit spürte Anneke zum ersten Mal wieder, wie viel dieser Mann ihr trotz allem noch bedeutete – und ihm schien es genauso zu gehen.

18. Kapitel

Mit einem Handtuch wischte Anneke über den beschlagenen Spiegel im Bad. Sie hatte bestimmt länger als eine halbe Stunde heiß geduscht, um sich das Erlebnis im Watt von ihrer Haut und von der Seele zu spülen.

Mindestens fünfmal hatte Raik nachgefragt, ob er noch etwas für sie tun könne. Außerdem hatte er wiederholt betont, dass sie ihn auch nachts anrufen könne. Raik hatte keinen Zweifel daran gelassen, dass er für sie da sein wollte, aber sie brauchte Zeit für sich.

Sie schlang sich ein Handtuch ums Haar, zog den kuscheligen Bademantel über und cremte dann ihr Gesicht und den Hals mit einer reichhaltigen Nachtcreme ein. Die durchnässte Tasche hatte sie neben die Badezimmertür gestellt. Erst jetzt nahm sie alle Sachen heraus und legte sie auf den Fliesenboden.

Wie befürchtet war das Kinderbuch halb durchgeweicht. Anneke legte es zum Trocknen auf die Heizung und stellte die Temperatur auf eine mittlere Stufe ein. Mit einem Handtuch trocknete sie als Nächstes ihr Handy ab. Obwohl sie keine großen Hoffnungen hatte, dass es nach dem Bad in der Nordsee noch funktionieren würde, steckte sie das Ladekabel in die Steckdose und schloss es an. Der Ladevorgang startete – immerhin! Anneke war gespannt, ob sie es später in Betrieb nehmen konnte.

Im Wohnraum schaltete sie den Fernseher ein und ging dann zur großen Fensterfront der Dachterrasse. Draußen war es immer noch ungemütlich. Über St. Peter-Ording zog ein gehöriger Sommersturm hinweg, der neben Regen, Blitz und Donner auch ordentliche Böen zeigte. Anneke beobachtete, wie dicke Regentropfen gegen das Fenster prasselten. Immer wieder zuckten eindrucksvolle Blitze über den abendlichen Himmel.

So stürmisch, wie das Wetter war, so aufgewühlt fühlte sie sich. Einem taghellen Blitz folgte ein lauter Donnerschlag. Anneke zuckte zusammen und fasste sich mit einer Hand an die Brust.

Die Bilder des Unglücks flackerten wieder vor ihren Augen auf. Ihr Bruder, leblos auf dem kalten Schiffsboden. Der Arzt kniete seitlich neben ihm. Im Wechsel führte er eine Herzdruckmassage und eine Mund-zu-Mund-Beatmung aus. Annekes Hand krampfte sich nach Halt suchend um das Geländer der Reling. Sie starrte auf die Hände ihres Bruders. Seine Fingerspitzen waren bläulich verfärbt, die Haut wirkte fahl.

Ein weiterer Arzt mit einem großen Koffer kam hinzu. Er befestigte Klebeelektroden eines Defibrillators unterhalb von Aarons Schlüsselbein und an der linken Brustkorbseite unterhalb der Achselhöhle. Bevor der Arzt auf die sogenannte Schocktaste drückte, damit ein Stromstoß abgegeben wurde, drehte Anneke sich um und landete in Raiks Armen.

Schwer atmend wandte sie sich von der Fensterscheibe ab und schnappte nach Luft. Auf ihrer Brust spürte sie einen starken Druck, als läge ein kiloschwerer Gegenstand darauf. Der Schmerz über den Verlust ihres Bruders schien mit einem Mal wieder übermächtig zu sein.

Sie nahm eine Flasche Wasser aus dem kleinen Kühlschrank und hielt sie an ihre Schläfen. Dann trank sie sie in einem Zug leer.

Mit dem Handrücken wischte sie Schweißperlen von ihrer Stirn und sank erschöpft auf das Sofa. Sie starrte auf den Fernseher, ohne zu registrieren, was dort eigentlich lief. Die Trauer in ihr schien grenzenlos zu sein, und Anneke fragte sich, ob es jemals wieder anders werden würde.

Würde sie je mit der Tatsache Frieden schließen können, dass ihr Bruder so früh und unerwartet gestorben war? Oder würde es immer so weitergehen und sie nie aus dem Teufelskreis herauskommen? Gab es eigentlich so etwas wie eine Trauerdauer? Ähnlich wie bei einer Mandelentzündung, die spätestens nach zwei Wochen abgeklungen war? Insgeheim befürchtete sie, dass ihre Trauer mittlerweile komplizierter war als die anderer Betroffener.

Aaron und sie hatten sich unglaublich nahegestanden. Seit ihrer Geburt waren sie kaum einen Tag getrennt gewesen. Sie hatten so viel miteinander erlebt und unternommen ... Aaron war derjenige gewesen, mit dem sie über alles hatte reden können – und mit einem Mal war er weg gewesen.

Kurz nach seinem Tod hatte sie an nichts anderes mehr denken können als daran, dass sie ihn für immer und ewig verloren hatte. Anneke hatte in sehr dunklen Stunden daran gedacht, ihm folgen zu müssen und dass es nicht richtig sein konnte, ohne ihn zurückzubleiben. Diesen Punkt hatte sie glücklicherweise längst überwunden, doch die tiefe Traurigkeit war geblieben. Besonders an ihrem gemeinsamen Geburtstag, den sie nicht mehr gefeiert hatte seit Aarons Tod.

Sie zog die Beine zur Brust und legte ihren Kopf seitlich auf die Knie. Hätte Raik nicht die Küstenwache informiert, würde sie nicht hier sitzen. Natürlich würde sie ihm gern verzeihen, aber sie wusste einfach nicht, ob sie es könnte. Ob ihre Kraft dafür ausreichen würde.

Anneke hatte wieder einmal vergeblich versucht zu schlafen. Sie hatte sogar probiert, Schäfchen zu zählen oder an gar nichts zu denken. Was kläglich misslungen war. Irgendwann war sie dann weggedämmert, aber nach kurzer Zeit wieder hellwach gewesen.

Nein, in dieser Nacht würde es nichts mehr werden. Das wusste sie genau, denn dafür hatte sie zu viele ähnliche Nächte durchlebt. Mühsam kletterte sie aus dem Bett und schaltete wieder den Fernseher ein. Das Frühstücksfernsehen hatte gerade begonnen. Es war ihr ein Rätsel, wie die Moderatoren so taufrisch wirken konnten.

An ihrem Handy, das auf dem Couchtisch lag, leuchtete eine grüne Lampe auf. Der Akku war vollständig geladen. Anneke schaltete das Handy ein und entsperrte es. Gespannt beobachtete sie, was geschah, und nahm erfreut zur Kenntnis, dass das Telefon das unfreiwillige Bad im Meer tatsächlich ohne großen Schaden überstanden zu haben schien. Eine Nachricht vom Vortag blinkte auf. Sie kam von Bas.

> Moin, Anneke! Habe gleich Feierabend und fahre zu Wenkes Hof. Kommst du auch? Ich könnte uns was zum

Abendbrot kochen. Ist ja wirklich gruseliges Wetter draußen. Vielleicht bis später! Bas

Stimmt ja! Die lockere Verabredung hatte sie vor lauter Aufregung ganz vergessen. Bas hatte sich bestimmt gewundert, als sie nicht geantwortet hatte. Anneke überlegte, ob sie ihm gleich schreiben sollte oder besser später. Es war gerade mal Viertel vor sechs. Vermutlich hatte er das Handy über Nacht ausgeschaltet oder zumindest lautlos.

Hi, Bas, tut mir leid, dass ich mich jetzt erst melde. Ich konnte dir gestern nicht antworten, weil ich mich im Watt verirrt hatte. Aber keine Sorge, es ist alles gut ausgegangen. Die Küstenwache hat mich glücklicherweise gefunden. Danach war mein Handy nass, und ich konnte mich nicht melden. Ich hoffe, du bist mir nicht böse. Das Essen können wir ja nachholen. Liebe Grüße, Anneke

Sie musste nicht lange auf eine Antwort warten.

Moin, Anneke! Im Watt verirrt? Du machst ja Sachen! Gut, dass dir nichts passiert ist. Wie sieht es aus? Bist du schon fit? Nach dem gestrigen Sturm gehe ich gleich zum Strand, um Bernstein zu sammeln. Könnte sich lohnen. Kommst du mit? Bas

Anneke überlegte kurz. Bernstein sammeln hörte sich spannend an, das hatte sie noch nie gemacht. Vielleicht war es noch etwas für ihre Tipps! Schlafen würde sie jetzt ohnehin nicht mehr. Ohne länger zu überlegen, sagte sie zu.

Bas wartete neben seinem Bulli an der Auffahrt zum Ordinger Strand auf sie. Er trug einen Parka und eine Mütze. Neben ihm saß Karel, der aufmerksam die Öhrchen spitzte und Anneke entgegensah. »Moin! Du bist ja eine richtige Frühaufsteherin«, begrüßte er sie. »So habe ich dich gar nicht eingeschätzt.«

»Guten Morgen.« Sie tätschelte Karel lächelnd den Kopf. »Bin ich eigentlich auch nicht. Aber durch das gestrige Erlebnis, und dann noch der Sturm, konnte ich nicht wirklich schlafen.«

»Ein Glück, dass dich die Leute von der Küstenwache gefunden haben! Das hätte auch böse ins Auge gehen können. Selbst Einheimische sind davor nicht gefeit, sich im Watt zu verlaufen. Besonders wenn Nebel aufzieht. Das darf man nicht unterschätzen.« Besorgt sah er sie an.

Anneke nickte. »So war es bei mir. Ich konnte plötzlich nichts mehr sehen.«

»Am besten, wir vergessen das einfach«, schlug er vor.

Das wollte sie zu gern. »Sehr gute Idee! Und wie gehen wir jetzt vor? Wo versteckt sich Bernstein für gewöhnlich?«, wechselte sie das Thema.

Bas lächelte. »Nach einem tüchtigen Sturm findet sich viel Gold des Nordens am Strand von St. Peter-Ording. Es wird einfach angespült. Am besten sucht man nach einem Herbst- oder Wintersturm. Aber der Sturm gestern war auch nicht schlecht. Mal sehen!«

Sie gingen Richtung Strand, und Karel preschte voraus.

»Suchen denn viele Leute nach Bernstein?«, fragte Anneke.

»In St. Peter machen das einige. Sowohl Einheimische als

auch Touristen. Deswegen empfiehlt es sich, früh aufzustehen. Wer zuerst kommt, mahlt zuerst.«

Um diese Uhrzeit waren mit ihnen bloß wenige Leute am Strand, die wie sie nach Bernstein suchten.

Nach einer Weile brach das helle Sonnenlicht durch die Wolkendecke und tauchte den Strand in ein warmes Licht.

»Ah, perfekt! Durch die Sonne ist es leichter, Bernstein zu finden«, sagte Bas.

»Warum?«, wollte Anneke wissen.

»Bei Sonne kann man den Bernstein schon von Weitem im Spülsaum glitzern sehen. Ist es bewölkt, ist der Bernstein meistens gut zwischen Tang, Treibholz, Muschelschalen und anderen Dingen versteckt.«

Anneke war froh über die schöne Abwechslung und vergaß dabei die schwermütigen Gedanken, die sie in der letzten Nacht geplagt hatten. Sie machte Fotos, um die beeindruckende Morgenstimmumg am Meer einzufangen. Tatsächlich fand sie mehrere Stückchen Bernstein.

»Oh, der hier ist besonders schön.« Sie hielt einen hellgelben durchsichtigen Stein, in dem kleine Pflanzenteile eingeschlossen waren, gegen das Sonnenlicht. »Den möchte ich gern zu einem Anhänger verarbeiten lassen. Sieht bestimmt toll an einer Kette aus. Was meinst du?«, fragte sie Bas.

»Ja, das dürfte kein Problem sein. Ich kenne sogar jemanden in St. Peter, der den Stein für dich bearbeiten kann.«

»Das klingt gut.«

Sie suchten noch eine Weile, dann schaute Bas auf seine Uhr und warf Anneke einen bedauernden Blick zu. »Langsam müssten wir den Rückweg antreten. Sonst kann ich meinen Laden nicht pünktlich öffnen.«

»Kein Problem. Das war wirklich ein Erlebnis. Danke, dass du mich gefragt hast.« Sie betrachtete die Ausbeute in ihrer Handfläche. »Bernstein sammeln kommt auf jeden Fall auf die Liste mit meinen Tipps. Ich finde es auch sehr romantisch bei der aufgehenden Sonne, nicht wahr?«

Er nickte.

Sie schlenderten zurück zum Deich, wo Bas seinen Bulli und Anneke ihr Auto geparkt hatte.

»Sehen wir uns später auf dem Hof?«, fragte er beim Abschied.

Anneke schloss das Auto auf. Sie merkte an seinen Blicken, dass er Interesse an ihr hatte, was ihr schmeichelte und sich gut anfühlte. »Auf jeden Fall. Ich wollte eh noch die letzten Kleinigkeiten aus der Scheune räumen und dann durchfegen.«

»Dann bis später.«

Sie zog die Autotür zu und winkte ihm zu, während sie vom Strand fuhr.

Als Anneke am *Sea & Spa Resort* ankam, herrschte bereits wieder schönstes Sommerwetter. Fast als hätte es den Sturm nie gegeben.

An der Rezeption stand Raik. Er beugte sich über Formulare und bemerkte Anneke erst, als sie an ihm vorbeihuschen wollte.

»Guten Morgen, Anne. Woher kommst du denn? So früh … nach Yoga-Kurs sehen deine Klamotten nicht aus.« Er musterte sie und deutete auf ihre Windbreakerjacke.

Ertappt sah sie kurz zu Boden, antwortete aber wahrheitsgemäß: »Ich war Bernstein sammeln. Bas hat mich eingeladen.«

»So ist das.« Raik nickte und presste die Lippen zusammen. Man musste ihn nicht gut kennen, um zu erkennen, dass ihm es nicht gefiel, wenn sie mit anderen Männern unterwegs war.

»Ich habe sogar welche gefunden. Hier.« Sie zeigte ihm ihre Funde.

»Das ist ja einiges.«

»Den hier finde ich besonders hübsch.« Sie hob den durchsichtigen Stein mit der eingeschlossenen Pflanze ins Licht.

»Und wie geht es dir nach gestern sonst so?«, erkundigte er sich.

Anneke lächelte ihn tapfer an. »Es ist alles okay.« Als sie seinen zweifelnden Blick sah, beteuerte sie: »Wirklich.«

»Ich weiß nicht, ob ich das so glauben soll.«

»Doch, bestimmt«, beharrte sie.

»Na gut.«

»Ich muss jetzt mal hoch in die Suite und dann gleich was frühstücken.«

»Ich kann dir gern Gesellschaft leisten, wenn du willst«, bot er an.

»Ach, weißt du, heute habe ich gar nicht so viel Zeit. Ich muss mich beeilen, weil noch einiges auf Wenkes Hof zu tun ist. Bald sollen ja die ersten Handwerker kommen«, zog sie sich aus der Affäre. »Vielleicht morgen, okay?«

»Wie du meinst.«

Sie schenkte ihm zum Abschied ein Lächeln und ging dann zum Fahrstuhl. Ihr war bewusst, dass sie sich oberflächlich verhielt, doch sie schaffte es einfach nicht, sich auf ein richtiges Gespräch mit Raik einzulassen. Noch nicht. Dafür war sie noch zu durcheinander.

Obwohl sie es anders geplant hatte, fuhr Anneke erst gegen Mittag zu Wenkes Hof. Nach dem Frühstück war sie tatsächlich für zwei Stunden auf dem Sofa in ihrer Suite eingenickt. Die frische Luft am Strand hatte sie sicher müde gemacht.

Auf dem Hof angekommen, ließ sie als Erstes Elfie aus ihrem Ställchen und machte sich dann an die Arbeit. Sie sammelte Kleinkram in der Scheune ein und packte alles in eine große Kiste, die vor dem Gebäude stand.

»Da ist ja die neue Bernsteinsammlerin.« Lächelnd schlenderte Bas über den Hof und auf sie zu. Karel trottete neben ihm her, bis er das Huhn entdeckte. Elfie flatterte ihm zur Begrüßung auf den Rücken.

»Ach, ich dachte, du bist noch im Laden?«, sagte sie verwundert.

»Mittagspause«, erklärte er und zuckte verschmitzt lächelnd die Schultern. »Ich habe übrigens vorhin mit Wenke telefoniert.«

»Und? Wie geht es ihr?«, erkundigte Anneke sich.

»So weit ganz gut. Sie darf bald nach Hause, wird aber noch einige Zeit auf Krücken angewiesen sein.«

»Ach, Hauptsache, sie kann das Krankenhaus verlassen. Lieber mit Krücken zu Hause als in der Klinik«, fand Anneke.

»Genau das hat sie auch gesagt. Außerdem fehlen ihr Elfie und Karel.« Er grinste und wies auf Karel, der nun mit Elfie auf dem Rücken über den Hof stolzierte.

Sie lachte. »Die beiden sind wirklich ein Herz und eine Seele.«

»Unzertrennlich.« Bas schüttelte den Kopf und sah sie an.

»Sag mal, wärst du mir sehr böse, wenn ich dir nicht wie versprochen unter die Arme greife?«

»Nö, gar nicht. Das bisschen schaffe ich auch allein.«

»Ich würde es wirklich gerne machen, aber Wenke hat mich gebeten, Materialien für die Renovierung der Scheune zu besorgen.«

Anneke winkte ab. »Mach mal. Es ist wirklich nicht mehr viel. Wahrscheinlich bin ich sogar schneller fertig, wenn ich allein weitermache.«

»Das ist gut. Ich werde mir trotzdem etwas überlegen, um es wiedergutzumachen.«

»Da bin ich ja mal gespannt.«

Er zwinkerte ihr zu. »Ich auch.«

19. Kapitel

Allerhand Blätter, Steine, Dreck und zerfressene Lappen flogen in eine Mülltonne, die seitlich am Mauerwerk des Haupthauses stand. Vier große Eimer hatte Anneke in die Tonne entleert. Doch dies war der letzte Schwung.

Die alte Scheune war komplett ausgeräumt und nun auch besenrein. Die Handwerker könnten demnächst anrücken und beginnen. Zufrieden stellte Anneke den Eimer neben der Mülltonne ab und machte kreisende Bewegungen, um ihre rechte Schulter zu lockern. Das lange Kehren und das Schleppen der schweren Eimer waren ihr nicht nur in die Arme, sondern auch auf den Rücken gegangen. Sie musste unbedingt wieder mehr Sport treiben.

Vor dem Gartenzaun ertönten Motorengeräusche. Anneke lächelte. Bas hatte ein perfektes Timing.

Gut gelaunt marschierte sie auf die im Gartenzaun eingelassene Pforte, dann stutzte sie einen Moment. Vor dem Tor stand nicht Bas, sondern Raik.

»Hallo«, sagte sie verwundert und blieb am Zaun stehen. »Was machst du denn hier?«

»Ich wollte mal sehen, was du so treibst«, erklärte er mit Unschuldsmiene. Er trug eine Sonnenbrille und spielte mit einer Hand an seinem Autoschlüssel.

»Ja?« Sie überlegte, woher Raik wusste, dass sie auf Wenkes Hof war. Dann fiel es ihr wieder ein. Natürlich. Sie hatte es ihm am Morgen in der Lobby erzählt.

»Ich dachte mir, wenn du schon so fleißig bist, dann hast du bestimmt großen Hunger.«

Ertappt legte sie sich die Hand auf den Bauch. »Da sagst du was! Mir hängt der Magen tatsächlich in den Knien. Seit dem Frühstück habe ich nichts mehr gegessen.«

»Dachte ich es mir doch!« Lächelnd beugte er sich nach vorne und hob einen Korb hoch, der ihr noch gar nicht aufgefallen war. »Deswegen habe ich ein Picknick dabei.«

»Picknick klingt gut. Zum Hof gehört eine große Wiese, da können wir es uns gemütlich machen«, sagte Anneke und wollte ihn direkt dorthin führen.

Raik schüttelte den Kopf. »Eigentlich wollte ich dir bei der Gelegenheit einen absolut romantischen Geheimplatz zeigen. Oder ist deine Liste mit den Urlaubstipps bereits voll?«

»Das nicht, aber ...« Sie dachte an Bas. Er hatte zwar nicht gesagt, wann er zurückkommen würde, aber wäre es nicht ziemlich unhöflich, wenn sie jetzt mit Raik picknicken ging? Andererseits wäre es mindestens genauso unhöflich, Raik zum zweiten Mal an diesem Tag abzuweisen, sagte sie sich. Und genau betrachtet unternahm er ja keine größeren Annäherungsversuche oder brachte sie in verfängliche Situationen. Das fand bis jetzt alles bloß in ihrem Kopf statt.

»Was, aber? Willst du etwa diesen Traumsommertag komplett mit Arbeit auf dem Hof verbringen?«, fragte er.

»Ach, nein ... natürlich nicht.« Sie würde Bas einfach eine Nachricht schreiben, damit er sich nicht wunderte, wenn er auf den Hof kam und sie nicht da war. »Picknicken ist wirklich eine tolle Idee. Und ich kann tatsächlich noch ein paar Tipps brauchen. Ich muss nur vorher Elfie einfangen.«

Irritiert nahm er die Sonnenbrille ab. »Wer ist Elfie?«

»Elfie ist ein Huhn und läuft die meiste Zeit frei herum.«

»Komm, ich helfe dir dabei.« Er ließ den Korb stehen und kam durch die Pforte in den Vorgarten. »Umso schneller können wir picknicken gehen.«

»Man sitzt insgesamt wirklich zu wenig am Meer, oder? Es ist so schön hier!« Anneke machte es sich auf einem der Kissen gemütlich, die Raik mitgebracht hatte.

Er hatte sie zu einem wunderschönen Plätzchen auf einer kleinen Düneninsel in der Mitte des Strandes geführt, wo sie nahezu ungestört waren. Nachdem sie die Picknickdecke ausgebreitet hatte, genoss Anneke nun die schöne Aussicht auf das glitzernde Meer. Für ein verliebtes Pärchen war dies bestimmt ein sehr romantisches Fleckchen.

»Das sowieso. Außerdem haben wir heute richtig Glück, weil es fast windstill ist. Hinterm Deich weht einem normalerweise direkt eine tüchtige Brise um die Ohren, die unser schönes Picknick gleich mit Sand paniert hätte.« Raik zauberte allerhand Leckereien aus dem Korb hervor.

Genussvoll legte Anneke den Kopf in den Nacken. »Die Luft ist einfach herrlich. So klar und irgendwie rein.«

»Ich hoffe, du hast ordentlichen Hunger. Und auch Durst.« Er reichte ihr einen Bambus-Strohhalm und eine kleine Flasche, in der einige Blätter schwammen.

»Sieht ja interessant aus. Was ist das?« Sie wies auf die Flasche.

»Selbst gemachte Apfelschorle mit Minze.« Er schraubte den Deckel seiner Flasche ab und trank. »Ist sehr lecker! Probiere mal!«

Anneke roch zuerst, dann nahm sie einen Schluck. »Hm. Wirklich gut. So erfrischend!«

»Was kann ich dir anbieten? Focaccia mit getrockneten Tomaten und Rosmarin? Dazu vielleicht Kräutercreme oder ein Glas mit einem erfrischenden Schichtsalat?« Er guckte in den großen Weidenkorb. »Obst habe ich auch, und zum Nachtisch gibt es kleine Apfel-Möhren-Muffins.«

»Wahrscheinlich auch alles selbst gemacht?«, vermutete Anneke.

»Natürlich. Mit Liebe von unserem Chefkoch.« Raik legte ein paar Weintrauben auf einen Teller.

»Das muss ich fotografieren, damit die Leute gleich Lust auf ein Picknick am Strand bekommen.« Sie stand auf und machte ein paar Aufnahmen von den Speisen auf der Decke.

Raik war zur Seite gewichen, um nicht mit im Bild zu sein. »Was möchtest du als Erstes probieren?«, fragte er, nachdem sie sich wieder auf die Kissen gesetzt hatten.

»Hm, wer die Wahl hat, hat die Qual.« Sie griff spontan nach einer Scheibe Focaccia und probierte dazu die Kräutercreme. »Wirklich köstlich! Ich hätte nie gedacht, dass italienische Küche an der Nordsee so gut schmecken kann.«

Raik lächelte. »Dann probieren wir doch gleich mal, wie es mit italienischem Wein aussieht. Hier ist ein Nero d'avola aus Sizilien, schön fruchtig.« Er zauberte eine Rotweinflasche aus dem Korb und stellte sie in die Mitte der Decke.

Ehe Anneke sichs versah, stand schon ein Glas vor ihr, und Raik entkorkte die Flasche. »Das ist ja ein richtiger

Wunderkorb. Hast du noch mehr Überraschungen auf Lager?«

Er zuckte die Achseln und goss ihr von dem Rotwein ein. »Kennst mich doch.«

Sie betrachtete sein zerzaustes braunes Haar und wusste noch genau, wie es sich angefühlt hatte, in seinen Armen zu liegen. »Eben.«

»Dann wirst du dich wohl überraschen lassen müssen.« Er warf ihr ein freches Grinsen zu.

Anneke lächelte. »Wie immer.«

»Lass uns auf die Überraschungen des Lebens trinken. Mögen sie nie versiegen.« Er hob sein Glas.

»Auf die Überraschungen«, wiederholte sie und weigerte sich, länger darüber nachzudenken.

Sie stießen an. Der Wein schmeckte tatsächlich vorzüglich, und Anneke entspannte sich zusehends. Das nachmittägliche Licht und die angenehm warme Sonne trugen ihr Übriges dazu bei. Anneke spürte wieder die starke Vertrautheit zwischen ihnen. Sie konnte nicht leugnen, dass sie sich trotz allem in Raiks Nähe wohlfühlte. Wohler, als ihr eigentlich lieb war.

»Ich bin wirklich froh, dass wir uns wieder über den Weg gelaufen sind, Anne«, sagte Raik unvermittelt. »Seit damals habe ich fast nicht mehr daran geglaubt, dich jemals wiederzusehen.«

Jetzt machte er also doch den Vorstoß, mit ihr über die Vergangenheit zu sprechen. Unwillkürlich wich Anneke etwas zurück und stellte das Glas in den Sand.

»Unverhofft kommt eben oft«, sagte sie betont leichthin, nahm sich ein weiteres Stück Brot und biss hinein. »Ich muss mich unbedingt bei deinem Chefkoch für dieses tolle Picknick bedanken und ihm sagen, dass ich ein großer Fan von ihm bin«, lenkte sie das Gespräch auf ein anderes Thema.

»Darüber wird er sich bestimmt freuen«, erwiderte Raik und schaute zum Meer.

Nach dem Essen packten sie die Picknickreste zurück in den Korb und gingen noch etwas am Strand entlang. Den herrlichen Sommertag nutzten viele Leute, um möglichst lange den Strand auszukosten. Es wäre auch grobe Verschwendung gewesen, nicht jeden Sonnenstrahl auszukosten, dachte Anneke.

»Es ist immer noch richtig warm«, bemerkte sie nach einer Weile. »Schon erstaunlich, wenn ich an gestern oder heute früh denke. Da sah es eher nach Herbst aus.«

»An der Nordsee kann man sich nie sicher sein, was das Wetter anbelangt. Ich mag es abwechslungsreich und freue mich, wenn ich morgens wach werde und es ist Surfwetter, obwohl es am Abend davor nicht danach ausgesehen hat.«

»Willst du eigentlich hier oben bleiben? Ich meine, direkt in St. Peter-Ording?« Sie hob eine bunte Muschel auf, die das Meer vor ihre Füße gespült hatte. »Ist St. Peter für dich jetzt das neue Hawaii geworden?«

»Schwer zu sagen.« Er blieb in der Brandung stehen. »Darüber habe ich bis jetzt nicht wirklich nachgedacht. Als ich das Jobangebot angenommen habe, war für mich ausschlaggebend, dass ich in Deutschland arbeiten konnte. Es hätte für mich auch Ostfriesland oder die Ostsee sein können. Ans Meer wollte ich vor allem. Aber wie lange ich in St. Peter-Ording bleiben werde, ob für ein paar Jahre oder dauerhaft, das kann ich nicht abschätzen.« Er hob den Blick und sah Anneke an. »Bestimmt wird sich irgendwann mal eine Änderung ergeben. Aber wann, das steht vermutlich in den Sternen.«

»Ich könnte es verstehen, wenn du hierbleiben würdest. St. Peter-Ording ist wirklich wunderschön. Der tolle Strand, die herrliche Luft und genügend Wind für hohe Wellen. Außerdem ticken die Uhren hier offenbar langsamer. Die Leute scheinen nicht so gestresst zu sein.«

»Wir werden sehen, was kommt.«

Sie gingen weiter durch die flache Brandung.

»Und wie steht es mit dir? Ist das Leben aus dem Koffer nach wie vor das, was dir am meisten Freude macht?«, fragte er.

»Im Moment schon«, antwortete sie, war sich aber im selben Moment nicht sicher, ob das wirklich stimmte. Für ihre Verhältnisse war sie eigentlich schon lange in St. Peter-Ording und damit am selben Ort. Normalerweise verbrachte sie ungefähr drei Tage in einem Hotel und reiste dann weiter. Noch zog es sie nicht fort von der nordfriesischen Küste. Im Gegenteil, St. Peter-Ording hielt so viel Gutes für sie bereit … »Aber wie du schon gesagt hast, wer weiß, was noch kommt.« Ihr fiel auf, dass Raik stehen geblieben war. »Hörst du mir eigentlich zu?«

Er hatte die Sonnenbrille abgenommen, schirmte das Sonnenlicht mit einer Hand ab und schaute angestrengt aufs Meer. »Ich meine, ich habe da gerade etwas gesehen.« Er kniff die Augen zusammen.

Anneke drehte sich zum Meer und versuchte zu erkennen, was Raiks Aufmerksamkeit auf sich gezogen hatte. »Ich sehe nichts. Bloß ein paar flache Wellen.«

»Vielleicht habe ich mich geirrt. Bei dem grellen Sonnenlicht sieht man manchmal Lichtspiegelungen auf dem Wasser. Das kann täuschen.«

»Du meinst eine Fata Morgana?«

»So was in der Art, ja.« Sie gingen weiter. Doch kaum waren sie ein paar Schritte gelaufen, blieb Raik abermals abrupt stehen und blickte wieder auf das Wasser.

»Da war es gerade wieder.« Er zeigte aufs Meer.

Und jetzt sah Anneke es auch. »Da winkt doch jemand!« Bevor sie zu Ende gesprochen hatte, hatte Raik den Picknickkorb achtlos fallen gelassen und war schon losgerannt. Er hechtete in die Fluten, stürzte sich kopfüber in die Wellen und tauchte unter.

Als er wieder auftauchte, schwamm er so schnell, als ginge es um sein Leben. Anneke schlug sich die Hand vors Gesicht. Etwa dreißig Meter auf dem Meer war jemand in Not geraten und versuchte verzweifelt, auf sich aufmerksam zu machen.

Wie erstarrt stand sie am Strand. Ihr Herz pochte ihr bis zum Hals, und ihr Atem ging schwer. Nicht schon wieder!

Sie sah sich sofort wieder auf dem Kreuzfahrtschiff und wie sich das Unglück vor ihren Augen abspielte. Wie der Arzt aufstand, sich zu ihr umdrehte und langsam den Kopf schüttelte. »Es tut mir leid. Ich kann nichts mehr für ihn tun.«

Die Worte hallten in ihr nach, und sie suchte instinktiv nach etwas, an dem sie sich festhalten konnte, griff jedoch ins Leere.

Als sie die Augen aufschlug, sah sie, dass Raik die in Seenot geratene Person erreicht hatte und abschleppte. Er war ja Rettungsschwimmer, er wusste, was zu tun war.

Sie konnte sich noch an den Tag erinnern, als er und Aaron ihr mit stolzgeschwellter Brust die goldenen Abzeichen präsentiert hatten. Auch das hatten Aaron und Raik zusammen gemacht. Und ausgerechnet bei einer gemeinsamen Rettungsaktion war ihr Bruder ums Leben gekommen. Nie wieder wollte sie jemanden ans Meer verlieren, das durfte nicht noch mal passieren. Nie wieder!

»Moin!« Ein Mann in roten Shorts war zu ihr gelaufen und berührte sie an der Schulter.

Sie drehte den Kopf zu ihm. »Sind Sie von der Strandaufsicht?«

»Jo, das bin ich wohl. Wir sind erst auf den Notfall aufmerksam geworden, als der Mann sich schon ins Wasser gestürzt hat. Kennen Sie den Retter?«, fragte er schwer atmend.

»Ja«, antwortete Anneke mit zittriger Stimme. »Das ist mein Freund.«

»Schafft er die paar Meter noch allein, oder soll ich helfen?«

Sie blickte zu Raik und erkannte seine sicheren und routinierten Bewegungen. »Er schafft das. Er hat das goldene Rettungsschwimmabzeichen«, antwortete sie dann.

»Na gut, ich schwimm ihm trotzdem mal entgegen. Halten Sie mal.« Schon hatte er sein Fernglas abgenommen und ihr in die Hand gedrückt. Mit einer Rettungsboje lief er ins Wasser.

Anneke konnte kaum die Tränen zurückhalten, als Raik wenig später durch das Wasser auf den Strand watete. In seinen Armen hielt er einen Jungen, der etwa zehn Jahre alt sein musste. Erleichtert presste sie sich die Hände auf die Brust und holte tief Luft. Sie hatte gar nicht gemerkt, dass sie den Atem angehalten hatte.

Raik setzte den Jungen im Sand ab, und der Mann von der Strandaufsicht übernahm nun die Betreuung des Kindes.

Anneke löste sich endlich von der Stelle. Sie ging auf Raik zu und umarmte ihn, so fest sie konnte. »Ich hatte solche Angst, dass dir was passiert«, sagte sie leise.

»Ist ja alles gut gegangen.«

Anneke löste sich von ihm und begegnete seinem ernsten Blick.

Ein großer Mann und eine Frau kamen zu ihnen gerannt. Sie stürzten auf den Jungen zu, und die Frau zog ihn in ihre Arme. »Julian! Geht es dir gut? Wir haben dich überall gesucht.«

»Der Kleine ist okay«, beschwichtigte der Mann von der Strandaufsicht.

»Wir sind die Eltern«, erklärte der große Mann. »Was ist denn passiert?«

»Ich habe es nicht mehr zurück zum Strand geschafft«, meldete sich der Junge zu Wort.

»Die Strömung war zu stark«, schaltete Raik sich ein.

»Und Sie sind wer?«, fragte der Vater.

»Raik. Ich habe Ihren Sohn im Wasser gesehen und bin dann zu ihm geschwommen.«

»Ach?« Er schaute erst ihn erstaunt an und dann den Rettungsschwimmer. »Ich dachte, Sie hätten …?«

»Er war schneller. Als ich am Spülsaum ankam, war er längst bei Ihrem Sohn.«

Die Mutter kam auf Raik zu und nahm ihn überschwänglich in den Arm. »Danke! Danke, dass Sie mein Kind gerettet haben.«

»Ist doch selbstverständlich«, erwiderte Raik bescheiden.

»Das ist es keineswegs«, schaltete sich der Vater ein. »Wenn Sie nicht gewesen wären, hätte es ganz anders ausgehen können.«

Julian war aufgestanden und guckte Raik bewundernd an. »Wenn ich mal groß bin, möchte ich genauso gut schwimmen können wie Sie. Eigentlich dachte ich ja, ich wäre schon ganz gut, weil ich nämlich im Schwimmverein bin und letztens das Schwimmabzeichen in Silber gemacht habe. Aber das Schwimmen im Meer ist ganz anders als im Hallenbad.«

Raik wuschelte dem Jungen durchs Haar. »Ich bin mir sicher, du wirst ein superguter Schwimmer, wenn du groß bist. Mir ist es auch nicht leichtgefallen, durch die Strömung zu schwimmen. Die ist ziemlich stark. Und du kannst stolz auf dich sein. Nicht jeder hätte sich so tapfer über Wasser halten können.«

Anneke stand schweigend daneben und ließ Raik keine Sekunde aus den Augen. Der Zwischenfall bewegte etwas tief in ihr. Hatte sie Raik die vergangenen vier Jahre unrecht getan, weil sie ihn für Aarons Tod verantwortlich gemacht hatte?

20. Kapitel

Picknick in den Dünen tippte Anneke am nächsten Morgen als Bezeichnung für den Ordner auf ihrem Desktop. Die Aufnahmen waren schön geworden, und beim Betrachten bekam sie gleich Lust auf ein weiteres Picknick. Mit anderem Ende natürlich. Die Erlebnisse wirkten noch in ihr nach.

Sie blickte vom Laptop auf und ließ den Blick von der Dachterrasse in die Ferne schweifen, wo am Horizont Himmel und Meer miteinander zu verschmelzen schienen.

Nach dem Zwischenfall am Strand waren sie zurück zu Wenkes Hof gelaufen, wo sie ihre Autos geparkt hatten. Raik war ungewöhnlich still und mit seinen Gedanken ganz woanders gewesen. Anneke hatte ihm angemerkt, dass die Rettung des Jungen ihn mehr mitgenommen hatte, als er zeigen wollte. Sie vermutete, dass auch bei ihm Erinnerungen an das damalige Unglück lebendig geworden waren.

Als sie an ihren Autos angekommen waren, hatten sich ihre Wege getrennt. Das war alles gestern geschehen. Seitdem hatte Anneke kein Lebenszeichen mehr von Raik bekommen. Dieses Verhalten war ungewöhnlich für ihn und bekräftigte sie in der Annahme, dass der Vorfall an ihm nagte, obwohl er den Jungen gerettet hatte.

Da ihr Handy klingelte, nahm sie es vom Tisch und meldete sich sofort. »Hallo?«

»Oh, sie hat immer noch nicht meine Nummer eingespeichert«, meldete sich eine bekannte Männerstimme.

Anneke musste lachen. »Guten Morgen, Bas.«

»Moin!«

»Ja, du hast recht, und ich schäme mich auch. Irgendwie bin ich bisher nicht dazu gekommen, die Nummer mit deinem Namen abzuspeichern. Es passiert einfach zu viel in St. Peter-Ording. Aber ich gelobe hiermit Besserung.«

»Na, gut. Entschuldigung ausnahmsweise angenommen.«

»Da bin ich aber erleichtert«, erwiderte sie in scherzhaftem Ton.

Bas räusperte sich. »Weswegen ich anrufe: Es gibt gute Nachrichten.«

»Da bin ich aber gespannt.« Anneke wechselte das Handy vom linken ans rechte Ohr. »Gute Nachrichten kann es nie genug geben.«

»Wenke kommt heute gegen Mittag aus dem Krankenhaus.«

Überrascht zog Anneke die Augenbrauen hoch. »Oh, schon?«

»Jap. Ihre Entlassungspapiere werden gerade fertig gemacht. Ich hole sie in der Mittagspause vom Krankenhaus ab und bringe sie dann zum Hof.«

»Das sind in der Tat gute Nachrichten. Sogar sehr gute! Karel und Elfie werden sich bestimmt freuen. Und Wenke wahrscheinlich auch.«

»Ganz sicher sogar! Deswegen wollte ich auch fragen, ob du eventuell Zeit hättest, dich nach Wenkes Ankunft ein bisschen um sie zu kümmern? Ich muss leider wieder zurück in den Laden, wenn ich sie abgesetzt habe. Und mit ihrem Gipsbein wird sie nicht allzu flott unterwegs sein ...«

»Das ist doch gar keine Frage. Selbstverständlich kümmere ich mich um Wenke.« Anneke meinte es genau so, wie sie es sagte.

»Ich danke dir!«

»Ist doch Ehrensache!«, erwiderte sie und freute sich, ihrer Freundin helfen zu können. »Soll ich vielleicht vorher ein paar Lebensmittel einkaufen gehen? In ihrem Kühlschrank herrscht doch bestimmt Ebbe.«

»Du denkst wirklich an alles.« Bas klang begeistert. »Das wäre wunderbar.«

»Okay, wird erledigt.«

»Das Geld bekommst du natürlich wieder.«

Abwehrend sagte sie: »Das ist nun wirklich nicht wichtig. Wann bist du ungefähr mit Wenke da?«

»Schätzungsweise gegen 14 Uhr.«

»Gut, ich werde dann bereit sein«, versprach sie.

Bas seufzte. »Was würde ich nur ohne dich tun ...«

»Die Frage stellt sich ja nicht«, wich sie aus und wollte Bas keine falschen Hoffnungen machen. Seit gestern sah sie klarer, und sie wusste, dass sie mit Bas eine Freundschaft wollte. Nur eine Freundschaft. Mehr nicht. »Dafür sind Freunde doch da.«

Nach dem Telefonat überlegte Anneke, was Wenke brauchen könnte. Sie schrieb einen Einkaufszettel und fuhr zu einem großen Supermarkt ins Böhler Industriegebiet. Neben Lebensmitteln und Getränken kaufte sie auch ein paar

Dosen Hundefutter und einige Hygieneartikel. Damit wäre Wenke fürs Erste in jedem Fall gerüstet.

Auf dem Rückweg kaufte Anneke bei einem Bäcker vier Stücke Kuchen und erstand wieder einmal im Blumenladen *Crantz* einen hübschen Strauß. Mittlerweile wurde sie dort sogar erkannt.

Sie startete den Motor und warf einen Blick auf die Zeitanzeige. Es war gerade erst halb eins. Bis Wenke zurück zum Hof kam, dauerte es noch eine Weile.

Sie überlegte, was sie in der Zwischenzeit noch Sinnvolles machen könnte, und griff zu ihrem Handy. Ein verpasster Anruf von Insa. Anneke rief zurück.

»Moin, Anneke!«, begrüßte Insa sie fröhlich. »Da hatte ich gerade Pech mit meinem Anruf.«

»Hallo, Insa. Ich war kurz im Blumenladen und habe mein Handy im Auto liegen gelassen«, erklärte Anneke.

»Na, da hätte ich es wohl noch eine Weile klingeln lassen sollen, was? Ich rufe an, weil ich heute Nachmittag nach Westerhever fahre. Möchtest du immer noch mitkommen?«

»Liebend gerne«, antwortete Anneke sofort, bremste sich dann aber. »Das heißt, kommt darauf an, wann du losfahren willst. Bis halb vier bin ich bestimmt auf Wenkes Hof.«

»Vier Uhr würde gut passen. Um die Zeit ist meistens nicht so viel los auf dem Campingplatz.«

»Das passt mir auch prima!«, freute sich Anneke. »Da fällt mir noch was ein ... Da ich dich gerade am Telefon habe: Ich suche für meinen Vater ein Geburtstagsgeschenk. Hast du vielleicht einen Tipp für mich? Ein Geschäft, in dem ich etwas Besonderes finden könnte vielleicht?«

»Wie alt wird er denn?«

»Sechzig. Zu seinem Jubiläum möchte ich ihm gerne etwas Außergewöhnliches schenken. Am liebsten sogar etwas Einzigartiges, was dann nur er hat. Schließlich wird man nur einmal im Leben sechzig.« Sie verdrehte die Augen, als ihr bewusst wurde, dass sie sich gerade wie ihre Mutter anhörte.

»Dann solltest du dich unbedingt in Femkes Antiquitätenladen umsehen. Dort wimmelt es von besonderen Einzelstücken. Ich kann mir gut vorstellen, dass du dort fündig wirst.«

Glück gehabt. »Das klingt gut. Kannst du mir die Adresse geben?«

»Sicher.«

Anneke notierte sich den Straßennamen und die Hausnummer und verabredete sich mit Insa für vier Uhr auf dem Campingplatz. Da sie nun noch Zeit hatte, gab sie die Adresse ins Navigationssystem ein und fuhr los. Es dauerte nicht lange, bis die Stimme aus dem Lautsprecher *Sie haben Ihr Ziel erreicht* verkündete. Anneke parkte in einer Sackgasse und stieg aus. An einem kleinen Weg, der von der Straße wegführte, hing ein Schild.

Antik im Hof
Familie Cleves und Andresen
Antiquitäten seit 1955
Gästezimmer belegt

Anneke ging den Weg entlang, der sie zu einem malerischen Haubarg auf einem sehr gepflegten Grundstück führte. Das alte Bauernhaus hatte weiße Sprossenfenster und blau-weiß gestreifte Türen. Eine weiße Bank stand zwischen zwei Fenstern, und auf der Wiese vor dem Haus waren zwei Strandkörbe aufgestellt. Der Antiquitätenladen befand sich im Nachbargebäude.

Anneke drückte die Tür auf und betrat den Laden. Schnell wurde ihr klar, dass Insa nicht zu viel versprochen hatte. Neben einer beachtlichen Auswahl an aufgearbeiteten Möbeln, antiken Gemälden, silbernen Kerzenleuchtern, Werkzeugen mit kunstvollen Verzierungen und verschiedenen Kunstobjekten gab es auch Münzsammlungen und kostbaren Schmuck. Viele der Exponate wurden in Vitrinen aufbewahrt.

Eine schlanke Frau mit schulterlangem blonden Haar kam zu ihr. »Schönen guten Tag. Ich bin Femke Andresen. Kann ich Ihnen vielleicht helfen?«

»Guten Tag. Ja, vielleicht können Sie das wirklich. Ich suche nämlich etwas ganz Besonderes.«

»Das trifft sich gut, Besonderheiten sind nämlich meine Spezialität.« Sie lächelte Anneke freundlich an. »Soll es für Sie sein oder jemand anderen? Ein Möbelstück vielleicht oder lieber ein Bild?«

»Mein Vater wird bald sechzig Jahre alt, und ich suche ein passendes Geburtstagsgeschenk für ihn.« Sie lächelte. »Ein Paar Socken und eine Flasche Wein habe ich ihm schon zu oft geschenkt. Mittlerweile dürfte er genug Socken haben, um sie dreimal täglich zu wechseln.«

Femke Andresen lachte auf. »Ja, ja, das berühmte Sockenproblem bei Kindern und ihren Vätern. Das kenne ich.«

Anneke nickte. »Deswegen soll es zum Sechzigsten mal etwas anderes sein.«

»Das ist gut so! Lassen Sie mich mal kurz überlegen.« Sie legte den Zeigefinger auf die Lippen. »Hat Ihr Vater eventuell einen Garten?«

Daran hatte sie noch gar nicht gedacht! »Einen ziemlich großen sogar mit einer schönen überdachten Terrasse und einem angelegten Teich, der jedes Jahr von einer Froschfamilie eingenommen wird. Den Garten hegt und pflegt er wie seinen Augapfel. Mich wundert, dass er damit noch keinen Preis gewonnen hat.«

»Na, dann kommen Sie mal mit.«

Anneke folgte ihr durch den Raum bis zu einem großen Fenster.

»Was halten Sie davon?« Femke Andresen zeigte auf einen etwa einen Meter hohen Leuchtturm aus Holz.

»Wow! Der sieht richtig schick aus.«

»Reine Handarbeit und etwa hundert Jahre alt. Der Turm wurde von einem St. Peteraner angefertigt und ist natürlich ein Einzelstück.«

Anneke ging in die Hocke, um ihn besser betrachten zu können. »Ist das der Böhler Leuchtturm?«

»Ganz genau.«

»Er ist wunderschön.« Sie strich sanft mit der Hand über das glatte Holz.

»Ich hätte sogar noch eine kleine Zugabe für Sie, falls Sie das Türmchen haben möchten.« Femke Andresen holte etwas aus einem Schrank. »Zwar nicht antik, aber trotzdem sehr hübsch. Ein kleines Solarmodul, das tagsüber die Sonnenenergie speichert. Abends geht das Licht dann automatisch an, da es über einen Autosensor verfügt. Bei Helligkeit stellt es sich wieder aus. Um die Lampe ist eine Art Reflektor angebracht. Damit sieht das Licht tatsächlich wie bei einem echten Leuchtturm aus.«

Anneke fasste einen Entschluss. »Das ist das perfekte Geburtstagsgeschenk für meinen Vater«, sagte sie glücklich. »Er wird es lieben.«

»Das freut mich. Ich kann Ihnen den Leuchtturm in einen großen Karton packen, wenn Sie möchten.«

»Das wäre toll. Danke!« Anneke seufzte innerlich erleichtert auf. Sie war sicher, dass ihr Vater den Turm mit Begeisterung in Betrieb nehmen und allen zukünftigen Besuchern die Beleuchtung vorführen würde. Für sie stand fest, dass sie zu ihren Eltern fahren musste. Auch wenn sie noch nicht wusste, wie das funktionieren sollte. Denn sie konnte Wenke mit ihrem Gipsbein nicht im Stich lassen.

Als Anneke Wenkes Hof betrat, freute sie sich darauf, alles vorzubereiten. Sie deckte den Tisch auf der Wiese und stellte die Blumen in einer Vase mittig darauf. Die Kuchenstücke platzierte sie auf einen großen Teller und deckte ihn mit Papier ab, damit keine Insekten darauf landeten. Der Kaffee wurde in einer Thermoskanne warm gehalten.

Sie rückte die Gabeln gerade und warf abschließend einen prüfenden Blick auf ihr Werk. Schon erklang Hundegebell, und darauf folgte aufgeregtes Gackern. Sie drehte sich um.

Wenke kam auf Krücken in den Hof gehumpelt, Bas war neben ihr und trug ihre Reisetasche. Elfie begrüßte Karel wieder einmal, indem sie freudig auf seinen Rücken flatterte.

Anneke lief auf Wenke zu und nahm sie in den Arm. »Schön, dass du wieder da bist.«

»Mir kommt es vor, als wäre ich Wochen weg gewesen. Dabei waren es doch nur ein paar Tage.«

»Das stimmt. Wieso ging das eigentlich plötzlich so schnell?«, wollte Anneke wissen.

»Meine Cousine hat sich selbst entlassen«, schaltete sich Bas ein. »Auf eigene Gefahr.« Er verdrehte die Augen. »Das habe ich aber erst erfahren, als ich an der Rezeption des Krankenhauses stand und auf sie gewartet habe.«

»Was soll ich denn die ganze Zeit in so einem dummen Zimmer herumliegen? Das kann ich auch hier machen. Nur viel schöner«, verteidigte Wenke sich.

»Ich kann das verstehen«, pflichtete Anneke ihr bei. »Für mich wäre das auch nichts. Kommt, jetzt gibt's erst einmal Kaffee und Kuchen.«

»Für mich leider nicht.« Bas stellte die Tasche auf einer Bank ab. »Ich muss sofort wieder in den Laden.«

»Schade«, sagte Anneke und fragte sich, ob sie es persönlich nehmen sollte. Doch sehr wahrscheinlich musste er sich wirklich wieder um das Geschäft kümmern.

»Esst ein Stück Kuchen für mich mit.« Er winkte ihnen zum Abschied zu und verschwand dann vom Hof.

»Schaffst du es bis zum Tisch?«, fragte Anneke.

»Aber natürlich. Ich habe lange genug rumgelegen, jetzt ist Sport angesagt.«

Anneke goss Kaffee in die Tassen. »Einkaufen war ich vorhin auch. Ich habe dir alles in den Kühlschrank geräumt. Hundefutter steht auf dem Küchentisch.«

»Ach, du bist ein Engel«, freute sich Wenke.

»Die Scheune ist auch startklar für die Handwerker.«

»Sehr gut. Wir müssen unbedingt noch mal die Planung durchgehen, damit alles perfekt abläuft.«

Wenke war voller Tatendrang. Anneke arbeitete mit ihr die Konzeption zum wiederholten Male durch. Am Ende waren beide überrascht darüber, wie viele Einzelheiten sie nachträglich geändert hatten und dadurch Abläufe optimieren konnten.

Um kurz vor vier brach Anneke zum Campingplatz auf. Insa erwartete sie schon vor dem Imbiss *Miesmuschel*.

»Pünktlich wie die Maurer. Das nenne ich zuverlässig«, begrüßte Insa sie fröhlich.

»Hallo, Insa! Ich hasse Unpünktlichkeit, deswegen versuche ich immer, mindestens pünktlich zu sein. Am liebsten bin ich sogar zehn Minuten vor der vereinbarten Zeit da.«

Insa nickte. »Dann mal los nach Westerhever.«

»Und die Käserei ist direkt am Leuchtturm?«, fragte Anneke.

»Ja. Den Käse habe ich schon vorbestellt. Holen wir dann auf dem Rückweg ab. Hast du ein Geburtstagsgeschenk für deinen Vater bekommen?«

Auf der Fahrt nach Westerhever erzählte Anneke von dem Leuchtturm aus Holz und ihrem Elternhaus in Herten. Es stellte sich heraus, dass Insa aus der Nachbarstadt Gelsenkirchen kam und sie sogar zwei gemeinsame Bekannte hatten.

»Die Welt ist doch ein Dorf«, sagte Anneke kopfschüttelnd, nachdem sie auf dem großen Parkplatz einen Platz gefunden hatten, und schloss die Autotür.

»Man könnte auch sagen, alle Wege führen nach St. Peter-Ording.« Insa band sich das Haar zu einem Zopf zusammen.

»Da scheint was dran zu sein.« Sie musste an Raik denken. Mit ihm hatte sie am wenigsten in St. Peter-Ording gerechnet, und trotzdem waren sie sich genau hier wiederbegegnet. Andererseits war St. Peter-Ording nun mal ein beliebter Küstenort, an den es jährlich etwa eine Million Menschen zog, wie Bas ihr erzählt hatte.

Auch der Leuchtturm schien ein beliebtes Ziel zu sein, der Parkplatz war gut gefüllt. »Und hier ist richtig was los.«

»Kein Wunder! Der Westerhever Leuchtturm ist ja auch der bekannteste Leuchtturm Deutschlands. Spätestens seit der Bierwerbung von Jever.«

Anneke runzelte die Stirn. »Jever liegt doch in Ostfriesland.«

»Aber Jever scheint keinen so schönen Leuchtturm zu haben.«

Sie gingen über den Deich, und Anneke verlor sich geradezu in der Weite, der wunderbaren Landschaft. Auf den Wiesen grasten überall Schafe, und kleine Wassergräben flossen durch das Grün hindurch, in denen sich vereinzelt Krebse tummelten. Anneke genoss die halbe Stunde Wegzeit mit Insa in vollen Zügen. Am Leuchtturm wurden sie dann von zwei jungen Freiwilligen empfangen, die gerade dabei waren, einen Zaun auszubessern.

»Moin! Ich suche Jette«, sagte Insa zu einem der beiden.

»Die ist am Leuchtturm«, antwortete der junge Mann.

»Danke.«

»Hast du hier eine Verabredung?«, fragte Anneke erstaunt.

Insa lächelte vielsagend. »Nicht ich, sondern du.«

»Ich?« Anneke sah sie verständnislos an.

Sie zuckte die Schultern. »Ist eine kleine Überraschung. Lilo meinte, das wäre genau das Richtige für dich.«

»Jetzt hast du mich neugierig gemacht.«

»Sei gespannt. Es wird dir bestimmt gefallen.«

»Bin ich schon. Wie ein Flitzebogen!«

Vor dem Leuchtturm waren zwei Frauen in ein Gespräch vertieft. Als Insa und Anneke sich ihnen näherten, wandten sie sich zu ihnen um.

»Moin!« Insa begrüßte die Frauen per Handschlag. »Das ist Anneke. Anneke, das sind Jette und Bente.«

»Guten Tag.« Anneke gab ihnen ebenfalls die Hand und sah sie neugierig an.

»Jette ist Hochzeitsplanerin und Bente Standesbeamtin«, erklärte Insa nun und schien davon auszugehen, dass der Groschen bei Anneke nun fallen musste.

»Lilo und Insa haben mir von Ihrem Romantik-Projekt erzählt, und da möchten wir Ihnen natürlich unbedingt den eigens für Hochzeiten ausgestatteten Raum des Leuchtturms zeigen«, erklärte Jette.

»Er ist auf der vierten Plattform des Turms. Ich hoffe, das ist kein Problem für Sie. Sind ein paar Treppchen bis dahin«, merkte die Standesbeamtin Bente an.

Anneke freute sich sehr. »Nein, überhaupt kein Problem. Ich weiß gar nicht, was ich sagen soll ... Das ist wirklich ganz toll! Ich bin sprachlos.«

»Sie können ruhig sprachlos sein.« Jette lachte. »Da vorne kommt auch schon Wilhelm, der ehemalige Leuchtturmwärter. Er wird uns in den Turm reinlassen und eine kleine Führung machen. Dabei redet ja eigentlich sowieso nur er.«

Im Leuchtturm mussten sie Pantoffeln anziehen.

Begeistert folgte Anneke dem Vortrag des ehemaligen Leuchtturmwärters, der ihr geschichtliche Daten nannte und die Technik des Turms erklärte. Danach ging es rauf auf den Turm. Anneke machte Fotos von dem Hochzeitsraum und stellte der Hochzeitsplanerin und der Standesbeamtin allerhand Fragen zum Thema Heiraten in St. Peter-Ording.

Es stellte sich heraus, dass das Paar auf dem Richardshof nicht übertrieben hatte. Die Termine waren restlos ausgebucht. Wer im Leuchtturm getraut werden wollte, musste mindestens ein Jahr warten. Nachdem sie den Trauungsraum verlassen hatten, ging es ganz nach oben.

Oben angekommen, öffnete der ehemalige Leuchtturmwärter eine Tür und ließ sie auf die windige Plattform hinaustreten.

»Das ist ja der Wahnsinn«, rief Anneke noch atemlos vom Treppensteigen gegen den Wind an. »Wie weit man hier sehen kann! Das ist doch bestimmt ganz Eiderstedt.«

»Nicht nur Eiderstedt. Da hinten ist Pellworm.« Wilhelm zeigte in eine Richtung. »Auf der anderen Seite kann man die umgebenen Halligen sehen. Und bei gutem Wetter guckt man sogar bis nach Föhr und Amrum.«

»Das ist unfassbar. Wie hoch war der Leuchtturm doch gleich?«

»Einundvierzigeinhalb Meter«, antwortete er. »Und das erste Mal in Betrieb genommen 1908, falls das Ihre nächste Frage gewesen wäre.«

Anneke lachte. »Das hätte ich jetzt tatsächlich gefragt, denn das konnte ich mir vorhin nicht merken.«

Als der Leuchtturmwärter zu Jette und Bente hinüberging, kam Insa zu ihr. Die Plattform war zu schmal, als dass alle zusammen darauf hätten stehen können. »Und? Ist die Überraschung gelungen?«, fragte Insa.

»Und wie!« Anneke fühlte sich wie verzaubert von dem Ausblick. »Danke noch mal dafür. Damit haben du und Lilo mir eine große Freude gemacht.« Voll Zuversicht und lächelnd blickte sie nach St. Peter-Ording, auf den Strand mit den Pfahlbauten. Den Ort, den sie inzwischen so sehr in ihr Herz geschlossen hatte und wo sie sich sogar etwas heimisch fühlte.

Der Moment wäre perfekt gewesen, wenn sie ihn mit Raik hätte teilen können. Anneke erschrak über ihren Gedanken. Sie konnte sich nicht erklären, woher der auf einmal gekommen war. Und sie fragte sich, was Aaron wohl jetzt zu ihr gesagt hätte. Hätte er gewollt, dass sie Raik eine neue Chance gab? »Du und Raik, ihr gehört zusammen«, meinte sie seine Stimme über den Wind vernehmen zu können.

Sie lauschte noch einmal, doch da war nur das Rauschen der Luft.

21. Kapitel

So ging es nicht weiter! Seit Anneke am Vortag vom Westerhever Leuchtturm heruntergestiegen war, wusste sie das. Der böige Wind hatte ihr auf der Plattform gehörig den Kopf durchgepustet und die weite Sicht über die Halbinsel Eiderstedt für mehr Klarheit gesorgt.

Am heutigen Tag hatte sie ausgeschlafen und spät gefrühstückt. Deshalb hatte es für sie lediglich einen Kaffee mit einem Croissant auf dem Zimmer gegeben. Am späten Mittag war sie dann bei strahlendem Sonnenschein zu einem Spaziergang am Strand aufgebrochen.

Mittlerweile wusste sie Jogis Rat zu schätzen. Sie spürte bei jedem Schritt am Meer, wie ihre Seele und ihr Körper auflebten und sie langsam wieder begann, sich lebendig zu fühlen. Sie marschierte auf einem Pfad durch die Salzwiesen und setzte ihren Spaziergang auf dem Deich fort. Ihre Spaziergänge waren stets länger geworden, und dabei verschwanden immer häufiger die Grübeleien. Dafür ergriff sie eine gewisse Unbeschwertheit, der sie anfangs nicht den nötigen Raum hatte geben können, ohne dabei ein schlechtes Gewissen zu bekommen. Denn da Aaron tot war, wie konnte sie da überhaupt Leichtigkeit verspüren?

Allmählich gewann sie durch die Bewegung die nötige

Kraft, trotz des schmerzlichen Verlusts positive Gefühle zuzulassen. Und sie war lange genug davongelaufen, aus Angst vor ihrem Schmerz. Doch damit musste nun endlich Schluss sein.

Wenn sie ehrlich war, glaubte sie auch nicht, dass Aaron sie gern so betrübt gesehen hätte. Er hätte unbedingt gewollt, dass sie fröhlich weiterlebte und ihrem Dasein einen Sinn verlieh. Da war sich Anneke absolut sicher. Außerdem hätte er darauf bestanden, dass sie sich endlich bei ihren Eltern blicken lassen würde. Spätestens zum Geburtstag ihres Vaters. Im umgekehrten Fall hätte sie selbst es so gewollt.

Und deshalb stand ihr Entschluss nun fest. Wenkes Umbau galt als Ausrede nicht länger. Sie würde ihre Eltern besuchen.

Am Böhler Leuchtturm setzte sie sich auf die Bank und rief Wenke an.

»Moin!«, meldete Wenke sich fröhlich.

»Hallo, Wenke. Wie geht es dir heute?«

»So weit ganz gut. Auf den Krücken werde ich immer schneller. Bald überhole ich euch alle damit.« Sie lachte.

»Freut mich zu hören, dass du so gut trotz Gipsbein zurechtkommst.«

»Ich habe übrigens gerade an dich gedacht.«

»Wie das?«, fragte Anneke überrascht.

»Die Malerfirma hat sich vorhin bei mir gemeldet. Stell dir vor, sie haben zufällig Kapazitäten frei, weil sich ein Auftrag verschoben hat. Jetzt kommen sie schon nächste Woche. Ich kann gar nicht glauben, dass es jetzt wirklich losgeht.« Wenke klang begeistert.

Anneke kniff die Augen zu. »Nächste Woche, sagst du?«

»Ja. Ist das nicht prima?«

»Doch.« Ausgerechnet … »Natürlich sind das tolle Nachrichten, und eigentlich rufe ich auch deswegen an.«

»Du rufst wegen der Malerfirma an?« Wenke lachte wieder.

»Nein, nicht direkt …«, begann Anneke und spürte, wie das schlechte Gewissen in ihr hochkroch. Wenke würde bestimmt enttäuscht von ihr sein, wenn sie sich aus dem Staub machte. »Mein Vater wird nächste Woche sechzig, und deswegen müsste ich für eine Weile St. Peter-Ording verlassen. Ich weiß, ich habe dir versprochen, dich bei deinem Projekt zu unterstützen, und jetzt erst recht, da du ein Gipsbein hast …«

»Moment mal«, unterbrach Wenke sie. »Was gibt es denn da zu rechtfertigen? Ist doch wohl klar, dass du zu deinem Vater fährst.«

Es tat ihr so leid, Wenke mit den Malern hängen zu lassen. »Aber was ist mit dir? Und deinem Bein?«

Doch Wenke klang völlig unbekümmert. »Mach dir um mich mal keine Sorgen. Bas hängt hier in seiner freien Zeit sowieso ständig rum und hat sich Karel unter den Nagel gerissen. Ab nächster Woche kommen die Maler und sind dann von morgens bis nachmittags hier. Dann bin ich bestimmt froh, wenn ich mit Elfie zwischendurch allein bin.«

»Kann ich dich wirklich mit gutem Gewissen allein lassen?«, fragte sie.

»Selbstverständlich! Wann fährst du denn zu deinen Eltern?«

»Morgen«, sagte Anneke spontan, ohne vorher darüber nachgedacht zu haben.

»Na, falls wir uns vorher nicht sehen, wünsche ich dir schon mal eine gute Fahrt. Und wenn du zurückkommst, steht dir das Gäste-Appartement natürlich uneingeschränkt zur Verfügung, falls du nicht im Hotel wohnen möchtest. Du hast so viel für mich getan, Anneke. Ich weiß das wirklich sehr zu schätzen.« Sie lachte wieder. »Und nun gräm dich nicht, Familie geht vor!«

Anneke fiel ein Stein vom Herzen. »Vielen Dank für das liebe Angebot. Das nehme ich gerne an und freue mich schon darauf, eine Weile auf dem Friesenhof zu wohnen. Dann haben wir bestimmt mehr Zeit zusammen.«

Nach dem Telefonat war sie unendlich erleichtert. Wenke fühlte sich keineswegs von ihr im Stich gelassen. Anneke bewunderte die Einstellung ihrer Freundin. Sie nahm das Leben, wie es kam, und machte das Beste daraus. Davon konnte sie sich eine große Scheibe abschneiden.

Die Idee, bereits am nächsten Tag zu ihren Eltern zu fahren, gefiel ihr immer besser. Es war wirklich an der Zeit, dass sie sich in Herten blicken ließ. Weil sie Frau Büscher fast täglich auf dem Laufenden gehalten hatte, konnte ihr Abschlussbericht problemlos noch etwas warten. Anneke war in der Entscheidung völlig frei.

Fairerweise müsste sie das *Sea & Spa Resort* und damit auch Raik über ihre Abreise in Kenntnis setzen, damit die Suite an andere Gäste vermietet werden konnte. Einen Moment überlegte sie, ob sie direkt Raik oder lieber an der Rezeption anrufen sollte. Schließlich wählte sie die Nummer vom Empfang, da sie Raik in keinem geschäftlichen Termin stören wollte.

»Das ist gar kein Problem, Frau Schrögelmann. Sie müssten allerdings gegen neun Uhr die Suite verlassen, damit wir genug Zeit haben, sie für neue Gäste vorzubereiten«, sagte die freundliche Rezeptionistin.

Nachdem auch das geklärt war, fühlte Anneke sich leicht und fast ein wenig glücklich. Morgen würde sie ihre Eltern wiedersehen. Nach so langer Zeit. Sie konnte es kaum glauben. Aber ihr Kommen ankündigen wollte sie nicht. Stattdessen freute sie sich auf die erstaunten Blicke und hörte ihre Mutter schon sagen: »Hättest du nicht vorher Bescheid sagen können? Dann hätte ich noch einmal durchsaugen können.«

Anneke lächelte. Die Überraschung wollte sie sich nicht nehmen lassen. Erst recht nicht, wenn es das Großreinemachen ihrer Mutter zunichtemachte.

Den frühen Nachmittag genoss Anneke ausgiebig. Denn sie hatte ja Zeit, und die wollte sie nutzen. Vergnügt schlenderte sie über den Deich.

Gemächlich setzte sie einen Fuß vor den anderen, genoss den Ausblick auf die Küstenlandschaft und das Rascheln des Windes in den Gräsern, roch an duftigen Strandrosen und beobachtete Vögel, die am Himmel ihre Kreise zogen. Sie hatte es gar nicht mehr eilig, sondern bewegte sich viel langsamer als zuvor durch die Natur. Anneke ließ sich einfach treiben, dachte nicht darüber nach, wohin ihre Füße sie tragen würden, und wollte es auch nicht wissen. Sie fand Gefallen daran, ausnahmsweise mal keinen konkreten Plan zu verfolgen. Wann war sie das letzte Mal so entspannt gewesen?

Irgendwann klingelte ihr Handy in der Tasche. Hoffentlich war nichts mit Wenke, das war ihr erster Gedanke. Doch ein Blick auf das Display verriet, dass Raik sie sprechen wollte. Bestimmt hatte er von ihrer Abreise erfahren.

»Hallo?«, meldete sie sich.

»Hi, Anne!«

»Raik! Bist du unterwegs?« Sie hörte im Hintergrund eine Mischung aus lautem Motorengeräusch und Rauschen.

»Unterwegs zu dir«, sagte er gut gelaunt. »Wo steckst du denn?«

»Irgendwo auf dem Deich.«

Er lachte. »Wieder sehr präzise, Frau Schrögelmann.«

»Wieso ist das denn so wichtig?«

»Na ja, weil ich wie gesagt auf dem Weg zu dir bin. Da wäre es für mich hilfreich zu erfahren, wo du steckst.«

Anneke schaute sich um. »Das weiß ich gar nicht so genau.« Sie fand die Idee, von Raik abgeholt zu werden, gar nicht schlecht, denn langsam spürte sie ihre Füße. Und das Hotel war ein ganzes Stück entfernt.

»Was siehst du denn?«, fragte er.

»Salzwiesen, ganz hinten das Meer, eine Bank ist auch in meiner Nähe ...«

»Das kann überall sein.«

Anneke drehte sich zur anderen Seite. »Ach, da hinten sehe ich den Reiterhof.«

»Das ist doch eine konkrete Angabe. Läufst du zum Wilhelmshof rüber? Ich kann dich dort in einer Viertelstunde abholen.«

»Von mir aus.«

»Bis gleich.«

Raik schien noch nichts von ihrer Abreise zu wissen. Sonst wäre er doch sicherlich nicht so vergnügt gewesen.

Anneke bereitete sich darauf vor, es ihm persönlich zu sagen.

Sie wartete vor der Einfahrt zum Hof und blickte die Straße hinunter. Zuerst hörte sie Motorengeräusche, dann fuhr ein pinker VW-Bus auf sie zu. Er kam vor ihr zum Stehen.

Raik schaute aus dem heruntergekurbelten Fenster heraus und lachte über das ganze Gesicht. »Hi.«

Für einen Moment hatte es Anneke die Sprache verschlagen. »Seit wann hast du denn einen Bulli?«

»Rosi gehört einem Freund.«

»Rosi?« Anneke lächelte.

»Der T2. Komm, hüpf rein.«

Sie kletterte auf den Beifahrersitz. »Der Bus ist ja cool. Ein richtig schicker Oldtimer.«

»Das kannst du wohl laut sagen. Rosi war früher als Eiswagen in St. Peter unterwegs und wurde vor ein paar Jahren in einen Milchreis-Bus umfunktioniert. Jetzt steht sie meistens am Ordinger Strand, aber heute ist Ruhetag.«

»Ruhetag in der Hauptsaison? Na, die Geschäfte mit Rosi müssen ziemlich gut laufen.« Anneke staunte.

Raik grinste. »Ja. Nach Davides Aussage sogar bombastisch.«

Da fiel es Anneke wieder ein. »Mein Vater erwähnte, dass er mit meiner Mutter vor vielen Jahren in St. Peter-Ording gewesen ist, und hat mir von einem pinken Eiswagen erzählt«, berichtete sie und lenkte damit auch vorsichtig das Gespräch auf ihre Eltern. »War das vielleicht Rosi?«

Er nickte. »Das kann sehr gut sein! Rosi und Lorenzo bestimmt, Davides verstorbener Onkel. Das war wohl damals eine Institution in St. Peter und der näheren Umgebung.«

Sie schüttelte den Kopf. »Das ist ja unglaublich. Ich sitze in dem Bus, aus dem damals meine Eltern Eis gekauft haben. Verrückt! Das muss ich ihnen unbedingt erzählen, wenn ich da bin.«

»Wann siehst du sie denn?«, fragte er und warf ihr einen fragenden Blick zu.

Jetzt war es so weit. »Ich fahre morgen nach Herten.«

»Ach?« Seine Miene spiegelte eine Mischung aus Verwunderung und Enttäuschung. »Das wusste ich nicht.«

»Mein Vater wird doch sechzig, und da muss ich bei der großen Sause anwesend sein.«

»Klar. Alles andere wäre auch unverzeihlich.« Raik blickte starr geradeaus. »Und was ist mit Wenkes Projekt, bei dem du helfen wolltest?«

»Das läuft weiter. Nächste Woche kommen die Maler, und sie fängt schon mal ohne mich an.«

»Heißt das, du kommst wieder?«, fragte er hoffnungsvoll.

»Sicher. Das Projekt bringe ich mit Wenke zusammen zu Ende, so wie ich es versprochen habe.«

Raiks Miene hellte sich auf. »Ich dachte schon, du willst dich womöglich einfach aus dem Staub machen.«

Zuerst wollte Anneke protestieren, aber sie wusste, dass er recht hatte. Sie hatte ihn damals ohne ein Wort der Erklärung sitzen gelassen und war aus seinem Leben verschwunden. »Nein, ich komme nach dem Geburtstagsfest zurück«, bekräftigte sie.

Still genoss sie die weitere Fahrt in dem alten Gefährt und fragte Raik nicht, wohin er fuhr. Dieses Mal zog sie es vor, es auf eine Überraschung ankommen zu lassen.

Am Ordinger Strand lenkte er Rosi auf den Strandparkplatz. Hier war Anneke schon mit Bas gewesen.

»Hast du Lust auf nasse Füße?«, fragte Raik, nachdem er den Bus geparkt hatte.

Es war warm, und die Sommerluft fühlte sich verführerisch an. »Nach dem Spaziergang nach Böhl können meine Füße tatsächlich eine Abkühlung brauchen.« Anneke lächelte ihm zu.

Sie liefen über den Strand und wateten bald darauf durch die kühle Brandung.

»Gab es eigentlich einen besonderen Grund dafür, dass du mich mit Rosi abgeholt hast?«, fragte Anneke.

Raik schaute sie aufmerksam an. »Ich wollte mit dir zusammen sein. Ist das Grund genug?«

»Natürlich.«

»Hast du eigentlich das romantische Strandhotel hinterm Deich schon auf deiner Liste?«, fragte er, nachdem sie eine Weile weitergegangen waren.

Anneke zuckte die Schultern. »Bis jetzt nicht. Ich wollte es mir schon die ganze Zeit näher ansehen, aber es ist immer was dazwischengekommen.«

»Das muss auf jeden Fall noch auf die Liste, bevor du fährst.«

»Dann lass uns dorthin gehen, ich habe Zeit.«

Hinter dem Deich, gleich gegenüber der *Strandperle*, lag das romantische Strandhotel *Zweite Heimat*. Anneke machte von außen Fotos und schaute neugierig auf die Terrasse des Hotels, auf der Strandkörbe für die Gäste bereitstanden.

»Sieht sehr nobel aus«, bemerkte sie.

Raik lächelte. »Ist eine der besten Adressen hier in Ording.«

Sie blickte an der Fassade empor. »Von den Zimmern hat man bestimmt einen traumhaften Blick auf das Meer.«

»Auf jeden Fall. Romantische Sonnenuntergänge sind im Preis inklusive. Allerdings gibt es hier keine Suiten mit Dachterrasse.« Er zwinkerte ihr zu.

Anneke musste lachen. »Was habe ich doch für ein Glück, dass ich in deinem Hotel wohne!«

»Das will ich wohl meinen.«

Eine blonde Frau betrat die Terrasse. »Moin, Raik!« Sie kam zu ihnen. »Womit habe ich denn den Besuch der Konkurrenz verdient?«

»Moin, Helga! Ich zeige meiner Freundin Anneke einen weiteren romantischen Hot Spot von St. Peter, den sie ihrer Reisegesellschaft präsentieren kann.«

»Das ist aber nett.« Die herzliche Frau schüttelte Anneke die Hand. »Ich bin Helga Herbers, die Direktorin vom Hotel *Zweite Heimat*. Schön, dich kennenzulernen.«

»Ganz meinerseits. Das Hotel sieht wirklich wunderhübsch aus.«

»Wollt ihr nicht reinkommen? Dann kannst du dir alles in Ruhe ansehen«, schlug sie vor.

»Sehr gern.«

Sie folgten Helga Herbers ins Hotel. Tatsächlich hielt es, was es von außen versprach. Der Name *Zweite Heimat* war Programm. Anneke fühlte sich in der komfortablen Umgebung und beeindruckend schönen Einrichtung gleich wie zu Hause.

»Bei uns wohnt man in der guten Stube, und zum Essen geht es natürlich in unserer Restaurant *Esszimmer*«, erklärte die Direktorin. »Nachts können sich unsere Gäste am Kühlschrank der Hausbar bedienen. Da ist alles drin für ein Mitternachtsschmaus.«

»Das ist ja wirklich wie zu Hause«, fand Anneke.

»So soll es auch sein«, bestätigte Helga Herbers. »Und zur Entspannung können unsere Gäste das Hotel-Spa nutzen.«

»Wirklich toll. Gibt es auch etwas Romantisches, das ich meiner Chefin anpreisen könnte?«

»Wir bieten als romantisches Arrangement *Heimatzeit zu zweit* an. Das ist ein Special inklusive eines Drei-Gänge-Menüs in unserem *Esszimmer*.«

»Da bekommt man gleich Lust, es mal auszuprobieren.« Raik beobachtete Anneke mit einem Lächeln.

Sie fing seinen Blick auf und lächelte zurück. »Darf ich noch ein paar Fotos für die Firma machen?«

»Natürlich. Sehr gern sogar.«

»Ich werde die *Zweite Heimat* auf jeden Fall in meine Tipps aufnehmen«, versprach Anneke, als sie mit dem Fotografieren fertig war.

Helga Herbers lachte vergnügt. »Dann bestehe ich darauf, euch zu einem romantischen Dinner im *Esszimmer* einzuladen.«

»Das nehmen wir sehr gerne an«, sagte Raik schnell, bevor Anneke hätte ablehnen können.

Im Grunde hatte sie aber gar nichts dagegen, das wurde ihr nun klar.

»Hier kann man sich wirklich gut wohlfühlen«, meinte Anneke, als sie wenig später an einem Tisch im *Esszimmer* Platz genommen hatten.

Raik sah von seiner Speisekarte auf. »Wie im Wohnzimmer eben.«

»Im *Esszimmer*«, korrigierte Anneke ihn augenzwinkernd und begutachtete dann ebenfalls die Auswahl an Speisen. »Was nimmst du?«

»Ich finde alles lecker und kann mich nicht entscheiden.«

»Ganz der Alte«, kommentierte sie.

Er sah sie aus seinen grünen Augen an. »Hat sich nichts geändert.«

»Nimmst du dann das Gleiche wie ich?«, fragte Anneke. So hatten sie es früher immer gehandhabt, wenn Raik hin- und hergerissen war.

»So wie immer.« Er legte die Speisekarte auf den Tisch.

Anneke bestellte als Vorspeise Schwarzwurzelcremesuppe mit Trüffelöl und Lachspraline. Für den Hauptgang wählte sie Kabeljau mit Spitzkohl und Gnocchi, Granatapfel und Safranschaum. Als Dessert entschied sie sich für Crème brûlée mit Vanille und Pflaumen-Kardamon.

»Wie immer eine ausgesprochen gute Wahl«, lobte Raik, nachdem er die Suppe probiert hatte.

»Treffsicher, was deinen Geschmack anbelangt.« Anneke lächelte.

»In jeder Hinsicht.« Er trank von seinem Wein, ohne dabei den Blick von ihr zu lösen.

Und mit einem Mal knisterte es so romantisch zwischen ihnen wie früher. Anneke wehrte sich nicht dagegen, sondern kostete die Gefühle einfach still aus.

Sie sprachen sogar über die unbeschwerte Vergangenheit, und es war fast, als wären sie keine vier Jahre getrennt gewesen. Anneke fühlte sich in seiner Nähe ungemein wohl. Und mit einem Mal wurde ihr bewusst, dass sie mit keinem anderen Mann als ihm so hätte zusammen sein wollen.

Nach dem Essen liefen sie zurück zum Bulli. Auf dem Strandparkplatz standen nicht mehr viele Fahrzeuge.

»Meine Güte, was bin ich vollgefuttert«, sagte Anneke und legte sich zufrieden eine Hand auf den Bauch.

»Es war supernett von Helga, dass sie uns eingeladen hat. Der Koch macht wirklich einen sehr guten Job, das muss ich auch zugeben. Hat mich vom Stil ein bisschen an Milos erinnert, der damals auf dem Schiff gekocht hat. Erinnerst du dich?«

»Ja.«

»Aaron und ich haben seine Steaks geliebt.«

»Ich weiß.«

Sie blieben vor dem Bulli stehen und zögerten beide.

Raik schaute sie mit einem Mal ernst an. »Ich kann bis heute nicht verstehen, warum du damals ohne ein Wort gegangen bist.«

»Ich ...« Anneke rang mit den Tränen, die nun unverhofft aufsteigen wollten. Es tat ihr alles so leid, und sie wünschte, sie könnte die Vergangenheit ändern. »Wegen ...« Plötzlich brachen alle Dämme, und die unterdrückte Trauer der letzten Jahre über den Tod ihres Bruders brach sich mit voller Wucht bahn. »Du hast Aaron nicht gerettet!«, brachte sie schluchzend hervor. »Ich dachte, dass du ihn einfach hast ertrinken lassen.«

»Es war ein Unfall, Anne«, sagte Raik nun ebenfalls unter Tränen. »Ein schlimmer Unfall. Ich kann es mir bis heute nicht verzeihen, dass Aaron damals ertrunken ist. Das kannst du mir glauben.«

Er wischte sich über das Gesicht und stützte sich an den Bulli. »Wie oft habe ich mir gewünscht, dass ich derjenige gewesen wäre, der es nicht mehr zurück zum Schiff geschafft hätte«, gab er leise zu. »Das wäre für alle besser gewesen.«

»Sag doch so was nicht«, brachte Anneke mit tränenerstickter Stimme hervor und sah ihn betroffen an.

Raik hielt ihren Blick fest. »Ich habe ihm irgendwann mal versprochen, dass ich auf dich aufpassen würde, wenn ihm etwas zustoßen sollte. Und plötzlich warst du nach seinem Tod weg. Ich hatte keine Chance, mein Versprechen zu erfüllen.«

Er schluckte sichtlich. »Das war für mich, als wärst du auch gestorben. Plötzlich waren die beiden wichtigsten Menschen in meinem Leben einfach nicht mehr da.«

Auf einmal hatte sie keine Fragen mehr. Sie hatte Raik die ganzen Jahre für etwas verantwortlich gemacht, das nicht in seiner Macht gestanden hatte. Und dadurch hatte sie ihn in ein zweites großes Unglück gestürzt. Ihn traf keine Schuld am Tod ihres Zwillingsbruders. Es war wie bei Wenkes Mann. Niemand hätte es abwenden können.

In diesem Augenblick wusste sie auch ohne jeden Zweifel, dass Aaron sie wieder vereint sehen wollen würde. Jetzt ließ sie die Sehnsucht zu, die unter der Oberfläche in ihr geschwelt hatte, und folgte ihr. Sie machte einen Schritt auf Raik zu und wischte mit einem Finger seine Tränen fort. Dann umfasste sie sanft sein Gesicht und küsste ihn.

22. Kapitel

Die Buchseiten waren gewellt, und der Einband hatte sich verzogen. Anneke blätterte vorsichtig die Seiten um. Einige rissen, andere waren verklebt. Das Kinderbuch war nun eigentlich nicht mehr zu retten und wirklich ein Fall für die Mülltonne. Doch sie konnte es nicht einfach wegwerfen, dafür hingen zu viele schöne Erinnerungen daran.

»Hast du jetzt alles eingepackt?«, rief Raik ihr aus dem Wohnraum zu.

»Ja, ich bin fertig!« Sie steckte das Buch zwischen Kulturbeutel und Reiseföhn in ihre Tasche, dann schulterte sie diese und verließ das Badezimmer.

»Komm, ich nehme dir das ab.« Raik griff nach ihrer Tasche. Vor ihm stand bereits ihr fertig gepackter Koffer.

»Danke.«

»Können wir?«

Sie ließ den Blick durch das Zimmer schweifen, um sich zu vergewissern, dass sie nichts vergessen hatte. »Ich denke, ja. Falls ich noch irgendwo etwas liegen gelassen habe, hole ich es ab, wenn ich wieder da bin.«

Raik trug ihr Gepäck und ging voraus, als sie die Suite verließen und zum Fahrstuhl gingen.

»Ich werde die Suite vermissen«, sagte Anneke im Aufzug. »Ich habe mich über den Dächern von St. Peter-Ording wirklich wohlgefühlt.«

»Eigentlich solltest du eher mich vermissen«, protestierte er und warf ihr einen zärtlichen Blick zu.

»Das ist doch selbstredend.« Sie stellte sich auf die Zehenspitzen und gab ihm einen Kuss auf die Wange.

Ihrer Beziehung eine zweite Chance zu geben war mit Sicherheit die beste Entscheidung, die sie in den letzten Jahren getroffen hatte. Raiks warmen Körper an ihrer Seite zu spüren hatte sie die letzte Nacht tief und fest durchschlafen lassen.

Anneke fühlte sich erholt und energiegeladen wie schon lange nicht mehr. Die lange Autofahrt ins Ruhrgebiet würde sie ohne Schwierigkeiten bewältigen.

Kurz darauf lud Raik ihr Gepäck in ihren Wagen und schloss den Kofferraum wieder. »Es fällt mir schwer, dich jetzt gehen zu lassen, auch wenn ich weiß, dass du zurückkehrst.«

Zur Beruhigung gab sie ihm einen langen Kuss und strich ihm das braune Haar aus der Stirn.

»Hoffentlich kommst du gut durch«, sagte Raik seufzend.

»Wenn ich an Hamburg vorbei bin, habe ich das Gröbste überstanden.«

Er lächelte. »Freust du dich?«

»Du meinst, auf meine Eltern? Und wie! Ich habe sie viel zu lange nicht mehr gesehen. Rückblickend betrachtet war das keine gute Entscheidung. Wann bist du eigentlich das letzte Mal in Herten gewesen?«

»Im Februar. In der Hauptsaison ist das ja gar nicht möglich. Aber davon abgesehen bin ich auch viel zu selten zu Hause.«

»Zu Hause ...«, wiederholte Anneke nachdenklich. »Das ist es tatsächlich und wird wohl für immer so bleiben.«

Er nickte. »Richte deinen Eltern liebe Grüße von mir aus. Und falls du meine am Gartenzaun oder auf der Straße triffst, sage ihnen bitte, ich komme sie besuchen, sobald es hier wieder ruhiger wird.«

»Werde ich machen.« Anneke umarmte ihn noch einmal fest. »Bis ganz bald!«

»Fahr vorsichtig.«

»Mache ich.« Sie küssten sich zum Abschied, und dann stieg Anneke in den Wagen. Im Rückspiegel sah sie Raik, wie er ihr nachwinkte. Sie hob die Hand, bevor sie um die Ecke bog und er aus ihrem Blickfeld verschwand.

Für Hamburger Verkehrsverhältnisse hatte Anneke sich vergleichsweise schnell durch das Nadelöhr aus Baustellen hindurchgeschlängelt. Sie hasste es, im Elbtunnel im Stau zu stehen, doch das war ihr zum Glück an diesem Tag erspart geblieben.

Nach guten sechs Stunden nahm sie die Autobahnausfahrt Recklinghausen/Herten von der A43. Bis zum Paschenberg, wo ihr Elternhaus lag, waren es nur noch gute zehn Minuten.

Je näher sie ihrem Zuhause kam, umso aufgeregter wurde sie. Als sie in die heimische Straße einbog, hatte sie Herzklopfen. Alles sah noch so aus, wie sie es in Erinnerung hatte. Im Nachbargarten war wie immer die Schalke-Fahne gehisst, in dem gegenüber demonstrativ die des BVB.

Ein heimeliges Gefühl hüllte Anneke ein und die Gewissheit, dass sie hier am Ende ihrer langen Reise war, die sie quer über den Globus geführt hatte.

Sie fuhr die Auffahrt an ihrem Elternhaus hoch und parkte den Wagen vor dem Garagentor. Nun doch leicht nervös, stieg sie aus und ging zur Haustür, vor der ein bepflanzter Blumenkübel stand, auf dem *Willkommen* zu lesen war. Mit zittrigen Händen drückte sie auf die Klingel. Was würden ihre Eltern wohl sagen? Waren beide zu Hause oder einer von ihnen im Reisebüro? Normalerweise hatte das Geschäft in der Mittagspause geschlossen.

Als niemand öffnete, klingelte Anneke ein zweites Mal. Sie schmunzelte. Was für ein Empfang, und das nach so langer Zeit. Geschah ihr aber wohl ganz recht. Und sie hätte sich ja auch ankündigen können.

Da sich im Haus immer noch nichts regte, stieg Anneke wieder ins Auto und beschloss, zum Reisebüro ihrer Eltern zu fahren. Auf dem Handy wollte sie nicht anrufen, denn dann wäre die Überraschung dahin gewesen.

Sie fuhr die Straße hoch und bog links auf die *Westerholter Straße* ab. Kurz vor dem alten Dorf in Westerholt wich sie jedoch vom Weg ab.

Sie bog spontan rechts in die *Turmstraße* ein und fuhr bis zur Martinischule, vor der sie parkte.

Einige Golfer zogen ihre Trolleys hinter sich her oder fuhren mit einem schicken ClubCart an ihr vorbei. Der Golfplatz lag unweit vom Schloss Westerholt und dem dazugehörigen Wald, der seit ein paar Jahren als *RuhestätteNatur* genutzt wurde.

Ihre Eltern hatten dort schon vor einem Jahrzehnt einen Familienwunschbaum erworben, an dem sie im Falle ihres

Todes in einer biologisch abbaubaren Urne beigesetzt werden wollten.

»Wir wollen nicht, dass ihr später zur Grabpflege verpflichtet seid«, hatte ihre Mutter damals gesagt. »Außerdem finde ich Friedhöfe gruselig. Da sind mir zu viele Tote.« Es war die typische Logik ihrer Mutter, und niemand hatte etwas hinzuzufügen gehabt.

Nie im Leben hatten ihre Eltern damit gerechnet, dass sie Aaron dort einmal beerdigen mussten.

Anneke hatte den Wald seit der Beerdigung gemieden. Aber sie erinnerte sich daran, dass der Baum sich im Erschließungsfeld 1 befand, es sich um eine Buche handelte, und die Nummer hatte sie sich gemerkt.

Sie ging zu dem überdachten Infohäuschen und nahm eine Faltkarte aus einer Box, auf der ein Plan des Waldes eingezeichnet und jedem Baum eine Nummer zugeordnet war.

Die Karte in Händen, blickte Anneke den Weg entlang, der an einer Wiese vorbei und dann in den Wald führte. Sie atmete tief ein und langsam wieder aus. Es erforderte ihren ganzen Mut, in diesen Wald hineinzugehen. Langsam machte sie einen Schritt vor den nächsten und versuchte, ihre Nervosität und Unsicherheit im Griff zu behalten.

Es waren Spaziergänger mit und ohne Hund, Familien mit Kindern, Jogger und sogar Radfahrer unterwegs. Auf den ersten Blick schien es sich um einen ganz normalen Wald zu handeln, der als Naherholungsgebiet diente. An den Bäumen durften keine Blumen niedergelegt werden, weil die Natur im Wald der Gärtner war. Hätte sie nicht gewusst, dass an den Bäumen dezente Nummern und Tafeln angebracht waren, hätte Anneke die ruhige Stimmung in dem Friedwald bestimmt auch anders empfunden.

An einem Weg bog sie rechts ab, verließ nach wenigen Metern den befestigten Pfad und stieg über Äste und kleine Erderhebungen im Unterholz. Die Karte vor der Nase und ein Auge auf die Baumnummern, kam sie gut voran. Irgendwann glaubte sie, den Familienbaum gefunden zu haben. Doch dann zögerte sie.

Vor dem Baum stand eine Frau, die ihr den Rücken zugewandt hatte. Das konnte nicht der richtige sein. Anneke schaute wieder auf die Karte. Dem Plan zufolge war es aber der Schrögelmannsche Baum.

Sie ging langsam weiter. Als sie aus einer geringen Entfernung die Nummer auf der Plakette las, bestand kein Zweifel. Es war ihr Familienbaum.

Unter Annekes Fuß knisterten Äste. Die Frau drehte sich um, und ihre Augen weiteten sich. Anneke blieb abrupt stehen und war nicht minder erstaunt.

»Anne?«

»Pam?«

»Was machst du denn hier?«

Statt zu antworten, ging Anneke auf sie zu und nahm Pamela in den Arm. »Es tut mir so leid!«, schluchzte sie. »Es tut mir alles so unendlich leid!«

»Warum hast du dich nie bei mir gemeldet?«, schniefte Pamela. »Ich hätte dich so sehr gebraucht.«

Sie lösten sich aus der Umarmung, und Anneke griff nach den Händen ihrer Freundin.

»Ich war so ein Idiot. Das ist mir leider jetzt erst klar geworden. Ich bin die letzten Jahre nur vor der Vergangenheit weggelaufen. Es ging einfach nicht anders.« Sie drückte Pamelas Hände. »Doch jetzt wird alles anders. Und vielleicht kannst du mir irgendwann verzeihen.«

»Natürlich verzeihe ich dir. Das habe ich doch schon längst.« Pamela lächelte leicht und drückte Annekes Hände.

»Das ist schön.« Sie erwiderte das Lächeln ihrer alten Freundin. »Seit der Beerdigung bin ich heute das erste Mal wieder hier. Ich hätte viel häufiger nach Aaron sehen sollen.«

»Immerhin bist du jetzt da. Das ist doch ein Fortschritt«, erwiderte Pamela verständnisvoll.

»Wie oft kommst du hierher?«, wollte Anneke wissen.

»Seit der Beerdigung gab es keinen Tag, an dem ich nicht hier gewesen bin«, antwortete Pamela leise. »Kein schlechtes Wetter konnte mich bisher davon abhalten, Aaron zu besuchen.«

Anneke fiel ein Kranz auf, der vor einem nahe gelegenen Baum lag, an dem kürzlich eine Beisetzung stattgefunden hatte. »Es ist schon irgendwie komisch, dass es in dem Wald nur einmal Blumen gibt.«

Pamela war ihrem Blick gefolgt. »Der Kranz wird vermutlich morgen von dem Förster eingesammelt. Ich finde es eigentlich gar nicht schlecht, dass der Wald ein Wald bleibt und nicht zwangsläufig in einen Friedhof umgewandelt wird.«

Anneke atmete tief ein und schaute auf die saftig grünen Baumkronen. »Ja, du hast recht.«

»Wie kommt es eigentlich, dass du heute hier bist? Du warst doch sicherlich beruflich unterwegs, oder bist du inzwischen sesshaft geworden?«

»Bis jetzt nicht, aber auch darüber denke ich nach. Ich bin

heute früh aus St. Peter-Ording in Nordfriesland losgefahren. Ich habe ein paar Tage bei Raik im Hotel gewohnt.«

Pamela zog die Augenbrauen hoch. »Bei Raik?«

Ertappt lächelte Anneke. »Es war zuerst rein geschäftlich. Ich wusste nicht, dass er das Hotel leitet.«

»Na, das nenne ich aber mal Schicksal. Und? Geht da wieder was mit euch?«

Glücklich dachte sie an die vergangene Nacht zurück. »Wir haben uns gerade eine zweite Chance gegeben. Ich glaube, jetzt wird vieles besser.«

Aufrichtig strahlte Pamela sie an. »Ich freue mich so für euch. Ich habe Raik einige Male getroffen und weiß, dass du auch für ihn wie vom Erdboden verschluckt warst. Aaron wäre garantiert auch happy, dass ihr wieder ein Paar seid.«

»Bestimmt sogar.«

Anneke kam eine Idee. Sie öffnete ihre Umhängetasche und holte den durchsichtigen Bernstein aus dem kleinen Fach, in dem sie ihn verstaut hatte. Sie zeigte den Stein ihrer Freundin. »Den habe ich vor ein paar Tagen am Strand gefunden.«

»Wow! Ist das ein echter Bernstein?«

Anneke nickte. »Eigentlich wollte ich mir einen Anhänger daraus machen lassen, weil ich ihn so schön finde.«

»Das sähe bestimmt hübsch aus«, stimmte Pamela ihr zu und fragte dann irritiert: »Was machst du denn da?«

Anneke hatte sich vor den Baum gekniet und grub mit bloßen Händen in der Erde. »Ich habe es mir anders überlegt. Wenn ich Aaron schon keine Blumen schenken kann, dann lasse ich ihm wenigstens meinen Lieblingsbernstein da.« Sie legte den Stein in das kleine Loch und deckte es wieder mit Erde zu. »Jetzt ist immer ein kleiner Teil von mir bei ihm.«

»Bernstein hält sich«, meinte Pamela.

Lächelnd stand Anneke auf und klopfte sich die Erde von der Hose. »Die nächsten fünfzig Millionen Jahre bestimmt.«

Pamela grinste schief. »So alt wirst du nicht.«

»Alte Pessimistin.«

»Gar nicht.«

Anneke berührte mit einer Hand den Baum. »Das hat Aaron ja geschickt eingefädelt, dass wir uns ausgerechnet hier wiedergetroffen haben.«

»Daran musste ich auch gerade denken.« Pamela lachte und nahm sie noch mal in den Arm. »Wie habe ich dich doch vermisst.«

»Ich dich auch.«

Anneke und Pamela waren zusammen zurück zur Martinischule gelaufen, wo Pamela ihr Auto ebenfalls geparkt hatte. Nachdem sie ihre Handynummern ausgetauscht und beschlossen hatten, sich in den nächsten Tagen wiederzusehen, war Anneke weiter zu dem Reisebüro ihrer Eltern gefahren, das nur einen Katzensprung vom Friedwald entfernt war.

Sie ergatterte einen Parkplatz in einer Seitenstraße und machte sich auf den Weg zum Geschäft. Hoffentlich würde sie dort ihre Eltern antreffen.

Als sie das Reisebüro erreichte, kamen ihr Kunden entgegen. Dann drückte sie die Ladentür auf und hörte das altvertraute kleine Glöckchen läuten.

Ihre Mutter tippte konzentriert am Computer, während ihr Vater Kataloge in ein Regal einsortierte.

»Guten Tag«, sagte Anneke.

»Einen Moment, bitte.« Ihre Mutter schrieb weiter und hielt ihren Blick fest auf den Bildschirm gerichtet.

Anneke musste grinsen. »Na, das ist aber ein überschwänglicher Empfang!«

Sofort drehte sich ihr Vater um, und ihre Mutter schaute vom Computer hoch.

»Anne!«, riefen beide gleichzeitig, und dann gab es kein Halten. Die Freude ihrer Eltern war groß, und Anneke spürte, dass sie die richtige Entscheidung getroffen hatte.

»Ich glaube, ich brauche eine neue Brille«, sagte ihr Vater und drückte ihr einen Schmatzer auf die Wange. »Mein Mädchen ist wieder da.«

»Ich traue meinen Augen auch kaum.« Ihre Mutter drückte sie so fest an sich, dass Anneke beinah keine Luft mehr bekam.

»Mama, ich ersticke!«, brachte sie lachend hervor.

»Du hättest ruhig vorher Bescheid sagen können, dass du kommst. Dann hätte ich wenigstens noch mal durchsaugen können«, schalt ihre Mutter sie spontan.

Anneke musste lachen. »Genau deswegen habe ich mich nicht vorher angemeldet.«

»Jetzt habe ich gar nichts eingekauft, was du gern isst!«

»Und das Bett in deinem Zimmer ist auch nicht frisch bezogen«, schaltete sich ihr Vater amüsiert ein.

»Betten beziehen kann ich inzwischen. Und gegessen wird, was auf den Tisch kommt.« Anneke kämpfte mit den Tränen, als sie in die glücklichen Gesichter ihrer Eltern schaute.

»Na ja, gut. Wie lange bleibst du denn?«

Sie lächelte. »Neun Tage oder vielleicht zehn? Mal sehen.«

»Das ist schön, mein Mädchen.« Liebevoll legte ihr Vater einen Arm um sie. »Wir müssen aber heute noch bis sechs im Laden bleiben«, erklärte er bedauernd.

»Das macht doch nichts. Die zweieinhalb Stunden kriege ich schon rum. Ich würde gern nach Hause fahren, kann ich einen Schlüssel von euch haben?«

Natürlich hatten ihre Eltern auf dem Heimweg noch einen Abstecher zum Supermarkt gemacht und eingekauft, als wäre eine sechsköpfige Familie zu Besuch gekommen. Ihre Mutter hatte es sich nicht nehmen lassen, für Anneke »was Ordentliches« zu kochen. Und selbstverständlich hatte ihr Vater nachgesehen, ob ihr Bett frisch bezogen war. Aber das hatte Anneke rein vorsorglich schon erledigt. Auch ihre Taschen hatte sie ausgepackt und gleich eine Trommel Wäsche gewaschen.

Nach dem Abendessen war sie hoch in ihr altes Zimmer gegangen. Sie hatte ihren Eltern von ihrer Begegnung mit Pamela und den neuesten Entwicklungen zwischen Raik und ihr erzählt. Fast war Anneke ein bisschen enttäuscht, als sie erfuhr, dass sie es natürlich schon längst von seinen Eltern wussten.

Ihre Mutter hatte mehrmals bekundet, wie froh sie war, dass Raik und sie wieder zueinandergefunden hatten. Ihr Vater hatte nur zustimmend gebrummt, aber der Glanz seiner Augen hatte seine Freude verraten.

Das alte Kinderbuch hatte Anneke neben einem Pyjama auf ihr Bett gelegt. Sie schrieb gerade im Schneidersitz sitzend mit dem Laptop auf ihren Knien an dem Bericht über das Hotel *Zweite Heimat*.

Als es an der Tür klopfte, kam ihre Mutter herein. »Ich wollte nur noch mal gucken, ob du alles hast.«

»Alles super, Mama.« Lächelnd sah Anneke auf.

Ihre Mutter setzte sich zu ihr auf das Bett und griff zu dem Kinderbuch. »Sieht ganz schön mitgenommen aus.«

»Das habe ich in einer Scheune in St. Peter-Ording gefunden, und wenig später ist es mit mir in der Nordsee baden gegangen.« Die genauen Umstände ersparte sie ihrer Mutter lieber. »Das Buch habe ich als Mädchen so sehr geliebt. Ich muss unbedingt mal auf dem Speicher nachsehen, ob ich es finde.«

»Dein Papa hat sich so gefreut, dass du wieder da bist.« Sie strich ihr über den Arm.

»Ich bin auch froh, hier zu sein, Mama.«

»Wie soll es denn nach den zehn Tagen weitergehen? Hast du schon einen neuen Auftrag von deiner Firma?«

Anneke seufzte. »Jein. Den nächsten Auftrag habe ich mir ein bisschen selbst eingehandelt. Ich hatte dir ja schon kurz davon berichtet.« Sie erzählte noch mal ausführlich von dem Romantik-Projekt, das sie für *Feelgood Tours* betreute, und schilderte dann Wenkes Traum, aus dem fast nichts geworden wäre. Anschließend zeigte sie ihrer Mutter einige Fotos, die sie in St. Peter-Ording geschossen hatte.

»Aus dem Hof kann man bestimmt eine Menge machen«, meinte ihre Mutter.

»Das finde ich auch. Deswegen will ich Wenke auch unbedingt helfen, wenigstens solange sie das Gipsbein mit sich herumschleppt.«

Ihre Mutter lächelte. »Natürlich musst du das. Versprochen ist versprochen.«

Sie zuckte die Schultern. »Also, das wird dann noch ein paar Wochen dauern. Danach kommt sie garantiert ohne mich zurecht. Und bis dahin sollte auch das Romantik-Projekt für die Firma längst fertig sein, eher früher.«

»Und danach geht es wieder raus in die weite Welt?«

»Nein«, sagte Anneke entschlossen.

Überrascht hob ihre Mutter das Kinn. »Wie *nein*? Willst du etwa zu Raik nach St. Peter-Ording ziehen?«

Sie lächelte und sprach aus, was sie sich während der langen Autofahrt überlegt hatte. »Nein. Ich möchte gern zurück nach Herten ziehen.«

»Ach! Und was ist mit deiner Wohnung in Ratingen?«

»Die werde ich kündigen. Ich war eh fast nie dort.« Anneke stellte den Laptop neben sich ab. »Steht euer Angebot mit dem Reisebüro noch, das ihr damals mir und Aaron gemacht habt?«

»Moment. Ich rufe mal eben deinen Vater«, sagte ihre Mutter aufgeregt und ging zur Tür. »Herbert! Komm mal hoch!«

Wenig später erschien ihr Vater im Zimmer. »Was ist denn los?«

»Frag jetzt bitte noch mal, was du mich gerade gefragt hast«, forderte ihre Mutter sie auf.

»Ich wollte wissen, ob das Angebot mit dem Reisebüro noch steht, das ihr Aaron und mir mal gemacht habt.« Anneke lächelte ihre Eltern an.

»Selbstverständlich steht das Angebot noch«, versicherte ihr Vater. »Du kannst das Reisebüro liebend gern übernehmen.« Er trat zu ihr und strich ihr liebevoll übers Haar. »Aber was wird dann aus New York, Tokio und Sydney?

Willst du die Orte nur noch mit dem Finger auf der Landkarte besuchen? Wir wollen, dass du glücklich bist, Anne. Egal, wo du leben willst, das weißt du, oder?«

»Ja. Und ich habe mehr von der Welt gesehen, als die meisten es in zehn Leben schaffen. Ich weiß jetzt, dass es zu Hause am schönsten ist. Und ich gehöre hier hin.« Es war die schlichte Wahrheit. Anneke fühlte sich so gut wie seit Ewigkeiten nicht mehr, als sie es einfach ausgesprochen hatte.

Epilog

Ein Jahr später

»Die drei Tage mit dir in Hamburg waren wirklich wunderschön, aber jetzt kann ich es kaum erwarten, Wenkes Hof zu sehen.« Anneke seufzte vorfreudig, als Pamela und sie das gelbe Ortsschild von St. Peter-Ording passierten.

»Mir hat Hamburg auch sehr gut gefallen! Aber ich bin auch total gespannt auf den Hof. Schließlich kenne ich alles ausschließlich von Fotos und aus deinen Erzählungen. Schade nur, dass Raik nicht mitkommen konnte.«

»Ja, das ist wirklich schade«, stimmte Anneke zu. »Die Stelle als leitender Direktor im Schloss Westerholt macht ihm aber riesig Spaß. Er war so glücklich über das Jobangebot und steckt sein ganzes Herzblut in die Arbeit.«

Sie blickte aus dem Seitenfenster und sah eine Wiese, auf der unzählige Schafe grasten. »Wahnsinn, was sich alles innerhalb eines Jahres verändert hat. Erst habe ich das Reisebüro übernommen, und dann hat Raik die Stelle im Schloss angetreten. Manchmal ist es mir fast ein bisschen unheimlich, dass sich alles so perfekt gefügt hat.«

Pamela warf ihr ein Lächeln zu. »Genieße es! Ich bin mir sicher, Aaron hätte sich sehr darüber gefreut.«

»Und ich bin mir sicher, dass er dich auch wieder woanders sehen will als im Friedwald. Ich bin froh, dass wir diese Reise zusammen unternehmen!« Sie fuhren auf den Ordinger Deich zu. »Gleich musst du rechts abbiegen.«

Wenke und Karel standen bereits am Gartenzaun und erwarteten sie, als sie mit dem Auto ankamen.

»Lass dich drücken.« Herzlich umarmte Wenke Anneke und begrüßte anschließend Pamela.

»Alles Gute zur Penionseröffnung!«

Laut bellend forderte nun Karel Streicheleinheiten zur Begrüßung ein. Lachend kraulte Anneke ihm das Ohr.

»Ich bin so gespannt, was ihr zu meinem Hof sagt. Vorhin habe ich das neue Schild angebracht.« Wenke zeigte auf eine Tafel, die am Zaun befestigt war.

Romantik-Pension Leuchtturmträume
Zimmer frei

»Sehr hübsch. Schon allein der Name macht Lust darauf, bei dir zu wohnen«, fand Anneke. Sie gingen durch den Vorgarten.

»Es gibt sogar schon Reservierungen, dank *Feelgood Tours*. Die ersten Gäste kommen in fünf Tagen«, erzählte Wenke aufgeregt.

Sie gingen in den Hof. Elfie hockte auf einer Bank und döste in der Sonne. Heute hatte sie offenbar keine Lust, wie ein aufgescheuchtes Huhn über den Hof zu flitzen.

»Ist das groß hier! Das hätte ich nicht vermutet«, sagte Pamela erstaunt.

»So ging es mir am Anfang auch«, stimmte Anneke ihr zu.

»Sollen wir erst gemütlich Kaffee trinken, bevor ich euch die Pension zeige? Ich habe einen Tisch auf der Wiese gedeckt.«

»Oh, ja. Ein Kaffee wäre jetzt nicht schlecht«, fand Pamela. »Die Fahrt von Hamburg hierher hat sich doch etwas gezogen.«

Sie setzten sich im hellen Sonnenlicht an den Tisch.

»Du hast für sechs Personen gedeckt?«, bemerkte Anneke. »Und ich habe mich schon gewundert, warum nur wir bei deiner Eröffnung sind! Normalerweise kommt ja Gott und die Welt zu solch einem Ereignis.«

Wenke warf einen Blick zu Pamela. Beide grinsten.

Verständnislos schaute Anneke zwischen ihren Freundinnen hin und her. »Warum grinst ihr denn so?«

»Tja, weil ich dir gestehen muss, dass die wirkliche Eröffnung erst in zwei Tagen ist. Die drei anderen Gäste sind aber trotzdem schon da.« Wenke drehte sich zum Haus und pfiff auf ihren Fingern.

Schon schwang die Haustür auf, und es traten drei Personen auf den Hof, die Anneke für einen kurzen Moment nicht mit der Umgebung in Verbindung bringen konnte. Dann sprang sie von ihrem Stuhl auf und ging zu ihnen. »Mama? Papa? Raik?«

Sie schüttelte verwirrt den Kopf. »Was macht ihr denn hier? Und wer ist denn dann im Reisebüro? Was ist mit den Feiern im Schloss?«

»Wir dachten, wir gucken uns auch mal Wenkes Hof an«, erklärte ihr Vater. »Schließlich haben wir lange genug Reisen verkauft. Jetzt sind wir auch mal dran. Und Raik haben wir gleich mitgenommen. Na, ist die Überraschung gelungen?«

»Und wie …« Erst jetzt fiel Anneke auf, dass ihr Vater und Raik festliche Anzüge trugen und ihre Mutter sich ebenfalls in Schale geworfen hatte, was sie sonst nur zu sehr besonderen Anlässen tat … »Was ist hier los?«, fragte sie misstrauisch.

Wenke und Pamela traten nun ebenfalls zu ihnen und lächelten erwartungsvoll.

Anneke sah Raik an, dessen grüne Augen dunkel schimmerten. Sie erwiderte seinen innigen Blick. Dann ging er plötzlich vor ihr auf die Knie. »Ich fürchte, wir waren nicht ganz ehrlich zu dir«, gab er zu. »Pamela hat dich nach Hamburg gelockt, damit ich mit deinen Eltern unbemerkt zu Wenke fahren konnte.«

Anneke schluckte die aufsteigenden Tränen runter und schaute kopfschüttelnd auf die lieben Menschen, die bei ihr standen.

Raik nestelte an seiner Hosentasche herum und zauberte eine kleine Schmuckschatulle hervor. Er öffnete sie. Im Sonnenlicht blitzte ein mit Diamanten besetzter Ring.

Feierlich nahm er ihre Hand und sagte dann die magischen Worte: »Anneke Schrögelmann, willst du mich heiraten?«

Sie blickte ihn an und konnte im ersten Moment nur den Kopf schütteln. Tränen liefen über ihre Wangen. Raiks Heiratsantrag war das Romantischste, was ihr jemals im Leben passiert war. »Ja«, sagte sie leise und dann lauter: »Ja, ich will!«

Raik erhob sich, umarmte sie überglücklich, hob sie hoch und küsste sie. Die Umstehenden applaudierten. Wieder wirbelte er sie vor Freunde herum und steckte ihr dann den Ring an den Finger.

»Ihr seid so gemein«, sagte Anneke glückselig, als sie sich umarmen und beglückwünschen ließ. »Einfach hinter meinem Rücken so etwas einzufädeln.«

»Du hast damals auch nicht Bescheid gesagt und standest urplötzlich im Laden«, erinnerte ihre Mutter sie. »Dann dürfen wir so etwas auch mal machen.« Sie nahm Annekes Hand und bewunderte den Verlobungsring.

»Ich hole dann mal den Champagner«, meinte Wenke lachend. Pamela begleitete sie, um beim Tragen der Gläser zu helfen.

Wenig später erhob ihr Vater sein Glas. »Auf das schöne Paar. Möget ihr ein glückliches und zufriedenes Leben zusammen haben!«

»Auf euch!«

Alle stießen zusammen an und feierten das zukünftige Hochzeitspaar. Wenke hatte sich beim Backen selbst übertroffen. Neben einer Obsttorte und einem Käsekuchen gab es sogar eine mit Rosen verzierte Champagnertorte.

Nach der fröhlichen Gartenfeier stand die große Besichtigung der Pension an.

»Es ist noch viel schöner geworden, als ich gedacht habe«, sagte Anneke, als sie endlich alles gesehen hatte. »Dir werden die Gäste bestimmt die Bude einrennen, Wenke!«

»Das können sie gerne tun. Für das Café habe ich übrigens auch einen Pächter gefunden«, erzählte Wenke.

»Anne?« In diesem Moment trat ihre Mutter zu ihr.

Anneke sah auf. »Ja?«

»Ich habe noch eine Kleinigkeit für dich.« Sie holte aus ihrer Tasche ein kleines Päckchen hervor und reichte es ihr.

»Danke, Mama.« Als sie das Papier gelöst hatte, kam ihr

Lieblingskinderbuch von Enid Blyton zum Vorschein. »Oh, toll! Dass du dir das gemerkt hast!«

»Das meintest du doch, oder? Ich habe es in einer Kiste auf dem Dachboden gefunden.«

»Danke!« Anneke gab ihrer Mutter einen Kuss auf die Wange.

Als alle ins Haus gegangen waren und am noch blauen Himmel die ersten Sterne zu entdecken waren, schlenderte Anneke mit dem Buch zu einer Bank draußen und genoss es, einen Augenblick allein zu sein.

Was würde sie darum geben, wenn ihr Bruder dies alles noch miterlebt hätte. Was hätte er zu Raiks Antrag gesagt, und was hätte er ihr mit auf den Weg ins Eheleben gegeben? Aaron hatte so oft die passenden Worte parat gehabt und sie nicht selten zu neuen Dingen inspiriert. In ihrem Herzen wusste Anneke, dass er es gutgeheißen hätte.

Liebevoll strich sie über den Einband. Das Buch war erstaunlich gut erhalten. Sie blätterte es durch und blieb an einer Seite hängen. Dort hatte jemand etwas in geschwungenen Buchstaben hineingeschrieben. Eine Botschaft für sie. Und sie erkannte die Handschrift gleich. Es war die ihres Bruders.

A smooth sea never made a skilled sailor
Franklin D. Roosevelt

Kleiner Guide für St. Peter-Ording

1. Bernsteinmassage

Eine Massage mit dem Gold des Nordens, wie der Bernstein an der Küste genannt wird, ist nicht nur ein kleiner Luxus, sondern vielmehr eine wahre Wohltat für Körper und Seele. Die Behandlung entspannt, wärmt, harmonisiert und sorgt für ein energetisches Gleichgewicht. Vielfältige Bernsteinbehandlungen bietet die Bernstein-SPA-Suite des Hotels Ambassador in St. Peter-Bad.

2. Maleens Knoll

Die Düne Maleens Knoll (auch Magdalenenspitze genannt) gilt als die höchste natürliche Erhebung der Gemeinde. Sie liegt von einem Kiefernwald umgeben. Auf einer hölzernen Aussichtsplattform kann man einen herrlichen Rundumblick auf die Dünenlandschaft genießen und sogar bis zur Seebrücke schauen.

3. Strandspaziergang

Der Strand von St. Peter-Ording ist zwölf Kilometer lang und bis zu zwei Kilometer breit. Ein Spaziergang lohnt sich zu jeder Jahreszeit. Meine Lieblingsstrecke ist vom Böhler Leuchtturm bis zum Strand Ording Nord, wo ich aus der Ferne dem Westerhever Leuchtturm zuwinken kann.

4. Auszeit im Strandkorb

Ob bei Sonne oder windigem Wetter, im Strandkorb ist es immer kuschelig und gemütlich. Mit einem Glas Wein oder einer Tasse heißem Tee im Herbst ist der Strandkorb eine kleine Zuflucht, in dem sich das Meeresrauschen zu jeder Jahreszeit genießen lässt. Strandkörbe können in St. Peter-Ording vorab reserviert werden.

5. Drachen steigen lassen

Wer schon mal in St. Peter-Ording war, der weiß, dass Drachensteigen nicht nur etwas für Kinder ist. Im August findet das alljährliche Drachenfest am Ordinger Strand statt, bei dem die verrücktesten Drachenkreationen bewundert werden können. Wer keinen Drachen besitzt, kann entweder einen in einem der Drachenläden vor Ort erstehen oder beim regelmäßig veranstalteten Drachenbasteln mitmachen.

6. Westerhever Leuchtturm

Der rot-weiß gestreifte und von zwei kleinen baugleichen Häusern flankierte Westerhever Leuchtturm ist der wohl bekannteste und meistfotografierte Leuchtturm Deutschlands. Er befindet sich unweit von St. Peter-Ording im Örtchen Westerhever. Der Hitzlöper bringt euch von St. Peter-Ording aus bis zum Parkplatz des Leuchtturms. Danach liegt ein etwa 2,5 Kilometer langer Spaziergang vor euch. Die Teilnahme an Leuchtturmführungen müssen vorab im Info-Hus am Parkplatz gebucht werden, da das Interesse sehr groß ist. Von der Plattform des Leuchtturms aus erwartet euch ein unvergesslicher Ausblick über weite Teile der Halbinsel Eiderstedt.

7. Bernstein suchen

Das Gold des Nordens wird vor allem nach Frühlings- oder Herbststürmen an den Strand von St. Peter-Ording gespült. Meist versteckt sich der Bernstein zwischen kleinen Holzstückchen im Flutsaum. Im Bernsteinmuseum in St. Peter-Dorf kann man mehr über die gelben Schmucksteine erfahren und sogar an einem Bernsteinbearbeitungskurs teilnehmen.

8. Ein Aufenthalt im Hotel Zweite Heimat

Das schöne Strandhotel liegt unmittelbar am Ordinger Deich und ist der ideale Ort für romantische Stunden zu zweit. Ein Blick auf die Homepage des Hotels lohnt sich, denn dort werden spezielle Arrangements angeboten, bei denen u. a. auch ein Heimat-Menü im Restaurant *Esszimmer* inklusive ist.

9. Seebrücke

Die hölzerne Seebrücke befindet sich in St. Peter-Bad. Sie ist 1.095 Meter lang und führt über Salzwiesen und Priele. Die Brücke verbindet die Promenade mit dem endlosen Sandstrand, auf dem mehrere Pfahlbauten stehen. In den Sommermonaten ist die Badestelle Bad zwar sehr beliebt, aber dank der weitläufigen Sandbank fällt es kaum auf.

10. Strand-Yoga

Ganz früh am Morgen, wenn die meisten Leute noch in den Federn liegen, treffen sich Yoga-Gruppen am Wassersportcenter X-H_2O. Mit Meeresrauschen im Ohr und kraftvollen Asanas werden Körper und Geist vereint, um energiegeladen in den Tag zu starten. Die Kurse werden zwischen Mai und September angeboten, eine Anmeldung ist erforderlich.

11. Reiten am Meer

Der traumhafte Sandstrand von St. Peter-Ording ist ein wahres Eldorado für Reiter und Pferd und einmalig in Deutschland. Ausgedehnte Ausritte, auch im wilden Galopp über die Sandbank, all das ist möglich in St. Peter-Ording. Nähere Informationen finden sich im Veranstaltungskalender oder auf den Homepages der ortsansässigen Reiterhöfe.

12. Frischen Fisch essen

Frischer Fisch gehört zur Nordsee wie die Weißwurst zu Bayern. In St. Peter-Ording ist man direkt an der Quelle. Im Ortsteil Bad gibt es an jeder Ecke Fischbrötchen in jeglicher Ausführung, und fast kein Restaurant kommt ohne Fischspezialitäten auf der Speisekarte aus. Fischgerichte mit einer schönen Aussicht über die Salzwiesen kann man z. B. bei *Gosch* an der Seebrücke genießen.

13. Fahrradfahren

Eine Radtour durch St. Peter-Ording und die nähere Umgebung ist ein Muss. Die Radwege führen durch die Dünen und den Wald, an alten Bauernhöfen und grasenden Schafen vorbei. In Ording kann sogar über einen Steg bis fast zum Meer geradelt werden. Im Ort gibt es zahlreiche Fahrradverleiher, die die verschiedensten Modelle vermieten.

14. Pfahlbauten

Sie sind imposante Riesen am Strand mit meterhohen Stelzen und seit über hundert Jahren das Wahrzeichen von St. Peter-Ording. In einigen von ihnen haben sich Gastronomen eingemietet und verwöhnen ihre Gäste mit kulinarischen Köstlichkeiten von mittags bis abends. Bekannt sind u.a. die *Seekiste* auf der Sandbank in Böhl und die *Strandbar 54° Nord* am Ordinger Strand.

15. Friesentorte schlemmen

Genau wie das herzhafte Fischbrötchen gehört auch die süße Friesentorte auf die Liste der typischen Speisen in St. Peter-Ording. Die geschichtete Tortenspezialität wird in vielen Cafés angeboten. Besonders lecker ist die selbst gemachte Friesentorte im *Deichkind* in St. Peter-Bad und mit einer Tasse selbst geröstetem Kaffee im *Café Richardshof* auf der Wittendüner Allee 94 in St. Peter-Böhl.

Champagnertorte

Biskuit

Zutaten:
4 Eier
150 g Zucker
1 Pck. Vanillezucker (alternativ: Zitronen- oder Orangenschalen)
125 g Mehl
1 TL Backpulver (wenn eine Küchenmaschine vorhanden ist)
1 Prise Salz

Zubereitung:
Zunächst die Eier trennen. Das Eiweiß zusammen mit einer Prise Salz steif schlagen.
75 g Zucker und Vanillezucker in das fast steife Eiweiß geben und dann weiterschlagen, bis eine feste Masse entsteht.
Das Eigelb mit dem restlichen Zucker aufschlagen. Danach die Eigelbmasse auf den Eischnee streichen und mit einem Schneebesen vorsichtig vermengen.
Dann das Mehl mit dem Backpulver und der Stärke auf die Eimasse sieben und mit dem Schneebesen vorsichtig unterheben.
Den Boden einer runden Backform (20 cm Durchmesser) einfetten und den Biskuitteig hinzugeben. Bei 160° Umluft oder 180° Ober-/Unterhitze backen. Nach ca. 40–50 Minuten mit einem Stäbchen testen, ob der Biskuit fertig ist.

Den Biskuit nach dem Backen abkühlen lassen und dann auf ein Gitter oder Brett stürzen. Erst wenn der Teig vollständig abgekühlt ist, vorsichtig in vier Böden teilen.

Torte

Zutaten:
750 ml Champagner (alternativ Sekt oder Prosecco)
100 g Zucker
1 TL Zitronenschale
1,5 EL gekörnte Gelatine
500 ml Sahne
250 g Himbeermarmelade ohne Kerne

Dekoration

Zutaten:
400 ml Sahne (kann z.B. rosé mit Lebensmittelfarbe eingefärbt werden)
300 g Mascarpone
Vanille nach Geschmack
2 Pck. Sahnesteif
3–4 Esslöffel Zucker
Zuckerperlen nach Belieben

Zubereitung:
Gelatine in 50 ml Champagner einweichen und quellen lassen. Den Zucker mit der Zitronenschale und 200 ml Champagner in einen breiten Topf geben. Mit einem Holzstäbchen den Flüssigkeitsstand messen und mit einem Lebensmittelstift

markieren. Der Champagner wird auf diese Menge eingekocht.

Dann den restlichen Champagner hinzufügen und alles zum Kochen bringen. Nach ca. 30 Minuten sollte eine gelbe sirupartige Flüssigkeit entstanden sein, die den zuvor gemessenen Flüssigkeitsstand erreicht hat.

220 ml von der heißen Flüssigkeit abmessen.

Zwischenzeitlich die Sahne steif schlagen und bei Zimmertemperatur stehen lassen.

Den heißen Sirup zur gequollenen Gelatine geben. Auf niedriger Stufe rühren, bis sich die Gelatine aufgelöst hat, und dann auf höchster Stufe schlagen.

Die Masse wird schön locker, während sie abkühlt. Nach ca. 10–15 Minuten bildet sich cremiger Schaum.

Unter den dickflüssigen Gelatineschaum etwa 1/3 Sahne heben und zu einer weichen Mousse verbinden.

Den ersten Biskuitboden mit Himbeermarmelade bestreichen und einem Tortenring umspannen. Danach 1/3 der Mousse darauf verteilen und anschließend den nächsten Boden darauflegen. Den Vorgang wiederholen, bis alles aufgebraucht ist.

Die Torte für ca. 2 Stunden kalt stellen.

Für die Dekoration die Sahne mit der Mascarpone glatt rühren und auf höchster Stufe aufschlagen. Währenddessen Vanille, Zucker und Sahnesteif hinzugeben.

Die Torte dünn mit der Sahne-Mascarpone-Creme bestreichen. Zum Schluss Rosen aufspritzen und mit Zuckerperlen verzieren.

Dank

Wie immer haben viele Menschen hinter den Kulissen daran gearbeitet, diesen zehnten St.-Peter-Ording-Roman in die Buchhandlungen zu bringen. Ich möchte die Gelegenheit ergreifen, sie ohne eine bestimmte Reihenfolge auf die Bühne zu rufen:

Mein Dank geht an die Agentur Schlück. Allen voran an meine wunderbare Agentin Kathrin Nehm, die auch in turbulenten Situationen stets einen kühlen Kopf behält und mich sicher in den Hafen lotst.

Dank an mein literarisches Zuhause, dem HarperCollins Germany Verlag. Hier gilt mein Dank dem ganzen Team und besonders meiner wunderbaren Lektorin Daniela Peter. Danke, Daniela, dass du allzeit starke Nerven behältst und wir dieses schöne Jubiläum gemeinsam auf die Beine gestellt haben.

Ein ganz herzlicher Dank geht wie immer an die großartigen Menschen aus St. Peter-Ording, denen ich ohne meine Bücher vermutlich nie begegnet wäre.

Helena Nedbal vom Landhaus Dircks, ich freue mich jetzt schon auf ein Wiedersehen und bin gespannt darauf, das Landhaus im neuen Glanz erstrahlen zu sehen!

Danke, danke und nochmals danke an meine lieben Leser! Wir haben es wirklich geschafft und können zusammen den zehnten St.-Peter-Ording-Roman feiern. Ohne euch wäre es nie zu diesem Jubiläum gekommen. Wie immer hoffe ich, euch mit dieser Geschichte eine Freude machen und nach St. Peter-Ording entführen zu können.

Ich träume von dem Tag, an dem wir alle wieder eine unbeschwerte Zeit in St. Peter-Ording erleben werden. Ich bin mir sicher, der Tag wir kommen. Ich freue mich schon darauf!

Abschließend wie immer … Wir sehen uns. Irgendwo. Aber ganz bestimmt am schönsten Strand der Welt – in St. Peter-Ording.

Tanja Janz im Januar 2021 (unter den gestrengen Blicken von zwei Katzendamen, die endlich neues Futter haben möchten)